小分けにしなければ
持ち上げることすら難しい銅貨の山に、
やはり初参戦の女衆らは
目を丸くしてしまっていた。
「これでは護衛が
必要なのも道理だな！
森辺の民を恐れぬ余所者ならば、
よからぬことを考えてもおかしくない富だ！」
異世界料理道
VOLUME
20
Cooking with
wild game.

「歓迎いたしますよォ、
森辺のみなサンがた」
太陽神の復活祭
《ギャムレイの一座》の天幕にて

「おお、何だあの鳥は！
面妖だな！」
「うわー、なんだか不思議な感じ！
夜になりかけた森の中みたいだね？」

ギャムレイは俺たちのほうに
気取った仕草で一礼してきた。
「それではお客人がた、
《ギャムレイの一座》の座長たる
ギャムレイの芸を、とくとご覧あれ」

# 異世界料理道

Cooking with wild game.

VOLUME 20

Presented by

EDA

口絵・本文イラスト　こちも

# MENU

# 登場人物紹介

## ～森辺の民～

### 津留見明日太／アスタ

日本生まれの見習い料理人。火災の事故で生命を落としたと記憶しているが、不可思議な力で異世界に導かれる。

### アイ＝ファ

森辺の集落でただ一人の女狩人。一見は沈着だが、その内に熱い気性を隠している。アスタをファの家の家人として受け入れる。

### ドンダ＝ルウ

ルウ本家の家長にして、森辺の三族長の一人。卓越した力を持つ狩人。森の主との戦いで右肩を負傷する。

### ジザ＝ルウ

ルウ本家の長兄。厳格な性格で、森辺の掟を何よりも重んじている。ルウの血族の勇者の一人。

### ダルム＝ルウ

ルウ本家の次兄。ぶっきらぼうで粗暴な面もあるが、情には厚い。森の主との戦いで右の手の平を負傷する。

### ルド＝ルウ

ルウ本家の末弟。やんちゃな性格。狩人としては人並み以上の力を有している。ルウの血族の勇者の一人。

### ヴィナ＝ルウ

ルウ本家の長姉。類い稀な美貌と色香の持ち主。シュミラルに愛の告白をされ、戸惑いながら日々を過ごしている。

### レイナ＝ルウ

ルウ本家の次姉。卓越した料理の腕を持ち、シーラ＝ルウとともにルウ家の屋台の責任者をつとめている。

### ララ＝ルウ

ルウ本家の三姉。直情的な性格。シン＝ルウの存在を気にかけている。

### リミ＝ルウ

ルウ本家の末妹。無邪気な性格。アイ＝ファとターラのことが大好き。菓子作りを得意にする。

### シン＝ルウ

ルウの分家の長兄にして、若き家長。アスタの誘拐騒ぎで自責の念にとらわれ、修練を重ねた結果、ルウの血族の勇者となる。

### シーラ＝ルウ

ルウの分家の長姉。シン＝ルウの姉。ひかえめな性格で、ダルム＝ルウにひそかに思いを寄せている。

### ガズラン＝ルティム

ルティム本家の家長。沈着な気性と明晰な頭脳の持ち主。アスタの無二の友人。ルウの血族の勇者の一人。

### ダン＝ルティム

ルティム本家の先代家長。類い稀な力を有する狩人だが、現在は左足を負傷して療養中。

### ラウ＝レイ

レイ本家の家長。繊細な容姿と勇猛な気性をあわせ持つ狩人。ルウの血族の勇者の一人。

### トゥール＝ディン

出自はスンの分家。内向的な性格だが、アスタの仕事を懸命に手伝っている。菓子作りにおいて才能を開花させる。

### レム＝ドム

ドム本家の家長の妹。狩人になることを願い、現在は家出中。ファの近在の空き家で過ごす。

### ディック＝ドム

ドム本家の家長。若年だが卓越した力を持つ狩人。寡黙で一本気な性格。

### ギラン＝リリン

リリン本家の家長。柔和な外見と気性だが、卓越した力を持つ狩人。ルウの血族の勇者の一人。

### ジィ＝マァム

マァム本家の家長の長兄。ルウの血族でも屈指の巨体を有する。

## ～町の民～

### ミケル

かつての城下町の料理人。右手を負傷し、料理人として生きる道を絶たれる。現在はトゥランの炭焼き小屋で働いている。

### マイム

ミケルの娘。父の意志を継いで、調理の鍛錬に励んでいる。アスタの料理に感銘を受け、ギバ料理の研究に着手する。

### アリシュナ＝ジ＝マフラルーダ

占星師の少女。東の民。現在はジェノス侯爵家の客分として城下町に逗留している。

### ユーミ

宿屋《西風亭》の娘。気さくで陽気な、十六歳の少女。森辺の民を忌避していた父親とアスタの架け橋となる。

### ミラノ＝マス

宿屋《キミュスの尻尾亭》の主人。頑固だが義理堅い性格。森辺の民を忌避していたが和解し、アスタの良き理解者となる。

### ターラ

ドーラの娘。八歳の少女。同世代のリミ＝ルウと絆を深める。

### テリア＝マス

ミラノ＝マスの娘。森辺の民を恐れていたが、アスタたちと交流を重ねる内に少しずつ心を開いていく。

### ドーラ

ダレイム出身。宿場町で野菜売りの仕事を果たしている。かつては森辺の民を恐れていたが、アスタの良き理解者となる。

### ヤン

ダレイム伯爵家の料理長。現在は宿場町で新しい食材を流通させるために尽力している。

### ニコラ

ダレイム伯爵家の侍女。シェイラとともにヤンの仕事を手伝っている。前身は、アルフォン子爵家の第二息女。

### ボズル

南の民。城下町の料理人ヴァルカスの弟子の一人。大柄な体格で、気さくな性格。

## ～群像演舞～

### シュミラル

東の民。商団《銀の壺》の団長。ヴィナ＝ルウに愛の告白をしたのち、半年の行商に出る。

### ラダジッド

東の民。商団《銀の壺》の副団長。シュミラルの右腕的存在。190センチを超える長身の持ち主。

# 第一章★★★復活祭の前準備

1

ルウの集落で行われた収穫祭《しゅうかくさい》から休業日をはさんで、紫《むらさき》の月の十六日――ついにその日から、ファの家も青空食堂の経営に参入することになった。

ルウの家が青空食堂をオープンしてから、すでに二十日ぐらいは経過しているだろうか。いよいよ六日後に迫《せま》った太陽神の復活祭に向けて、こちらも本格的に迎撃《げいげき》の態勢を整えることになったのだ。

これまでの青空食堂は、屋台四台分のスペースを使い、七つの卓《たく》と四十二の椅子《いす》を準備している。それと同数の座席を、ファの家の出資でこしらえようという算段である。まあ要するに、倍の規模となる青空食堂を、今後はファとルウの共同出資で仲良く経営していきましょう、という話であった。

「よし、あとは料理が温まるのを待つばかりだね」

新たに拡張した分の座席は、休業日である昨日の内に設置しておいた。それらの清掃《せいそう》を終えたならば、あらためて屋台の準備である。

ちなみに本日から、俺《おれ》は屋台も二台から三台に増やしていた。青空食堂に出資したので、俺も食器と座席が必要になる料理を売りに出す資格を得たのだ。ならば、これまで販売《はんばい》していた『ギバまん』と『ポイタン巻き』は同じ屋台で数日置きに販売するとして、それとは別に二台の屋台で新たな料理をお披露目《ひろめ》することに決めたのだった。

その片方は、カレーとパスタである、カレーは《南の大樹亭《たいじゅてい》》のナウディスからの意見を取り入れたため、パスタは物珍《ものめずら》しさで人目を引くためであった。

が、カレーもパスタも自慢《じまん》の料理ではあるものの、「ギバ肉料理」とは言い難いメニューである。端的《たんてき》に言って、キミュスやカロンの肉でも美味なるカレーやパスタをこしらえることは可能なのだ。ということは、「ギバ肉の美味《おい》しさを知らしめる」という一番重要な事項《じこう》がおろそかになってしまいかねない。よって、カレーとパスタは同じ屋台で数日置きに販売するとして、それとは別に肉主体の日替《ひが》わりメニューを販売する段に至ったのだった。

記念すべきオープン日の本日は、『ギバ・カレー』と『ギバまん』と、そして日替わりメニューたる『ギバのステーキ』を販売することになる。宿場町で商売を始めて間もなく半年となるが、俺はついに肉の味を一番ダイレクトに楽しむことのできるステーキを売りに出す決断を下したのだ。

キミュスやカロンに比べるとややクセの強いギバ肉のステーキが、宿場町の人々にどこまで受け入れられるかは謎《なぞ》である。が、日替わりメニューの一つとしてならば、それを試験的に確《かく》認《にん》することができる。そして、これがあるていどの支持を得られるようであれば、俺はいずれ

『ギバの丸焼き』をも宿場町でふるまう算段でいた。

そして、ここまで商売を広げてしまうと『ギバ・カツサンド』のくじ引きも難しくなってしまうため、この期間は休止とさせていただき、その代わりに日替わりメニューでいつか『ギバ・カツ』をお披露目する予定でいた。

「いやあ、お前さんたちの屋台もどんどん規模がでかくなって、いよいよ祭らしくなってきたなあ。今度はどんなものを食べさせてくれるのか、俺は楽しみだよ」

と、屋台に並んだジャガルのお客さんはそのように言ってくれていた。

「新しい料理は味見もできますので、ぜひ試《ため》してみてください。あちらの『ギバ・カレー』というのはシムの香草《こうそう》をたっぷり使っていますが、俺の故郷の料理ですので」

「ふうん？　シムは好かんが、味見ができるなら試してみるかな」

新たなメニューをお披露目するにあたって、俺が一番気を使ったのはこのジャガルの人々であった。

シムの人々は臭《くさ》みの強い山育ちのギャマとやらのおかげで肉のクセを気にしない傾向《けいこう》にあるし、それに、ジャガルの食材が使われていてもおかまいなしの人が多い。いっぽう、ジャガルの人々は豪放《ごうほう》な気性《きしょう》の人が多いせいか、シムに対しての反感が強いし、また、西の民《たみ》よりもやや肉の風味を気にする傾向にある。そこのあたりも考慮《こうりょ》に入れて、『ギバのステーキ』にはタウ油とミャームーをベースにした香《かお》り高《たか》いソースをかけることにしていた。

つけあわせは、アリアとネェノンとブナシメジモドキのソテー。肉の量はひかえめの百二十グラムていどで、お代は赤銅貨二枚だ。屋台の料理は色々な組み合わせで楽しんでいただきたいため、量も値段もそれを前提に設定していた。

もういっぽうの新規メニューである『ギバ・カレー』は、ルウ家の汁物《しるもの》料理に合わせて、分量を選べるシステムになっている。レードルで一杯《いっぱい》なら赤銅貨一・五枚、二杯なら赤銅貨三枚だ。

ただしその呼称《こしょう》に関しては、ルウ家の汁物料理もともに「半人前」のほうを「一人前」と呼ぶことになった。スモールサイズを購入《こうにゅう》するお客さんのほうが圧倒的《あっとうてき》に多いなら、それを基準にするべきだろうとツヴァイが言いたてたためだ。よって、レードルで一杯が一人前、赤銅貨一・五枚。足りなければ二人前をご注文くださいませ、というスタイルである。

なおかつ、汁物料理とカレー、および日替わり献立《こんだて》の料理に関しては、半個分の焼きポイタンを添《そ》えることにした。ポイタン半個分というのはかなりささやかな量であるので、他の料理も一緒《いっしょ》にお買い上げくださることを期待している。

そして、ルウ家の屋台においても、一つ変更点《へんこうてん》があった。日替わりで提供している『ギバ・バーガー』と『ミャームー焼き』の、サイズと値段を見直すことにしたのだ。

これまでは、肉をたっぷり百八十グラムばかりも使っていたことで、値段は赤銅貨三枚と定められていた。この比率はジェノス城からの要請《ようせい》なので、動かすことはできない。しかしこれだと他の料理と一緒に楽しむことが難しいので、ボリュームと値段を引き下げることにしたのだ。

『ギバ・バーガー』は『ギバまん』とそろえて、肉の量が百二十グラムで赤銅貨二枚、『ミャームー焼き』は『ポイタン巻き』とそろえて、肉の量が九十グラムで赤銅貨一・五枚である。『ギバ・バーガー』はパテを小さくしてしまうと食《た》べ応《ごた》えが変わってしまう、という懸《け》念《ねん》があったが、このサイズならば支障はないだろう、という判断であった。というか、そもそも百八十グラムの肉を使ったパテというのが、ハンバーガーとしてはわりあいに規格外だったのである。

かなり遠い記《き》憶《おく》になってしまうが、俺の故郷で有名であったハンバーガーショップのパテの重量は、わずか三十から四十グラムであった。のちに、四分の一ポンドの肉を使ったボリューミーなハンバーガーというものが売りに出されたが、興味を持って計算したところ、それは百十三グラムに相当する目方であった。つまりはサイズ縮小を余《よ》儀《ぎ》なくされた『ギバ・バーガー』も、いまだに四分の一ポンドを超《こ》えるボリューミーなハンバーガーである、ということだ。

さらに重要なポイントとして、俺たちはメニューの切《き》り替《か》え日《び》をそれぞれずらすことに決めていた。すべてのメニューを一日置きにしてしまうと、ご注文の組み合わせに幅《はば》をもたせられないためである。

ファの家の日替わりランチと、ルウの家の汁物料理が、それぞれ一日置き。ファの家の『ギバ・カレー』と『パスタ』が二日置き。ルウの家の『ギバ・バーガー』と『ミャームー焼き』が三日置き。ファの家の『ギバまん』と『ポイタン巻き』が四日置き、というローテーションだ。今日から復活祭の終了《しゅうりょう》する日まで、たっぷり半月ぐらいはあるので、長逗留《ながとうりゅう》のお客さんであればその期間にさまざまな組み合わせをお楽しみいただけるだろう。

そして分量に関しては、どの料理に人気が集中するかも不明であったため、本日はざっくりと多めに準備をして、あとは売り上げ如何《いかん》によって臨機応変に対応していくことにした。

今日のところは、『ギバのモツ鍋《なべ》』が三百食分、『ギバ・カレー』が二百食分、『ミャームー焼き』が百四十食分、『ギバまん』が百二十食分、『ギバのステーキ』が百食分だ。

これらの料理をすべて売り切ることができれば、手に入る銅貨は赤銅貨千四百枚となる。先日までは赤銅貨千百五十枚の売り上げであったので、どこまで売り上げをのばすことができるか、まずは本日が試金石となるだろう。

（もしも料理が大量に余るようだったら、《キミュスの尻尾亭《しっぽてい》》で買い取ってくれるっていう話だったけど……なるべくだったら、ミラノ＝マスにご迷惑《めいわく》はかけたくないところだよな）

そして、屋台や食堂を増設したのだから、もちろん人員も増やすことになった。

これまでは、フルタイムで働くのが俺とトゥール＝ディンとヤミル＝レイで、中天からユン＝スドラに参加してもらっていたが、今後は全員がフルタイムで出勤することになり、さらに二名の新たなかまど番を雇《やと》い入《い》れることになった。その顔ぶれは、前々からファの家の行いに賛同していて、なおかつ女手にもゆとりがあるという、ガズとラッツの家の女衆である。

いっぽうルウ家においても、レイナ＝ルウとシーラ＝ルウが一日置き、ヴィナ＝ルウとララ＝ルウとリミ＝ルウが二日置きの三交代、ツヴァイだけが連日出勤、という土台の編成はそのままとして、中天からの手伝いであったアマ・ミン＝ルティムがフルタイムの出勤となり、眷《けん》族《ぞく》であるレイとミンから一名ずつの新人を迎《むか》えることになった。こちらと同様に、本格的な繁《はん》忙期《ぼうき》が訪《おとず》れる前に新人の研修を済ませてしまおうという算段である。

以上――これが、俺とルウ家の人々で考えに考えぬいた、太陽神の復活祭に向けての対策であった。

「やあ、アスタ、ちょっとばっかり早く来すぎちまったかな？」

と、俺が屋台の鉄板を温めている間に、横合いからそんな声をかけられた。ついさきほども通りすがりで顔をあわせたばかりの、ドーラの親父《おやじ》さんとターラである。

「あれ、ずいぶん早いお越《こ》しですね？　営業開始には、もうちょっと時間をいただくのですけれど」

親父さんたちは、早くとも朝一番のラッシュがおさまった頃合《ころあ》いに姿を見せるのが通例であったのだ。にこにこと笑う愛娘《まなむすめ》の小さな頭に手を置きながら、親父さんは苦笑《くしょう》を浮《う》かべた。

「いや、店番を頼《たの》んだ鍋屋《なべや》のせがれが、こんなに早くからやってきちまってさ。あいつらも、一刻も早くここに駆《か》けつけたいんだろう」

「ああ、そうなのですか。何だか申し訳ありませんね。食堂形式にしてしまったために、余計なお手間を取らせることになっちゃって」

「何を言ってるんだい。それでいっそう美味《うま》いものが食べられるなら、余計でも手間でも何でもないさ」

そのように言ってから、親父さんはぐるりと辺りを見回した。

「それにしても、ものすごい有り様だなあ。まさかアスタたちの店がこんなに大きくなるなんて、ちょっと前までは想像もつかなかったよ」

ギバの料理を売る屋台が、合計で五台も並んでいる。そしてその向こう側には、屋台八台分ものスペースが青空食堂としての体裁《ていさい》を整えられているのである。

また、そこで働く人間の数も、八名から十二名に増えている。ヴィナ＝ルウと二人きりで、たった十食分の『ギバ・バーガー』をたずさえて商売を始めたあの頃《ころ》と比べたら、なんという発展具合だろう。何がなし、俺も感慨深《かんがいぶか》くなってしまった。

「それにユーミや、あのマイムっていう娘《むすめ》さんも近い内に屋台を開くんだろう？　そうしたら、またいっそう賑《にぎ》やかになるな」

「あ、マイムは今日から開店するはずですよ。到着《とうちゃく》したら、こっちの空き地に店を出す予定です」

青空食堂の向こう側になってしまうと、何もやりとりができなくなってしまうため、俺たちは昨日の内に青空食堂を北側にずらし、屋台二台分のスペースを作っておいたのだった。

ここに収まるのはマイムと《西風亭》の屋台で、《南の大樹亭》はもっと南側の賑やかな区域に店を開くらしい。《キミュスの尻尾亭》は、今のところ静観のかまえだ。

「通りをはさんだ向かい側も、がっぽり空いていますけどね。あそこは何か、大きな出し物が出るのだという話でした」

「ああ、去年の復活祭でも旅芸人の一座が馬鹿《ばか》でかい見世物小屋を開いてたなあ。そいつがたいそう賑わってたみたいだから、また同じ連中がやってくるのかもしれないね」

「えっ！　またあの人たちがジェノスに来るの⁉　だったらターラも、リミ＝ルウと見にいきたい！」

と、ターラが瞳《ひとみ》を輝《かがや》かせながら、親父さんの腕《うで》を引っ張った。

「旅芸人なんて来るんだね。ターラは去年、そいつを見たのかな？」

「うん！　ちょっと怖《こわ》いけど、すっごく楽しいよ！　見たこともない動物も見られるし、ターラは大好き！」

「なるほど。見たこともない動物か」

俺にとってはカロンもキミュスも初めて見る動物であったのだが、見世物になるのはもっと珍《めずら》しい動物なのだろう。俺の故郷のサーカス団のように、ゾウやキリンやライオンなどに類する動物でも引き連れているのだろうか。

俺がそんな想像を巡《めぐ》らせていると、親父さんが「ううん」と悩《なや》ましげな声をあげた。

「俺はああいう見世物小屋ってのは、ちっとばかり苦手なんだよなあ。ま、色っぽい娘さんとかは大歓迎《だいかんげい》だけどね」

「あはは。なかなか楽しそうじゃないですか。俺も家長の許しがもらえたら、ターラたちと一緒に見物させていただきます」

「アスタたちが一緒なら安心だな。悪い連中ではないのかもしれないが、やっぱり旅芸人なんてのは胡散臭《うさんくさ》いやつが多いんだよ」

そのように言いたててから、親父さんは「あれ？」と目を丸くした。屋台の内側に、かまど番ならぬ人々が立ちはだかっていることに気づいたのだろう。

「何だ、あんたも来てたのか。ひさしぶりだね、えーと……」

「俺の名前は、ダン＝ルティムだ！　お前さんは、ダレイムの野菜売りだな？　息災そうで何よりだ！」

そう、本日から護衛役の狩人《かりうど》らも同行していたのである。復活祭の期間は余所《よそ》の町から多くの無法者が集まるので用心が必要である、と聞かされていたための処置であった。

復活祭の期間がルウの血族の休息の期間と重なっていたのは、何よりの僥倖《ぎょうこう》であっただろう。

ダン＝ルティムの後ろから顔を出したルド＝ルウが「よー」と気安く挨拶《あいさつ》をすると、ターラはぱあっと表情を輝かせた。

「ちびっこターラと、ドーラじゃん。店が開く前から来ちまったのかよ」

「わーい！　ルド＝ルウたちも町に下りてたんだね！」

「ああ。ルウ家は昨日から休息の期間に入ったからな。これから毎日、順番で男衆が町に下りることになったんだ」

護衛役は、ランダムで五、六名が同行することになっていた。本日同行してくれたのはこの両名と、アイ＝ファ、ラウ＝レイ、ルティム本家の次兄《じけい》である。

屋台に狩人の護衛がつくというのは、サイクレウスとの関係がこじれて、厳戒《げんかい》態勢を執《と》っていたとき以来となる。ちなみにその頃は、町の人々を脅《おど》かさないようにと見目の柔《やわ》らかい若衆《わかしゅ》を選出していたが、今回からはそういう慣例も撤廃《てっぱい》されていた。

理由は、二つある。かつて俺がリフレイアにさらわれた際、宿場町には魁偉《かいい》なる狩人たちが大挙してやってきたのだから、町の人々も多少は免疫《めんえき》がついてきただろう、という判断が下されたのと、それに俺が「森辺の男衆も宿場町がどのような様相に変わりつつあるか、把握《はあく》したほうがよいのではないか？」とドンダ＝ルウに進言したためであった。

さらに言うならば、余所の土地の人間というのは、よくも悪くも森辺の民を恐《おそ》れる気持ちが薄《うす》い。ならば、むしろ強面《こわもて》の狩人が同伴《どうはん》したほうが抑止力《よくしりょく》になるのではないか、という意見もあった。

それでも本日は馴染《なじ》みの深いメンバーばかりになってしまったが、これは好奇《こうき》心旺盛《しんおうせい》なるダン＝ルティムやルド＝ルウらが一番手を希望したためであり、今後はマァムやムファやリリンといった眷族の男衆らも下りてくる予定になっている。

「ねえねえ、ルド＝ルウ。今日はリミ＝ルウの当番だったたっけ？」

ターラがそのように問いかけると、ルド＝ルウは「ああ」とうなずいた。

「あいつはあっちの、屋根の下で働く当番だってよ。お前が来るのをうずうずしながら待ってるんじゃねーかな」

「やったー！　リミ＝ルウとルド＝ルウにいっぺんに会えるなんて、嬉《うれ》しいなあ」

無邪気《むじゃき》に笑うターラに対して、ルド＝ルウも白い歯を見せている。ターラを森辺に招待して以来、二人の絆《きずな》もいっそう深まった様子だ。

「なあ、楽しそうにおしゃべりしてるところを悪いんだけどよ。いつになったら料理の準備はできるんだ？」

と、さきほども声をかけてくれたジャガルのお客さんが、だいぶん焦《じ》れてきた様子で口をはさんでくる。俺が鉄板を温めるばかりで何の準備も進めようとしないので、それをいぶかしがっているのだろう。

「ああ、すみません。他の料理の準備が整うのを待っているんです。ここだけ先に始めてしまうと、みなさんがこちらに集まってしまいそうなので」

俺の担当は、日替わりメニューたる『ギバのステーキ』なのである。左右を確認してみると、『ギバまん』の屋台からはヤミル＝レイが、『ギバ・カレー』の屋台からはトゥール＝ディンが、それぞれうなずき返してきてくれた。

トゥール＝ディンのかたわらにはガズの女衆もおり、ラッツの女衆はユン＝スドラとともに青空食堂で待機している。食堂ではシーラ＝ルウとリミ＝ルウが彼女《かのじょ》らに仕事の手ほどきをしてくれる予定だ。

さらに『ギバ・カレー』の屋台の向こうからは、『ギバのモツ鍋』を預かっているアマ・ミン＝ルティムが手を振《ふ》ってくれていた。『ミャームー焼き』のツヴァイは無反応だが、あちらも鉄板を温めれば準備万端《ばんたん》なので問題はないだろう。

「では、準備が整ったようですので、販売を始めます。こちらは初のお目見えとなる料理ですので、よかったらお味見をしてみてください」

言いながら、俺は革袋《かわぶくろ》から試食用のギバ肉を取り出してみせた。脂《あぶら》ののった、ロース肉である。叩《たた》いて繊維《せんい》を潰《つぶ》した上で、肉の厚みはおよそ一・五センチだ。

保存用のピコの葉を取り除き、そいつを鉄板の上に投じると、流れ出た脂がじゅうじゅうと音をたて始める。あたりにはカレーの香りが強く漂《ただよ》っていたが、かぶりつきのお客さんたちには肉の焼ける芳《かぐわ》しい香りをお届けできているだろう。

焼き色を確認したら、ひっくり返して、秘密兵器を取り上げる。半円形の金属の蓋《ふた》に取っ手のついた、いわゆるステーキカバーである。これは、鉄具屋のディアルから購入した鍋の蓋を転用したものであった。

表面の焼けたロースに果実酒を降り注ぎ、ステーキカバーで封《ふう》じ込める。焼き時間を短縮するための蒸《む》し焼《や》きだ。肉の焼ける香りに果実酒の甘《あま》い香りまでもが入り混じり、いっそうの芳しさであった。

一分ぐらいの見当でカバーを開け、真ん中から肉を分断すると、問題なく熱は通っていた。さらにそいつを一センチ目安でこまかく切り分けてから、大きな木皿の上に移し、タウ油とミャームーのソースをさっとまぶしたのち、細工屋で購入した木の串《くし》を刺《さ》していく。

「どうぞ、こちらは無料です。お味見が済んだら、木串はこちらにお返しください」

とたんに、あちこちから何本もの腕がのびてくる。さらなる試食分と、さっそくの注文が入ることも祈《いの》りつつ、俺は鉄板に数枚の肉を敷《し》きつめていった。

「おお、こいつは美味いな！」

と、真っ先に声をあげてくれたのは、いくぶん柄《がら》の悪そうな西の民のお客さんであった。

「わかりきっていたことだが、キミュスやカロンの足肉とは比べ物にならねえや。おい、こいつはいくらなんだ？」

「こちらの大きさで野菜の添え物をつけて、赤銅貨二枚です。あと、一食につき半個分の焼きポイタンもおつけいたしますよ」

「うーん、この大きさで赤が二枚か……悪くはねえけど、もっと腹いっぱい食べたいところだなあ」

「お望みであれば、半分に切った肉もつけて、赤銅貨三枚にいたしましょうか？　でも、あちらでも汁物などの色々な料理を売っていますので、そちらとご一緒に召《め》しあがるのもおすすめです」

「ああ、あの汁物は、赤一枚と割り銭《ぜに》でそこそこ食えるんだよな。それならこっちと一緒に買いつけても、赤三枚と割り銭一枚か……よし、そいつをいただこう！」

「ありがとうございます。少々お待ちくださいませ」

最初の一人が購入の決断をしてくれると、あとは割合、なしくずし的にお客さんが殺到《さっとう》することになる。元来このジェノスでは試食の風習も浸透《しんとう》していないし、それに、早く胃袋《いぶくろ》を満たしたいという欲求が先に立ってしまうのだろう。これならば、しばらく試食品は必要ないかもしれなかった。

「アスタ、こっちにも一人前頼むよ。えーと、あと今日の新しい料理ってのは、そっちの辛そうなやつだけだよな?」

『ギバ・カレー』の屋台を指し示すドーラの親父さんに、俺は「はい」と笑顔《えがお》を返してみせる。

「よし、あとは俺たちも汁物を一杯ずつもらえばちょうどいいだろう。こいつは楽しみだ」

きっと親父さんはカレーとステーキを一人前ずつ購入して、ターラと半分こにするのだろう。微笑《ほほえ》ましい限りである。

俺は革袋から野菜のソテーも取り出して、鉄板の端《はし》に広げていった。こちらは家でいったん火を通しているので、温めなおせばオッケーだ。

そうして木皿に焼きあがったステーキとソテーを載《の》せ、焼きポイタンも添えながら次々と供していく。調理にひと手間のかかるこちらの屋台では、『ギバまん』や『ギバ・カレー』よりも長い列ができてしまい、なかなかのてんてこ舞《ま》いだ。

すると、ダン=ルティムが背後からにゅうっと首をのばしてきた。

「アスタよ、俺もそろそろ腹が減ってきてしまったのだが、いつになったら食わせてくれるのだ?」

「ええ? あの、もちろん軽食はお出ししますけれど、この行列がはけるまではお待ちいただけませんか?」

「なに? こんな美味そうな匂《にお》いを嗅《か》がせておきながら、ひどい仕打ちだな!」

それでも朝一番のピークは三十分ていどで一段落するはずなので、それまでは我慢《がまん》していただく他なかった。

（うーん、ルウ家より屋台が多い分、こっちはこの人数でもちょっと厳しいかな。新人の二人が育てばまた違《ちが》うだろうけど、これ以上混雑するようだと、また増員が必要かもしれないぞ）

ならばそれも、今の内に研修を進めておくべきだろう。フォウとランは女手を出すのが厳しいようであるから、残る氏族はディンの血族であるリッドあたりか――あるいは、ベイムやダゴラに提案するのもありかもしれない。

ベイムやダゴラというのは、ファの家が宿場町で行っている商売に関して、否定的な見解を抱いている氏族である。しかし、否定派の筆頭であるザザの家も、ファの家の実情を正しく把握するという名目で、眷族であるディンの家の家人――つまり、トゥール＝ディンが俺のもとで働くことを許してくれたのだ。ならば、同じ論調でベイムやダゴラの人々を口説き落とすこともできるかもしれなかった。

「……アスタよ、ずいぶん忙《いそが》しそうだな」

「わあ、びっくりした！　何だ、アイ＝ファか」

「何だとは何だ。それが家人を労《ねぎら》いにおもむいた家長への言葉か？」

アイ＝ファはリミ＝ルウに引っ張られて、青空食堂のほうに待機していたのだ。あちらも仕事が忙しくなってきたので、解放されることになったのだろう。

森の主《ぬし》との戦いで肋骨《ろっこつ》を痛めてしまったアイ＝ファは、いまだ狩人の仕事を休養しているさなかである。それでも町の無法者を退けるぐらいの仕事は果たせると言い張って、護衛の役目を志願したのだ。普段《ふだん》通りの凛々《りり》しい面持《おもも》ちで立ちはだかりながら、アイ＝ファは探《さぐ》るような目つきで俺をねめつけてきた。

「お前の屋台が、一番手が足りていないようではないか。何故《なにゆえ》にガズやラッツの女衆を使わないのだ？」

「うん、このステーキは日替わりの献立だからさ。次にお披露目するのはいつになるかわからないし、それなら他の屋台や食堂での仕事を覚えてもらったほうが、のちのちのためだろう？」

「ふむ。やみくもに我《わ》が身《み》を犠牲《ぎせい》にしているわけではなく、しっかりと考えた上での配置ということか」

言いながら、アイ＝ファはおもむろに毛皮のマントを脱《ぬ》ぎ始めた。胸の下に包帯を巻いた姿が、あらわになる。

「ならば、私が手を貸してやろう」

「ええ？　アイ＝ファが屋台を手伝ってくれるっていうのか？」

「うむ。私の他にも四名の狩人がいるのだから、護衛の手は足りていよう。今日はそれほど町の様子にも変わりはないようだしな」

それは、驚《おどろ》きの発言であった。だが、正直に言って、今は猫《ねこ》の手でも借りたい状況《じょうきょう》になりつつある。山猫《やまねこ》のごとき眼差《まなざ》しを持つアイ＝ファでも、もちろん不満などあろうはずもない。

「それじゃあ、お客さんから銅貨を受け取ってもらえるかなあ？　それだけでも、ずいぶん助かるよ」

「うむ」とうなずいたアイ＝ファは、狩人の衣《ころも》を荷台に片付けてから、あらためて俺の隣《となり》に立った。

「お代は赤銅貨二枚だ。受け取った銅貨はこの袋《ふくろ》に入れてくれ。めったにいないけど、白銅貨で払《はら》うお客さんがいたら、お釣《つ》りの赤銅貨を八枚な」

「うむ」

今は肉を焼いている最中であるので、アイ＝ファはやることもなく直立している。腰《こし》の刀はお客さんから見えにくい位置であるし、ちょっとばかり眼光が鋭《するど》いのと研《と》ぎすまされた気配を漂わせていることが気にならなければ、立派な看板娘《かんばんむすめ》であろう。

（まさか、アイ＝ファと一緒に商売をする日が来るなんてな）

俺はじんわりとした幸福感を胸に抱きつつ、仕事に従事することになった。

復活祭の予兆なのか、新メニューが関心をひきつけたのか、あるいは昨日が休業日であった影響《えいきょう》か、お客さんは普段以上の勢いで俺たちの屋台に集まってくれていた。

2

「こんにちは！　すっかり遅《おく》れてしまいました！」

マイムが宿場町にやってきたのは、俺たちが店をオープンしてから三十分ていどが経過してからのことであった。

開店前から詰《つ》めかけていたお客さんたちは無事にさばくことがかない、護衛役の狩人たちには軽食を供し、ようよう客足も落ち着いてきた頃合いである。

「食堂のほうは、盛況《せいきょう》ですね。あれだけ大きく広げたのに、すべての席が埋《う》まっているではないですか」

「おかげさまで、上々の客入りだね。これから中天にかけてまたお客さんも増えてくるから、きっとマイムの料理も大売れだよ」

「はい！　食材を無駄《むだ》にはできませんので、何とか下りの二の刻までに売り切りたいと思います」

そのように述べるマイムの背後には、ルウ家のトトスであるジドゥラの手綱《たづな》を引くバルシャの姿がある。トゥランの家から料理を運ぶために、マイムは護衛役ばかりでなく荷車も借り受けることになったのだ。これはルウ家が眷族の買い出し用に購入したトトスと荷車であるため、バルシャは護衛の仕事を終えたのち、頼まれた物品を購入して集落に戻《もど》るらしい。

ちなみにファの家からも、近在の氏族のために購入したトトスと荷車を出している。かまど番が十二名、護衛役が五、六名だから、ギルルとルウルウの荷車だけではとうてい用が足りなかったのだ。

さらに瑣末《さまつ》なこととなれど、このトトスは近在の氏族らの協議によって「ファファ」と名づけられていた。ファの家からの贈《おく》り物《もの》ということで、敬意を表してくれたのだ。

ファの家のギルルとファファ、ルウの家のルウルウとジドゥラ、ルティムの家のミム・チャー、そして名前があるのか否《いな》か、レイとザザとサウティにも一頭ずついるのだと考えると、現在は森辺にも八頭ものトトスが暮らしていることになるのだった。

「では、わたしも屋台を借り受けに行ってきます。またのちほど」

「うん、気をつけてね」

俺の提案で、マイムも屋台は《キミュスの尻尾亭》から借りることになっていた。先日の森辺への招待でテリア＝マスとも顔馴染《かおなじ》みになったのだから、そこからミラノ＝マスにまで縁《えん》が繋《つな》がっていけば、俺としては感無量である。

そして、これだけ準備期間をかけたマイムが、いったいどのようなギバ料理を売りに出すのか。俺は朝から楽しみでならなかった。

「ついに森辺の民ならぬ人間が、ギバの料理を売りに出すのだな」

と、隣に立ったアイ＝ファがぽつりとそのようにつぶやいた。

「宿屋ではもうずいぶんと昔から為《な》されていることなのであろうが、そちらは実際に売られている姿を見たわけでもないので、やはり何かおかしな気分だ」

「うん。でも、町の人たちは宿屋の食堂でさんざんギバ料理を食べてきたんだろうから、今さら驚いたりはしないんだろうな。……それに俺だって、見てくれは森辺の民と異なるわけだしさ」

「……それでもお前は、れっきとした森辺の民だ」

「そんなおっかない目をしなくても、わかってるってば」

それでも俺だって、開店当時は「なぜ森辺の民ならぬ人間がギバの料理などを売っているのか？」と不思議がられたものなのだ。

何にせよ、生粋《きっすい》のジェノスの民であるマイムが、屋台でギバの料理を売りに出すことになった。これもまた、大きな一歩であるはずであった。

「ほほう。ずいぶんたくさんのギバ料理が売りに出されているのですな」

と、野太い男の声が正面から響《ひび》きわたった。見ると、ずいぶん体格のいいジャガルのお客さんが、屋台の前に立ちはだかっている。

かつて懇意《こんい》にしていた建築屋のアルダスよりも、さらに大きい。ボリュームだけでいったらダン＝ルティムにも匹敵《ひってき》するのではないだろうか。褐色《かっしょく》の髪《かみ》と髭《ひげ》がもしゃもしゃで、緑色の瞳が炯々《けいけい》と光り、表情は穏《おだ》やかだが厳《いか》つい風貌《ふうぼう》だ。肉厚の身体を、旅用のマントですっぽり隠《かく》している。

「いらっしゃいませ。ちょっと冷めてしまいましたが、そちらの木皿の肉は無料でお味見をすることができます」

俺がそのように応じると、お客さんは目を細めて微笑《びしょう》した。

そして、かたわらのアイ＝ファが俺を肘《ひじ》で小突《こづ》いてくる。

「アスタよ、この者は、あの男だ」

「え？　あの男って？」

「……すまぬが、私も名前は失念してしまった」

「いえいえ、ひとたび顔をあわせただけの間柄《あいだがら》ですからな。国の違う人間はなかなか見分けがつかぬものですし、アスタ殿《どの》がお忘れになるのも無理からぬことでしょう」

ずいぶん言葉づかいの丁寧《ていねい》な御仁《ごじん》であった。ジャガルの民はみんな豪放なので、ディアルのお供であるラービス以外にこのような喋《しゃべ》り方《かた》をする南の民は、あまり見たことがない。

「わたしは、ボズルと申します。アスタ殿とは、城下町のトゥラン伯爵邸《はくしゃくてい》にて相まみえることになりました」

「トゥラン伯爵邸？　……あ、それじゃあ、あなたは！」

「はい。料理人ヴァルカスの弟子《でし》をつとめております。アスタ殿と顔をあわせるのは、およそひと月ぶりになりますな」

城下町の料理人ヴァルカスには、シリィ＝ロウの他に二名の弟子がいた。東の民めいた長身の老人と、南の民の大男だ。それが、このボズルである。

「大変失礼いたしました。いったい宿場町で何をなさっているのですか？」

「ちょっとジャガルの商人と商談がありましてな。すべての商人が城下町への通行証を持っているわけではありませんので、時にはこうしてこちらから出向く必要があるのです」

そう言って、ボズルはまたにっこりと微笑んだ。

「それで、せっかくですのでアスタ殿の店を拝見させていただこうと思いたったのです。いや、宿場町でここまで大きな店をかまえておられるとは思っていなかったので、驚きでした」

「ええ、店を広げたのはちょうど今日からなのですよ。あと、この半分は森辺の民のルウ家が出している店なのです」

「そうですか。ならば、よき日に立ち会えたものです」

ボズルはうなずき、試食用の木皿を覗《のぞ》き込んでくる。

「それで、こちらはギバの肉なのですな？　見たところ、細工の少ない料理であるようですが」

「はい。ギバの肉を鉄板で焼いて、それにタウ油やミャームーなどの汁《しる》をかけただけの料理です。よかったら、お味見をどうぞ」

「それはありがたい。わたしはアスタ殿の料理を口にして以来、ずっとギバの肉というものに関心をひかれていたのです」

そうしてボズルは「賜《たまわ》ります」という西の挨拶を述べてから、木串に刺された小さなステーキを大きな口の中に放《ほう》り込んだ。その間に注文が入ったので、俺は新たに肉を焼きあげる。

「……これは美味ですな」と、やがてボズルは満面に笑《え》みをたたえつつ言った。

「細工が少ないので、ギバ肉の味を正しく知ることができました。これは、いずれの部位なのでしょう？」

「これは、背中の肉になります」

「背中ですか。いささかカロンよりは硬《かた》い肉質のようではありますが、適度に脂はのっておりますし、とても力強い味です。やはり野生の獣《けもの》の肉というのは、臭みにもなりかねない強い風味を持っているものなのですな」

「そうですね。お気《き》に召しましたか？」

「はい、満足です。ジェノス城から禁じられていなければ、わたしは今日にでもギバ肉を買いつける算段を立てていたでしょう」

今はまだ市場価格を模索《もさく》している段階ということで、城下町の民がギバ肉を買いつけることは禁止されているのである。それは、貴族によるギバ肉の買《か》い占《し》めを危惧《きぐ》するジェノス侯爵《こうしゃく》マルスタインの配慮《はいりょ》であった。

「では、失礼ながら他の料理もお味見させていただきます。そちらの料理などは、香草の香りが素晴《すば》らしいですな」

「はい。かなうことなら、そちらはいつかヴァルカスにも召しあがっていただきたいと考えていました」

あれだけ巧《たく》みに香草を使いこなせるヴァルカスは、『ギバ・カレー』にどのような感想を抱くのか。それはもうずっと前から俺が知りたい事案であった。

ボズルはうなずき、『ギバ・カレー』とルウ家の屋台が立ち並ぶ右手の側に向かっていく。

それと入れ違いで、マイムとバルシャが屋台を押《お》しながら戻ってきた。今日が初の営業日であるためか、ミラノ＝マスもご一緒だ。

「では、お隣にお邪魔《じゃま》いたします」

笑顔で挨拶を述べてから、マイムはてきぱきと屋台を設置し始めた。そこで火にかけられたのは、蓋つきの大鍋《おおなべ》だ。間に『ギバまん』の屋台があるためか、俺のほうまで匂いは漂ってこない。

「ねえ、マイム、今日は何人前を仕込んできたのかな？」

『ギバまん』の屋台で働くヤミル＝レイのなよやかな背中ごしに、俺が大きめの声で尋《たず》ねてみると、マイムは笑顔のまま振り返《かえ》ってきた。

「はい。今日は初日であったので、とりあえず三十食分を仕込んできました」

「えっ！　たったの三十食分⁉」

「はい。宿場町では三十食から五十食も売れれば上等だ、というお話を聞きましたので、まずはこれぐらいで十分かなと」

それはそうかもしれないが、こちらのギバ料理はもう三ケタの売り上げが当たり前になってきたところなのである。まあ、かつては十食分の料理しか準備しなかった俺があれこれ言う資格はないのかもしれないが、それっぽっちでは一刻と待たずして売り尽《つ》くしてしまうのではないだろうか。

「でも、アスタとルウ家の御方《おかた》と、それに宿屋のご主人に味見をしていただくために、三人前は余分に準備していますので、よかったらお召し上《あ》がりくださいね」

「そっか。それはすごく嬉しいよ。どうもありがとうね」

と、マイムに御礼を言ってから、反対側のトゥール＝ディンを振り返る。ガズの女衆の働きっぷりを見守りながら、トゥール＝ディンははにかむように微笑み返してきた。

「わたしは明日にでも銅貨を払って、マイムの料理の味を確かめたいと思います」

「そうだね。他のみんなも食べたいだろうから、明日は十人前ぐらい余分に作ってきてもらおう」

そんな言葉を交《か》わしている内に、一番むこうの屋台にまで足をのばしていたボズルが戻ってきた。

「味見をできる料理はすべて食させていただきましたが、どれも残らず美味でありますな。胃袋には限りがあるので、どれを買いつけるべきか悩んでしまいます」

笑顔でそのように述べてから、ボズルはちょっと真剣《しんけん》な目つきで顔を寄せてくる。

「特にそちらの、かれーという料理……これは確かに、見事なお手並みです。ヴァルカスばかりでなく、タートゥマイにも感想を聞きたくなってしまいました」

「タートゥマイというのは、もう一人のお弟子さんですよね。あの方は、やっぱりシムのお生まれなのですか？」

「いいえ、生まれは西のようですが、親のどちらかが東の血筋であるようです」

ならばサンジュラと同じように、西と東の混血ということか。

「アスタ殿、よかったら汁物とかれーは城下町に持ち帰らせていただけませんか？　そうすれば、わたしも他の料理で思うぞんぶん胃袋を満たすことがかないます。お許しがいただけるなら、これから細工屋で蓋つきの器を購入して参りますので」

「ええ、夜までは問題なくもつはずですので、かまいませんよ。それでヴァルカスたちのご感想をいただけるなら、俺も嬉しいです」

「ならば、タートゥマイとシリィ＝ロウにも持って帰ってやりましょう。先日の茶会にて、シリィ＝ロウは何やらアスタ殿の菓子《かし》に不満を抱いていた様子でありましたが……これらの料理を口にすれば、また奮起させられるはずです」

そう言って、ボズルは南の民らしく大らかな笑みをたたえた。

「そういえば、あの日は朝から大変であったのですよ。仕事で茶会に出向くことのできなかったヴァルカスが、すっかりすねてしまって――」

「す、すねる？　ヴァルカスがですか？」

「はい。アスタ殿が城下町に招かれたのに、どうして自分が駆けつけることができないのかと、それはもう子供のようにいじけてしまっておりました」

ほとんど表情を動かすことのないヴァルカスが、いったいどのようにしてすねたりいじけたりするというのか、俺《おれ》のお粗末《そまつ》な想像力ではまったく思《おも》い描《えが》くことができなかった。

「では、先に仕事を片付けて、細工屋で器《うつわ》を購入したのちに料理を買わせていただきます。どの料理も、一刻ていどで売り切れることにはならないでしょうな？」

「はい、今日は多めに準備しているので、大丈夫《だいじょうぶ》だとは思いますが――」

ボズルとこのような場で出会えたのも、きっと何かの縁なのだろう。俺はいくぶん迷ったが、おもいきってマイムの存在を告げることにした。

「あの、ボズルはミケルという方をご存《ぞん》じですか？」

「ミケル？　……ああ、数年前まで、ヴァルカスと並んで三大料理人と称《しょう》されていた人物ですな。ジェノスからは姿を消されてしまったそうですが」

「いえ、ミケルは城下町からトゥランに移り住んだのです。……そして今日から、ミケルの娘さんがこの宿場町で料理を売りに出すことになったのですよ」

「ほう」と、ボズルは目を丸くした。

「アスタ殿は、そのミケル殿とも懇意にされていたのですか？　それはまた……人の縁とは奇《き》異《い》なるものですなあ」

「はい、俺も本当にそう思います」

そうして俺は、『ギバまん』の向こう側の屋台を指し示してみせた。

「あちらの屋台を開いているのが、そのミケルの娘さんです。彼女はあまりたくさんの量を準備してこなかったようなので、今の内に味を確かめてみてはいかがでしょう？」

「ふむ……」と、ボズルはもしゃもしゃの髭を撫《な》でさすった。

「ちなみに彼女が使用しているのも、ギバの肉です。……そして彼女は、あの若さでとてつもない力量を持った料理人であると、俺は思っています」

「そうですか。アスタ殿がそこまで仰《おっしゃ》るのでしたら、間《ま》違《ちが》いはないのでしょうな」

ボズルは、楽しげに微笑んだ。

「ここを離《はな》れる前に、味を確かめさせていただきましょう。ギバの料理というだけで、わたしには十分に興味深いところでありますしな」

ボズルがそちらに足を向けるのを見届けて、俺はアイ＝ファに向きなおった。

「アイ＝ファ、悪いけど、お客さんが来たら少々お待ちいただけるように伝えてもらえるかな？　店が混《こ》み合《あ》う前に、マイムの料理を味見しておきたいんだ」

「うむ。まかせるがいい」

頼もしき家長に留守番を一任し、俺は青空食堂のほうからシーラ＝ルウも呼びつけた。そうして二人で駆けつけてみると、マイムがにっこり微笑み返してくる。

「ああ、アスタ。ちょうど料理が温まったところです。……それに、こちらのお客様がご注文をくださったのですよ」

屋台の前では、何食わぬ顔をしてボズルが立ちはだかっていた。マイムの屋台では試食を出したりしないだろうから、味を見るには購入《こうにゅう》する他《ほか》ないのだ。さらに屋台の横では、ミラノ＝マスも手持《ても》ち無沙汰《ぶさた》に立《た》ち尽くしている。

「それでは準備を始めたいと思います。お代は赤銅貨二枚になりますので」

「はい。では、これで」

ボズルから銅貨を受け取って、マイムはついに鉄鍋《てつなべ》の蓋を取り去った。

たちまち、甘い香《かお》りがもわんと広がる。これは、カロン乳の香りだ。

そういえば、ダバッグへの旅でインスピレイションを受けたマイムは、屋台の料理にカロン乳を取り入れたいと述べていた。だから屋台のオープンも、こんな復活祭直前の時期にまで延期されることになったのだった。

大きな鉄鍋では、乳白色のスープがこぽこぽと煮《に》えている。シチューのようにとろりとした質感で、もちろん乳以外の香りもする。こってりとした甘い香りだ。

そしてその水面からは、何十本という木串が顔を出していた。煮汁《にじる》の中身はうかがい知れないが、ある種のおでんを思わせる様相である。

「少々お待ちくださいね」

袋の中から直径二十センチていどの焼きポイタンを取り出して、マイムはそれを作業台に山積みにした。そうして木串の一本をつかみ取り、少し攪拌《かくはん》してから、煮汁の上に引き上げる。

どうやらこれはシチュー以上の粘性《ねんせい》を持つようで、串に刺さった食材にもチーズフォンデュのごとく乳白色の煮汁がからみついていた。しかし、何とか食材の判別は可能である。そこに刺さっていたのは、ギバ肉とアリアとネェノンであった。

肉は三つで、野菜は一つずつ、串カツのように互《たが》い違《ちが》いに刺されている。野菜は輪切りで、肉はくるくると巻かれたロール状だ。

マイムは焼きポイタンの生地《きじ》をつかみとり、それで串刺《くしざ》しの食材をはさみ込んだ。そうして生地ごしに食材を握《にぎ》りつつ、串をするっと引《ひ》き抜《ぬ》いてしまう。完成したのは、ひだのない巨大《きょだい》ギョーザのごとき、半円状の料理であった。

「どうぞ、お召し上がりください」

ボズルに商品を渡《わた》してから、今度は俺たちのために作製を始める。ぐらぐらと煮立《にた》った煮汁のすぐそばまで手を入れることになるが、熱そうなそぶりはまったく見せない。俺と同様に、長年の修練で手の皮が厚くなっているのだろう。

「アスタたちも、どうぞ」

「うん、ありがとう」

俺はまじまじと、その料理を検分させていただいた。

フワノやポイタンの生地で肉と野菜を包むというのは、屋台の軽食の定番だ。外観的にも香り的にも、奇抜《きばつ》なところはまったくない。それでも大いに期待をかけつつ、俺はその料理にかじりついた。

ポイタンの生地は、もっちりとしながらもやわらかい。ポイタンを水で溶《と》いて焼きあげるだけではこのような食感は得られないはずなので、ギーゴの他にも何かを混ぜ合わせているのだろう。

しかしそれ以上に、具材のほうが驚嘆《きょうたん》の美味《おい》しさであった。

まず、白い煮汁の粘性が不可思議である。すりおろしたギーゴのようにねっとりとしており、それでいて質感はなめらかだ。

味はやっぱり、カロン乳のそれが強い。その他に感じるのは、乳脂《にゅうし》の風味と、タウ油らしい塩気と——それに、肉と野菜の強い旨《うま》みであった。

マイムは煮汁に野菜のすりおろしや骨ガラの出汁《だし》を加えることで、強いコクと旨みを引き出す技術に長《た》けていた。その技術が、この料理にもふんだんに使われていたのだった。

俺の知る料理で一番近いのは、やはりクリームシチューであったかもしれない。だけどやっぱり、本質の部分が違っているのだろう。似てはいても、これをクリームシチューと呼ぶ気にはなれなかった。そして、その不可思議な煮汁が、これでもかとばかりに食材にからみついているのである。

ロール状に巻かれたギバ肉は、ふるふるとしたゼラチン質の食感が素晴らしい。これはギバのバラ肉だ。その丸く巻かれた肉の内側にも、甘い煮汁がしっかりとしみこんでいる。

肉は薄く切られていたが、何重にも巻かれていたため、噛《か》み応《ごた》えはしっかりとしていた。やわらかいアリアと一緒《いっしょ》に食せば、美味しさも倍増である。一口に含《ふく》まれる焼きポイタンの生地との比率も、計算し尽くされているかのように、ばっちりだ。

そしてふた口目を食すと、そこにはまた細工が仕掛《しか》けられていた。二つ目の肉はバラではなく、モモであったのだ。さきほどよりも、いっそう噛み応えはしっかりとしている。濃厚《のうこう》な煮汁にも負けない、強い肉の味であった。

そうしてアリアに劣《おと》らず甘くてやわらかいネェノンを通過したのちには、ロースが待ちかまえている。バラ肉よりはしっかりしており、モモ肉よりはきめのこまかい、これまた嬉しい変化である。

赤銅貨二枚なのだから、肉の量はそれぞれ四十グラムずつの見当であろう。ジェノス城に取り決められているのだから、その分量は動かせないのだ。だが、こんな量では物足りない。もっともっと食べてみたい。そう思わせるだけの美味しさを持つ料理であった。

最後の一口まで丁寧に味わって呑《の》みくだしてから、俺はマイムに向きなおる。

「美味しかったよ。マイムの料理を食べるのは、すごくひさびさだったけど……ギバ肉を扱《あつか》う巧みさが、ひと月前とは比べ物にならないね」

「ありがとうございます。ギバ料理に関しては、アスタにそのように言っていただけるのが一番嬉しいです」

マイムはとても誇《ほこ》らしげに笑っていた。その笑顔を見つめ返しながら、シーラ＝ルウも静かに「美味です」と述べる。

「本当に、マイムの手腕《しゅわん》にはいつも驚かされてしまいます。この煮汁の不思議な舌ざわりは、どのようにして生み出しているのですか？」

「これは、フワノとポイタンとギーゴを使っています。この分量を決めるのには、ものすごく時間がかかってしまいました」

「味付けにも、さまざまな野菜を使っているのでしょうね。それにやっぱり、キミュスの骨ガラを使っているのでしょうか？」

「はい、キミュスと、それにカロンの足の骨ガラも使っています。ギバの骨ガラも使おうと思ったのですが、そちらは風味が強すぎて、うまくあわせることができなかったのですよね」

それは現在、俺やルウ家の面々が精進《しょうじん》を積んでいる案件だ。ギバ骨スープというのは臭《くさ》みがものすごいので、やはり一朝一夕《いっちょういっせき》では扱い難《にく》いのである。

「いや、驚いたな。まさかここまで見事な手並みとは……やはり俺の店では屋台など出さずに正解だった」

さすがのミラノ＝マスも、驚きを隠せずにいる。

そして、ボズルは――さっきからずっと無言のまま、マイムの笑顔を注視していた。俺の視線に気づいて、そのボズルがようやく破顔する。

「ああ、はい、わたしも驚かされました。アスタ殿よりも若年《じゃくねん》で、アスタ殿にも劣らぬ料理人が存在するなどとは、夢にも思っていなかったのです。……きっとミケル殿というのも、評判にたがわぬ料理人であったのでしょうな」

「え？　あなたは父をご存じなのですか？」

「ええ。わたしはジェノスで暮らすようになってから日が浅いので、その料理を口にする機会はありませんでしたが、ご高名はかねがね耳にしておりました」

「ごめんね。ボズルは城下町の人で、ミケルの腕《うで》を知る料理人のご身内だったから、俺がミケルのことを話してしまったんだ」

俺が伝えると、マイムは屈託《くったく》なく「そうなのですか」と笑ってくれた。

「料理人としての父を知る御方に食べていただけたのなら、とても嬉しいです。どうぞそのご身内の方にもよろしくお伝えください」

「伝えましょう。ヴァルカスもきっと喜ぶはずです。……そして、あなたの料理を食べたがるはずです」

ボズルも、ますます楽しそうに笑う。

「ですが、こちらの料理を持ち帰るのは、ちと難しいようですな。いずれヴァルカスから、あなたの料理を求める言葉が届けられることになるでしょう」

「はい、お待ちしています」

マイムはあっけらかんとしていたが、それはいずれ彼女が城下町に招かれる、ということなのかもしれない。

だけどまあ、不思議なことは何もないだろう。俺にとっては、このマイムだってヴァルカスと同じぐらい驚異的《きょういてき》な存在なのである。それでまだこの幼さであるのだから、ポテンシャルにおいては最大の可能性を秘《ひ》めている料理人であるのだった。

（料理人に悪逆な真似《まね》を働いていたサイクレウスは、もういないんだ。それならマイムはミケルの意志を継《つ》いで、城下町の料理人になるべきなんじゃないだろうか）

俺あたりがそのようなことを考えるのは差し出がましいことなのかもしれないが、すべてはミケルとマイム次第《しだい》だ。二人がそれを望むのならば、決して不可能な話ではないだろう。

だけど今は、マイムのように才覚あふれた少女とこうして並んで商売ができることを、何よりも寿《ことほ》ぎたかった。

## 3

その後も、至極《しごく》順調に商売は進んでいった。

中天が過ぎるとまた客足はのびていき、倍の大きさになった青空食堂も常に満員の状態である。なおかつ、護衛役の手をわずらわせるような事態にも陥《おちい》らず、ただ慌《あわ》ただしく時間が過ぎていく。

ルウ家と合わせて五種類の料理も、それほどひどい偏《かたよ》りを見せることなく、順調に売れていた。その中でも、やはり汁物《しるもの》料理はサイドメニューとしての人気を博し、店を訪《おとず》れた半数以上のお客が買い求めている印象である。三百食分も準備したことは、後悔《こうかい》せずに済むようだ。

『ギバのステーキ』も、問題なく売れている。作り置きを準備できないのがネックであるが、ここまでしっかりとした肉料理を屋台で食べられるというのがお客さんの琴線《きんせん》に触《ふ》れたらしい。ジャガルの民《たみ》でも風味を嫌《いや》がる人は少なく、屋台の前には常に行列ができることになった。

そして、『ギバ・カレー』である。こちらは大いに、東の民のお客さんをひきつけることができた。

なおかつ、どの料理よりも強烈《きょうれつ》な香りを漂わせているゆえに、注目度はナンバーワンである。味見を所望《しょもう》するお客さんも断トツで多かったようだ。また、すでに宿屋で売られている商品でもあるので、リピーターとして購入してくれるお客さんも少なくはないようだった。

「どうせだったら、こいつを腹いっぱい食いたいなあ。ポイタンをもっと売ってくれよ」という要望も、西のお客さんから届けられることになった。『ギバ・カレー』は味が濃《こ》いので、ポイタン半個分では物足りない、ということであろうか。しかし、ポイタンの量を迂闊《うかつ》に増やすと、それで腹が膨《ふく》れてしまい、他の料理の売り上げが落ちてしまう恐《おそ》れもあろう。これは要検討の案件である。

そしてジャガルのお客さんには、これがシム料理ではなく俺の料理――大陸の外から森辺の集落に移り住んだ、天下の変人アスタの故郷の料理である、という啓蒙《けいもう》活動を繰《く》り広《ひろ》げることになった。ジャガルとシムは敵対国であるので、これがシム料理だと思われてしまうのは、いささかならず具合が悪いのだ。

販売《はんばい》初日の本日は、七割が東、二割が西、一割が南、というぐらいの比率であったが、こうした草の根活動で『ギバ・カレー』を普及《ふきゅう》させることができれば幸いである。

それに、東の民があまりにも目立ってしまっているが、『ギバ・カレー』は小盛で二百食分も準備しているので、この比率のまま完売できれば、二十名ていどの南の民が購入してくれるという計算になる。初日としては、まずまずの成果なのではないだろうか。

そんな中、中天を三十分ほど過ぎたあたりで、マイムの屋台は店じまいをすることになった。まあ、三十食分しか準備していなかったので、それも当然だ。むしろ、よくもそこまで持ったものである。

「きっと、ギバ料理というだけで目をひくことができたのでしょうね。これもアスタたちのおかげです」

「そんなことはないよ。これでマイムの料理の美味しさも評判になって、明日からは今日以上にお客さんが詰めかけるんじゃないのかな」

「そうだとしたら、とても嬉《うれ》しいです」

ともあれ、料理を完売できたことに、マイムはほっとしている様子であった。開店当時の俺のように、一食も売れなかったら大赤字だ！　という不安感を抱いていたのだろう。俺もマイムも家族の稼《かせ》ぎを資本にして商売を始めた身であるので、そのあたりのプレッシャーはなかなかのものなのだ。

「明日からは、十食増やして四十食分の料理を準備したいと思います」

「いや、明日は俺もルウ家の人たちも銅貨を払って購入したいからさ。それとは別に、十人前ぐらい準備してくれないかな？」

「ええ？　そんなに買っていただけるのですか？」

「うん。マイムの料理を食べることは、勉強にも刺激《しげき》にもなるからね」

「ありがとうございます。それでは、五十食分を準備したいと思います」

そのように言い残して、マイムはトゥランの家に帰っていった。

それを送り届けたのち、バルシャは買い出しの仕事を済ませて、護衛のメンバーと合流した。三台の荷車で十七名の人間はけっこう窮屈《きゅうくつ》になってしまうので、行きも帰りも相乗りをお願いしているのだ。

そうして、じょじょに終業の時間に近づいていく。

最初に商品を売り切ったのは、なんと『ギバ・カレー』であった。

やはり東の民に圧倒的《あっとうてき》な人気を誇ったのと、後は味見をせがむお客が多かったためだろう。試食のためにかなり多めに準備してきたはずであるのに、二百食分のうち三食分ほど売り上げが不足し、同じ数の焼きポイタンが余ってしまっていた。

「味見のための木匙《きさじ》を洗うのは、なかなかの手間でしたね。それに、時間を置いて何回も味見をするお客が、何人かいたように思います」

担当者のトゥール＝ディンからは、そのような報告が為されることになった。

馴染《なじ》みのないカレーの味を普及するのに試食の制度は不可欠と思えるが、これより店が賑《にぎ》わうようならやっぱり手間がかかりすぎるし、それに、祭の場ではマナーを失したお客さんが増えないとも限らない。祭の本番の二十二日には、いったん試食を切り上げたほうが無難かもしれなかった。

そして、その次に完売したのは、ありがたいことに『ギバのステーキ』であった。作製に手間がかかる分、お客さんのはけは悪いが、新メニューであるにも拘《かか》わらず分量を絞《しぼ》っていたので、この結果となったのだろう。それでも百食分が売れたのだから、十分な成果だ。復活祭が終了《しゅうりょう》するまで、もう何回かはこのメニューを再販《さいはん》しようと、俺は心のメモ帳に書き留めることになった。

その後はアイ＝ファも屋台から解放され、俺は食堂のほうを手伝うことにした。

拡張された食堂は大賑《おおにぎ》わいであるが、こちらもそれなりの人員を配置しておいたので、とりたてて問題はなかったらしい。ただ、今日が初めての出勤となる女衆らは、この賑わいっぷりと、それにジェノスの民らの友好的な態度にひどく驚嘆させられたようだった。

むろん、ジェノスの全住人が、森辺の民に対する恐怖心《きょうふしん》や不信の念から解放されたわけではない。が、屋台に集まるのは、そういったものから解放された人々がほとんどだ。刀を下げた狩人らがうろちょろしていても、大きく心を揺《ゆ》らす者はいない。昼下がりにユーミが訪れたときなどは、ルド＝ルウを交えて客席で談笑《だんしょう》していたそうである。

「アスタ、ひとつ思ったのですが」

と、屋台で『ギバのモツ鍋《なべ》』を売っていたアマ・ミン＝ルティムが、俺に呼びかけてくる。

「北の一族やベイムの家など、宿場町での商売に反対していた氏族こそ、この光景を目にするべきなのではないでしょうか。この場に椅子《いす》や卓《たく》を置くようになってから、わたしはなおさらそれを強く思うようになりました」

「そうですね。ベイムには屋台の手伝いをお願いしようかと思っていました。スフィラ＝ザザたちは、北の集落に戻ってしまったのでしたっけ？」

「いいえ、もうしばらくは残るようです。戻るときは、レム＝ドムも行動をともにするようですね」

では、手伝いではなく視察でもいいから、スフィラ＝ザザたちを招く甲斐《かい》はあるかもしれない。この青空食堂は、森辺の民とジェノスの民の絆《きずな》を結びなおすための大いなる助けになっている気がしてならなかった。

そうして、終業時間まであとわずか、というところで『ギバのモツ鍋』も完売することになった。残るは『ギバまん』と『ミャームー焼き』だ。

やはり新商品のほうが、売れ行きはまさっているのだろう。とはいえ、『ギバまん』も『ミャームー焼き』も、けっこうな数を準備してきている。特に『ギバまん』は『ギバのステーキ』と同じ価格であると考えれば、新商品の目新しさにも負けずに奮闘《ふんとう》している、と評せるはずであった。

そうして訪れた終業時間、下りの二の刻である。

『ギバまん』は三食分、『ミャームー焼き』は八食分だけが売れ残ることになった。

これでは、《キミュスの尻尾亭《しっぽてい》》に転売するにも至らない。『ギバまん』は狩人たちの胃袋《いぶくろ》に収まり、焼いていない分の『ミャームー焼き』は集落に持ち帰られることになった。

トータルの売り上げは、『ギバのモツ鍋』が三百食分、『ギバ・カレー』が百九十七食分、『ミャームー焼き』が百三十二食分、『ギバまん』が百十七食分、『ギバのステーキ』が百食分――ファの家が赤銅貨七百二十九・五枚、ルウの家が赤銅貨六百四十八枚で、トータルは赤銅貨千三百七十七・五枚である。

小分けにしなければ持ち上げることすら難しい銅貨の山に、やはり初参戦の女衆らは目を丸くしてしまっていた。俺の個人的な見解によると、この世界における赤銅貨というのは日本円で二百円ぐらいの価値であるかと思われるので、これは二十七万五千五百円に相当する売り上げであったのだった。

「これでは護衛が必要なのも道理だな！　森辺の民を恐れぬ余所者《よそもの》ならば、よからぬことを考えてもおかしくない富だ！」

売れ残りの『ギバまん』をもふもふと頬張《ほおば》りながら、ダン＝ルティムはそのように言いたてた。

「今さらこのようなことを問うても意味はないのだろうが、これはギバ何頭分の銅貨になるのだ？」

「えーとですね、牙《きば》や角だけではなく毛皮もあわせて考えると――ギバ五十七頭分になりますね」

「たった一日で、ギバ五十七頭分の銅貨か！　まったく大したものではないか！」

「そうですね。……でも、今となってはギバの肉だって立派な商品です。少なく見積もっても、ギバ一頭で赤銅貨二百枚ぐらいの稼ぎにはなるのですから、そう考えたら、今日の売り上げもギバ六、七頭分ぐらいの価値、ということになりますね」

「ギバの肉は、そんな値段で売れているのか。それは莫大《ばくだい》な富になるはずだ」

と、ラウ＝レイも呆《あき》れた様子で口をはさんでくる。

「うん、だけど、ギバを料理ではなく肉として買ってくれているのは、今のところ懇意にしている宿屋とマイムだけなんだ。復活祭の間はまた買う量を増やしていただけるらしいけど、普《ふ》段《だん》だったらギバ三頭分ぐらいでまかなえる量しか売ることはできていないんだよね」

「だからこそ、もっとたくさんの肉を売れるようになれば、森辺の民のすべてが豊かな暮らしを得られるということか」

納得《なっとく》したようにラウ＝レイはうなずいた。

「ようやく俺にも、ファの家のやりたいことが理解できてきた。お前たちは、本当にとてつもないことを考えだしたのだな」

「い、今ごろ理解できたのかい？　家長会議では、それが一番の議題だったじゃないか」

とはいえ、あの頃《ころ》はまだ肉の価格も定まっていなかった。なおかつ現在も、卸《おろ》し値《ね》に関しては検討の最中である。ジェノス城としては、最終的にカロンの胴体《どうたい》の肉と同額にするのが相応なのではないか、と考えているのだった。

カロンの胴体の肉は、業者価格でも一キロで赤銅貨七枚以上もする。ギバの肉は部位によって売り値を変えているが、平均すれば赤銅貨五枚ていどだ。

貴族の買い占めを防ぐには、いずれギバ肉もカロン肉と同額に改正しなくてはならないという話になっている。そんな高額になってしまったら、宿場町で肉を売ることも難しくなってしまうのではないか――という不安をはらみつつも、価格が上がればそれだけ大きな富を得ることもできるようになるのだ。

そして、ポルアースとしては「それぐらいの値段でも買い手がつくぐらい、宿場町やダレイムやトゥランが豊かになればいい」という遠大なる構想を練っているのである。

「なるほどなー。俺もギバ肉がそれだけの稼ぎになってるなんて知らなかったよ。ジェノス城から払《はら》われてる褒賞金《ほうしょうきん》なんてやつより、よっぽどすげーじゃん」

と、かたわらでバルシャと語らっていたルド＝ルウも、興味深そうに加わってくる。

「褒賞金ってのは、赤銅貨千五百枚とかだったたっけ？　最初はすげーとか思ったけど、払われるのは三ヶ月《かげつ》にいっぺんなんだもんな。たった一日で同じぐらい稼いでるアスタたちのほうが、よっぽどすげーや」

「うん、だけど、こっちは材料費とかもかかってるからね。純利益は赤銅貨千枚もいかないと思うよ」

「それでも十分にすげーだろ。ま、褒賞金なんてどうでもいいけどよ」

「……そういえば、前回の褒賞金は、サウティ家に与《あた》えられたんだって？」

スン家が失脚《しっきゃく》して以降、褒賞金は黒の月に一度支給されている。それは生活に困窮《こんきゅう》している氏族に与えられることに決定されたのだが、誰《だれ》も名乗りをあげなかったため、手付かずで保管されていたのである。それがこのたび、森の主のために大きな被害《ひがい》を被《こうむ》ったサウティ家が配分を要求することになったのだった。

「族長筋たるサウティ家が率先《そっせん》して褒賞金に手をつければ、他の氏族たちも少しは恥《はじ》や遠慮《えんりょ》を捨てて名乗りをあげることができるようになるだろう」

ダリ＝サウティは、そのように言っていたらしい。

そうして三族長の協議により、褒賞金から赤銅貨五百枚がサウティ家に支給されることになったのだ。それで高額な薬や滋養《じよう》のある食材を買い求め、サウティ家が力を取《と》り戻《もど》すことになれば幸いであった。

「それでも銅貨が余るようだったら、いっそのこと他の連中も荷車やトトスを買えばいいんだよな。そうしたら、みんな買い出しが楽になるじゃん」

ルド＝ルウの何気ない一言に、屋台の片付け中であった俺は鉄板を落としてしまいそうになった。

「そ、それは素晴らしい考えだね！　ぜひルド＝ルウからドンダ＝ルウに進言してみるといいよ！」

「んー？　思いつきで言っただけだよ。この荷車ってのは、むちゃくちゃ高いんだろ？」

「幌《ほろ》つきのこいつは赤銅貨千二百枚もするけどね。ザザやサウティの使ってる屋根なしの荷車はもっと安いはずだよ。雨対策で革《かわ》の掛《か》け物《もの》だけ準備しておけば、買い出しには十分だろうしさ」

宿場町への買い出しというのは、どの氏族にとっても大きな手間であるはずだ。だからこそ、俺も近在の氏族のためにトトスと荷車を買い、その労力を軽減させることによって、燻製《くんせい》作りやさまざまな作業に手を貸してもらえるように段取りを整えたのである。

手が空けば、小さな氏族でも料理や燻製作りに時間や労力を割《さ》くことができるようになる。「豊かな生活」とともに「美味なる食事」の重要性を説いている俺としては、それは十二分に意義のあることだと思えた。

「ま、アスタがそういうなら、親父《おやじ》には話しておくよ。小さな氏族の連中は意固地だから、なかなか褒賞金には手をつけようとしないだろうしなー」

「うん、ありがとう」

それで俺たちは、ようやく後片付けを完了《かんりょう》させることができた。青空食堂のスペースを縄《なわ》で囲ったら、いざ森辺に凱旋《がいせん》だ。

屋台を返す組、食材を購入する組、銅貨を両替《りょうがえ》に行く組に分かれて、石の街道《かいどう》を闊歩《かっぽ》する。

その中で、俺とトゥール＝ディンとシーラ＝ルウとリミ＝ルウの四名は、アイ＝ファとルド＝ルウに付《つ》き添《そ》われて、城下町の料理人たるヤンの屋台に向かうことになった。

ヤンは、ポルアースの生家たるダレイム伯爵家《はくしゃくけ》の料理長をつとめる人物である。彼《かれ》も俺たちと同じように、宿場町における目新しい食材の普及活動に努めているのだが――彼もまた、本日から新しい料理を屋台で売りに出すことになっていたのだった。

「ああ、アスタ殿。わざわざ足をお運びいただき、恐縮《きょうしゅく》です」

露店《ろてん》区域の南寄りに開かれていた屋台に到着《とうちゃく》すると、ヤンが慇懃《いんぎん》に頭を垂れてくる。その隣《となり》で手伝いをしていたのは、ダレイム伯爵家の侍女《じじょ》であるニコラだ。両名とも、貴婦人の茶会の際には対面していたが、壮健《そうけん》そうで何よりであった。

「こちらもそろそろ店じまいをしようと思っていたところでした。間に合って何よりです」

「それは本当に何よりでした。新しい料理の売れ行きはいかがでしたか？」

「それなりに順調です」と、ヤンは穏《おだ》やかに微笑《ほほえ》む。

「だいぶん他でも目新しい食材を扱う屋台が増えてきたので、あまり注目を集めることはかないませんでしたが、初日としては上々ではないでしょうか」

確かに一時はカロン乳や乳脂の香りであふれかえっていた露店の区域に、今はさまざまな香りが漂《ただよ》っている。目立つのは、シムの香草《こうそう》の刺激的《しげきてき》な香りと、あとはタウ油の芳《かぐわ》しい香りだ。ポルアースとサトゥラス伯爵家の共同作戦により、宿場町にもじわじわと新しい食材が普及されつつあるのである。

《タントの恵《めぐ》み亭《てい》》のように協力関係を結んだ店などは、目新しい食材の正しい使い方をレクチャーされている。それで差をつけられてはならじと、今ではさまざまな店が協力関係を望んできているとのことであった。

「今回からは、ついにカロンの背中の肉を使うことになったのです。よかったら、そちらを味見していただけませんか？」

「ええ、是非《ぜひ》」

　ヤンはうなずき、ニコラに指示を送った。

　ニコラは仏頂面《ぶっちょうづら》のまま、鍋からすくった具材を丸いポイタンの生地に詰《つ》めていく。濃いオレンジ色をした煮汁で煮込まれた肉と野菜である。そうしててっぺんをきゅっと絞ると、かつて食した『キミュスの肉饅頭《にくまんじゅう》』とそっくりの料理ができあがった。

「この大きさで、赤銅貨二枚です。さすがに値が張るのでいささか売れ残ってしまいましたが、祭が始まって人間が増えれば売り切ることもかなうでしょう」

　この大きさというのは、直径十センチていどのものであった。ボリュームでいえば、我《わ》が店の『ポイタン巻き』と同じぐらいだ。こちらは赤銅貨一・五枚の価格であるが、カロンの胴体の肉は値が張るので割高にならざるを得ないのだった。

　ちなみに鉄鍋は金属の仕切りで二分割《ぶんかつ》にされており、その片方はほとんど空になっている。きっとそちらはカロンの足肉を使った料理で、安価であるため売り切ることができたのだろう。

　それほど空腹ではなかったので、俺たちは二食分を購入し、それを四人で分けることにした。口をつける前に割ってしまえば、家族ならぬ相手とも料理を分け合うことは可とされているのだ。

「では、いただきます」

具材の香りは、やや甘《あま》めである。煮汁のベースはすりつぶしたネェノンであるように思えたが、こまかく刻んだ肉や野菜がたっぷりと詰め込まれており、香草などの香りはしない。ヤンの料理であまり痛い目を見た覚えはないので、俺たちは安心してその料理を口に運ぶことができた。

やっぱり甘めで、優《やさ》しい味である。タウ油と、砂糖も使っているのだろう。あえて言うなら、和風に近い味付けであった。

カロンは牛肉の味に近く、しかも背中の肉なので、とてもやわらかい。野菜は、サトイモのようなマ・ギーゴと、ダイコンのようなシィマ、それにシイタケモドキも使っているようだった。

「これは美味しいし、それに食べやすいですね。ジャガルのお客さんに喜ばれそうです」

「はい。今回はジャガル料理を作るつもりで仕上げてみたのです」

宿場町においては複雑な味付けにするべきではない、というマイムやレイナ＝ルウの意見を取り入れた結果なのだろうか。ヤンは、とても穏やかに微笑んでいた。

「調味料も食材も、そのほとんどがジャガルから取り寄せられたものです。これに西や東の食材をいかに組み合わせるか、というところで頭を悩《なや》ませるのが料理人としての本分なのでしょうが、今は一つずつ積み上げていきたいと思います」

「ええ、これは宿場町で売るのに相応《ふさわ》しい料理だと思います」

それに、こうしたシンプルな料理のほうが、ヤンは本領を発揮できるように思えた。貴婦人の茶会でも証明された通り、ヤンは繊細《せんさい》に味を組み立てる確かな技量を有しているのである。

以前ならばこの料理にもシナモンっぽい香草を使いそうなところであったが、それを選択《せんたく》しなかったことに、俺はある種の決意めいたものを感じ取ることになった。もっと複雑な味付けにしたほうが、城下町では喜ばれるに違《ちが》いない。だけどこれは宿場町の民に向けた料理なのだと、ヤンも考えを改めたのだろう。

「明日は、わたしがアスタ殿《どの》らの店におうかがいいたします。……そういえば、ミケル殿の娘《むすめ》御《ご》の料理はいかがでしたか？」

「はい。以前にも増して、素晴《すば》らしい出来栄《できば》えでした。これで彼女《かのじょ》が百食や二百食も準備してきたら、こちらの売り上げにも影響《えいきょう》が出てきてしまうかもしれませんね」

「そうですか。とても楽しみです」

やわらかくも、力強い笑《え》みであった。ヤンならば、きっとマイムの料理に大きな衝撃《しょうげき》を受け、そしてまた静かに奮起させられることだろう。

そういえば、同じ城下町の料理人であるロイは、いったいどこで何をやっているのかな――と、そんな思いが俺の脳裏《のうり》をよぎっていった。マイムの料理に衝撃を受けたばかりでなく、レイナ＝ルウたちの成長に打ちのめされたロイは、その日を境にすっかり姿を見せなくなってしまったのだ。

「それでは、また明日に。今日はありがとうございました」

そうして俺たちは、街道へと引き返した。

歩きながら、俺は女衆らに問うてみる。

「みんな、ヤンの料理はどうだったのかな？」

「はい。これまでの中では、一番美味であるように思えました。アスタの言っていた通り、とても自然に食べられましたし」

「そうですね。ただやっぱり、ギバの肉を使っている分、ナウディスという者の作る料理のほうが、わたしたちの好みには合うように思います」

トゥール＝ディンとシーラ＝ルウは、そんな感じであった。

そのかたわらで、リミ＝ルウはちょっと難しげな顔をしている。

「あの城下町で食べたお菓子は、すっごく美味しかったのになー。あの人だったら、もっと美味しい料理を作れるんじゃない？」

「うーん、城下町と宿場町では求められる味が変わってくるからね。城下町の民のためだけに料理を作ってきたヤンは、色々苦労させられているんだよ。それでも菓子作りは一番得意だっていう話だったから、城下町風の料理が口に合わない俺たちでも美味しくいただくことができたんじゃないかな」

たぶんミケルやヴァルカスという料理人は、そういった各人の好みを帳消しにしてしまえるぐらいの力量を持っている、ということなのだ。

それでもヤンだって、こと菓子作りに関してはその両名に見劣《みおと》りしないぐらいの腕を持っているのではないのかな、と俺は考えていた。

「まあ俺たちは、人の心配より自分たちの心配をしないとね。今日から下ごしらえの仕事も大《おお》忙《いそが》しになるんだから、明日に向けて頑張《がんば》ろう」

そんな無難な言葉でしめくくり、俺たちは集合場所である《キミュスの尻尾亭》を目指した。

が、数歩も行かぬ内に「待て」とアイ＝ファに呼び止められる。

「何か不穏《ふおん》な気配が近づいてくる。道の端《はし》に寄れ」

「え？　いったいどうしたんだよ？」

それはまるで、カミュア＝ヨシュらにザッツ＝スンが捕《と》らえられたときのような反応であったので、俺は大いに困惑《こんわく》させられてしまった。しかしアイ＝ファの察知能力に疑いをかけることはできなかったので、素直《すなお》に身を引くしかない。

「んー？　何だありゃ？　別に荒事《あらごと》ではないみたいだけど、ずいぶん賑やかだな」

リミ＝ルウたちを背後にかばったルド＝ルウも、いぶかしげに声をあげている。

その賑やかさが俺にも伝わってきたのは、それから二十秒ぐらいが経過してからのことだった。

道をゆく人々も、いくぶんきょとんとした感じで足を止めている。

南の方角から、鳴り物入りで進軍してくる一団があったのだ。

「わあ」とか「きゃあ」とかいう驚《おどろ》きの声も伝わってくる。それほど深刻な叫《さけ》びではなかったが、しかし驚きに値する一団ではあるようだ。

俺《おれ》はアイ＝ファの肩《かた》ごしに街道を見つめながら、その一団がこちらに到達《とうたつ》するのを待ち受けて――そしてやっぱり、「うわあ」と声をあげることになった。

何台もの荷車を引き連れた、大きな一団だ。

鳴り物入りというのは比喩《ひゆ》ではなく、実際に笛を吹《ふ》き、太鼓《たいこ》を叩《たた》き、それに弦楽器《げんがっき》と思《おぼ》しきものをかき鳴らしながら、ゆっくりと街道を行進している。

まず驚かされたのは、その先頭の荷車であった。俺たちが使用しているものよりふた回りも大きいその幌型の荷車は、トトスならぬ異形の動物に引かれていたのである。

それは、ワニのように巨大な爬虫類《はちゆうるい》であった。いや、大きさはワニ並みでも形状はトカゲに近いので、まるで恐竜《きようりゆう》のごとき様相だ。

体長は、長い尻尾《しつぽ》を含めて三メートルは下らないだろう。砂色をした鱗《うろこ》にびっしりと全身を覆《おお》われており、四本の足でのたのたと街道を歩いている。その顔などは馬ぐらいのサイズがあり、口もとと首に手綱《たづな》をかけられている。

トカゲそっくりのユーモラスな顔つきであるが、これだけ大きいとそれだけで恐怖心をかきたてられてしまう。コモドオオトカゲをさらに肉厚にしたような、それはトカゲの大親分であったのだった。

そんな巨大トカゲが、トトスさながらに二頭がかりで荷台を引いている。その手綱を握っているのは、真っ白な頭をした小柄《こがら》な老人であった。

宿場町においては荷車を走らせることが禁じられているため、その人物も手綱を握って街道を歩いている。黒と灰色がまだらになったボロキレのような長衣を纏《まと》った、枯《か》れ枝《えだ》のような老人だ。

「すげーな、ありゃ。マダラマの蛇《へび》に足を生やしたみてーだ」

ルド＝ルウは、興味津々《きょうみしんしん》の様子でそのようにつぶやいた。

幸いなことに、巨大トカゲを使っているのは先頭の荷車のみであった。残りの荷車は六台で、それらはみんな二頭ずつのトトスに引かれている。ただ、それらの手綱を握っているのは、みな奇妙《きみょう》な風体《ふうてい》をした人間ばかりであった。

途方《とほう》もない大男がいる。

仮面で顔を隠《かく》した小男がいる。

奇怪《きかい》な紋様《もんよう》の薄物《うすもの》を羽織った、妖艶《ようえん》なる美女がいる。

古びた甲冑《かっちゅう》を全身に纏って、ロボットのようにギクシャクと歩いている者がいる。

それらの面妖《めんよう》なる人々が、笛を吹き、太鼓を叩きながら、ジェノスの宿場町をのろのろと進軍していくのである。

まるで白昼夢のような光景であった。

「さあさあ、《ギャムレイの一座》だよォ！　ジェノスの皆様《みなさま》は、元気にお過ごしだったかなア？」

と、笛や太鼓にも負けない勢いで、高い位置から少女の透《す》き通《とお》った声が響《ひび》きわたった。

真ん中あたりに陣取《じんど》った、一番大きな箱型の荷車。その屋根にちょこんと座《すわ》った小さな女の子が、血のように赤い花をあちこちに撒《ま》き散《ち》らしながら、そのように述べたてていたのである。

「今年もお世話になるからねェ！　みんなで楽しく太陽神の復活を祝おうじゃないかァ！」

その少女もまた、たいそう奇抜な風体をしていた。

座っているのでわかりにくいが、ずいぶん小さな女の子である。きっとツヴァイぐらいの背丈《たけ》しかないだろう。その小さな身体に鮮《あざ》やかな朱色《しゆいろ》の羽織みたいな衣服を纏い、歌うような節回しで口上を述べている。

髪《かみ》が、ものすごく長いようだった。ぬばたまのごとき黒髪《くろかみ》で、それをいくつもの三つ編みにして、羽織と一緒になびかせている。肌《はだ》は白く、唇《くちびる》は赤く、この距離《きより》からでも大きな黒い瞳《ひとみ》をしているのがわかる。

ちょうど真横を通りすぎるとき、その目がふっと俺のほうを見るのがわかった。

赤い唇が、にいっと半月形に吊《つ》り上《あ》がる。

そしてその指先が、ふわりと赤い花を投じた。

何の重さも持たないその花が、驚くべき正確さで俺の頭上に落ちてくる。それが俺の髪に触れる寸前、アイ＝ファの指先が素早《すばや》くそいつをつかみ取った。

「……どうやら毒花ではないようだな」

低くつぶやき、アイ＝ファは俺にその花を手渡《てわた》してくる。何重にも花弁の重なった、真紅《しんく》の紫陽花《あじさい》のような花であった。

少女は片目をつぶってから正面に向きなおり、俺たちの横を通りすぎていく。

それが、太陽神の復活祭を彩《いろど》るためにジェノスを訪れた《ギャムレイの一座》との、奇異《きい》なる対面の瞬間《しゅんかん》であったのだった。

# 第二章★★★ギャムレイの一座

1

明けて、紫《むらさき》の月の十七日。

なんとか本日も膨大《ぼうだい》な量の下準備を済ませて森辺の集落を出立し、《キミュスの尻尾亭》まで屋台を借り受けに行くと、そこで待ちかまえていたのはテリア＝マスであった。

「おはようございます。こちらが本日分の料理と、それに三日分の生鮮肉《せいせんにく》になります」

「お疲《つか》れさまです。あとは屋台の貸し出しですね？」

アイ＝ファやルド＝ルウの同行に怯《おび》えるでもなく、テリア＝マスは穏やかな笑顔《えがお》で俺たちを出迎《でむか》えてくれた。森辺の見学に参加したことによって、森辺の狩人《かりうど》に対する恐怖心もずいぶんやわらいだのだろう。

が、料理と肉を厨《くりや》に運び込んだのち、連れ立って宿屋の外に一歩足を踏《ふ》み出《だ》すと、テリア＝マスはぎくりと立ちすくんでしまった。宿の外には荷車とともに、このたび初めて護衛役として宿場町に同行したジィ＝マァムが立ちはだかっていたのである。

「も、申し訳ありません。ちょっといきなりで、びっくりしてしまいました」

いくぶん顔色を失いながら、それでもテリア＝マスは健気《けなげ》に微笑んでくれた。何を謝罪されているのかもわからないジィ＝マァムは、けげんそうに太い首を傾《かし》げている。

ジィ＝マァムは、ルウの眷族《けんぞく》であるマァムの本家の長兄《ちょうけい》だ。彼はダルム＝ルウと同じ十九歳《さい》の若さであったのだが、何せ背丈は二メートル近くもあり、森辺の民としても規格外の巨漢《きょかん》なのである。見た目の魁偉《かいい》さはドンダ＝ルウにだって負けていないだろう。前々回の収穫祭《しゅうかくさい》において、彼がアイ＝ファと力比べをするさまを見せつけられた際は、俺だってたいそう肝《きも》を冷やしたものであった。

ともあれ、それ以上の騒《さわ》ぎには発展しなかったので、みんなでぞろぞろと宿の裏手に向かう。胸《むな》もとをおさえて呼吸を整えつつ、テリア＝マスは俺へと語りかけてきた。

「屋台の商売は、とても順調なようですね。あれほど大きく店を広げたというのに、まるで問題はないようだったと父が述べていました」

「はい。復活祭が本格的に始まるまでは、少しもてあますことになるんじゃないかという不安もあったのですが、今のところは好調です」

「『暁《あかつき》の日』までは、あと五日ですか。今でも多少は人が増えてきているようですが、その日を境にお客は倍ほども増えるはずですよ」

太陽神の復活祭が正式に始まるのは紫の月の二十二日で、その日が最初の祝日である『暁の日』と定められているのだ。

その四日後、紫の月の二十六日が『中天の日』、大晦日《おおみそか》の三十一日が『滅落の日』、明けて銀の月の一日が『再生の日』――その四回の祝日こそが、復活祭のピークであるらしい。

そういった祝日には、ジェノス城から大量のキミュス肉と果実酒がふるまわれる。で、日中の間はなるべく労働を取りやめて、肉と酒を食《く》らいながら、太陽神の復活を寿ぐのだそうだ。

森辺の民は、それに合わせて『ギバの丸焼き』をお披露目《ひろめ》する予定でいる。日中の商売が禁じられているのなら、なお都合がいい。その前日はドーラの親父さんの家に宿泊《しゅくはく》させていただき、朝一番からいつものスペースで丸焼きの処置に取りかかる所存である。

もちろん、ヤンからポルアース、ポルアースからジェノス侯《こう》、という連絡網《れんらくもう》を駆使《くし》して、ジェノス城からの許諾《きょだく》も得ている。べつだんキミュスの肉でなくとも太陽神を冒涜《ぼうとく》することにはならないし、祭の場でならギバ肉を無料でふるまうことも悪くはないだろう、という言葉をいただくことができていた。

なおかつ、祝日の夜は文字通りお祭騒ぎで、街道には普段以上の明かりが灯《とも》され、宿場町の露店区域もたいそう賑わうのだという。屋台の商売は、そちらで参戦させていただくことになった。

森辺の民が、夜の宿場町で商売をするのだ。何とも胸の躍《おど》る話ではないか。町の宴《うたげ》に森辺の民が参加するという、これこそが俺の待ち望んでいた、町の人々との交流の場であった。

「そういえば、《キミュスの尻尾亭》はやっぱり屋台を出さないのですか?」

俺が尋《たず》ねると、テリア=マスは物置から屋台を引っ張り出しながら、「はい」とうなずいてきた。

「こちらの食堂でもようやくギバの料理が定着してきたところですし、いっぺんにあれこれ手を出してもよい結果にはならないだろう、という話に落ち着きました」

そう、《キミュスの尻尾亭》も『ギバ・カレー』をきっかけにして、ついにギバの生鮮肉を購入《こうにゅう》し、手製のギバ料理を売りに出すようになったところなのである。

献立《こんだて》は、俺がレシピを伝授した『ギバ・カレー』、それに『ギバの肉団子』と『肉ぺぺ炒《いた》め』だ。幸いなことに、それらの料理も俺やルウ家が卸している『酢《す》ギバ』や『ロール・ティノ』に負けない売り上げであるらしい。

「そういえば、次回からはギバ肉の仕入れを増やしたいと父が言っていたのですが、いかがでしょう？」

「もちろん、大丈夫《だいじょうぶ》です。どれほどの量が必要か決まったらお知らせください」

屋台の料理の下準備がとてつもないことになってしまったため、宿屋に卸す料理はこれ以上増やせない状態になっている。ゆえに、《玄翁亭《げんおうてい》》でも《南の大樹亭》でも、卸す料理の数はそのままで、生鮮肉の量だけが大幅《おおはば》に増加されることになったのである。

そちらの二店に関しては、もう自分たちの料理だけで十分なのではないのかなと思いつつ、「森辺の民アスタの料理が売りに出されている」というのが非常な宣伝効果を生んでいるのだ、という面映《おもは》ゆいお言葉をいただいたため、今後も引き続き料理を卸す予定になっている。

また、復活祭の期間中は消費されるギバ肉の量も飛躍的《ひやくてき》に増大してしまうが、あちこちの氏族に協力を願って、何とか事なきを得ている。ルウ家などは休息の期間に入り、日持ちのしない臓物は早々にストックが尽《つ》きてしまうため、もうすぐにでも余所《よそ》の氏族から買いつける予定でいる、とのことであった。

そうしてルウ家も、これまでは縁《えん》のなかった小さな氏族と少しずつ交流を重ねていくことになるのだ。それもまた、宿場町での商売がもたらす交流の輪であった。

「はい、屋台はこれですべてですね。今日も商売を頑張ってください」

「ありがとうございます」と、レイナ＝ルウも微笑みを返す。知り合った当初はぎこちなさをぬぐえなかった両名も、今ではすっかり気心の知れた様子である。

「あ、それと、父から伝言なのですが、余所者と揉《も》め事《ごと》を起こさないように気をつけてほしい、とのことです」

「はあ、余所者ですか？」

「はい。きっとあの旅芸人たちのことを言っているのでしょう。どうやらあの者たちは、アスタたちの店の前に小屋を開いたようですから」

昨日すれ違った、《ギャムレイの一座》とかいうやつか。確かにあれは、胡散臭《うさんくさ》いなどという通り一遍の言葉では済まなそうな、実に不可思議な一団であった。

「旅芸人という方々には初めてお目にかかるのですけれども、やっぱりそれ相応の用心が必要なのでしょうか？」

「どうでしょう？　わたしなどは、あの見てくれだけで少し怖《こわ》くなってしまうので、ほとんど近づいたこともないのですが……騒ぎを起こせばジェノスへの出入りを禁じられるのですから、そうそう乱暴な真似《まね》はしないように思います」

ならば、おたがいに手を取り合って、復活祭を盛り上げる一助になりたいものである。

「それでは失礼します。ミラノ＝マスにもよろしくお伝えください」

そうして俺たちは、本日も露店区域に繰り出すことになった。

心なし、通行人と衛兵の数は増えてきているように感じられる。それに加えて、どこか浮《う》きたったような雰囲気《ふんいき》であるのは、やはり復活祭が目前に迫《せま》っているためなのだろうか。

いつも通りにドーラの親父さんの露店で必要な野菜を補充《ほじゅう》して、俺たちの確保しているスペースに向かう。本日も、数十名に及《およ》ぶお客さんたちが待ってくれているようだ。が、それよりも何よりも、俺たちは見慣れた風景に忽然《こつぜん》と出現した異形の存在に目を見張ることになった。

「うわ、何だありゃ？」

そのように声をあげたのは、ルド＝ルウであった。青空食堂の準備が保持された俺たちのスペースの、通りをはさんだ差し向かいに、驚愕《きょうがく》すべき代物《しろもの》が設《しつら》えられていたのである。

これが、旅芸人の見世物小屋というやつなのだろうか。そこにはツギハギだらけの天幕が張られて、屋台十台分ぐらいのスペースがまるまる覆われてしまっていた。

屋根は平たい円錐状《えんすいじょう》になっており、一番高いとんがった部分の高さは五メートルにも及ぶだろう。幕の素材は、革なのだろうか。ツギハギの場所によっては色が異なっており、ずいぶん古びてしまっている。

俺の知るテントと同じように、丈夫《じょうぶ》そうな紐《ひも》で地面に固定されているようだが、もともとの形が不均衡《ふきんこう》なのだろう。ところどころがひしゃげており、何ともいびつな形状である。その恐竜の屍骸《しがい》みたいに巨大《きょだい》で見窄《みすぼ》らしいさまは、俺にスン家の祭祀堂《さいしどう》を思い起こさせた。

「これって、昨日のあいつらの仕業《しわざ》なのか？　たった一晩で、どうやってこんな馬鹿《ばか》でけーものをおっ立てたんだよ？」

「いや、まあ、柱を立てて幕や屋根を張るぐらいなら、そう難しい作業ではないかもしれないけど……何にせよ、これは驚きだね」

何せ、横幅《よこはば》だけで屋台十台分である。俺たちの屋台と食堂を合わせたぐらいのスペースが、その見世物小屋に占領《せんりょう》されてしまっているのだ。しかもその位置は、街道をはさんで俺たちの真ん前である。これではミラノ＝マスが憂慮《ゆうりょ》するのも当然のことであった。

俺たちの到着を待ち受けていたお客さんたちも、その大半が好奇心《こうきしん》に満ちみちた眼差《まなざ》しを後方に向けている。そんな人々の惑乱《わくらん》した心情も知らぬげに、その巨大なる見世物小屋はしんと静まりかえっていた。

「何だか薄気味《うすきみ》が悪いわねぇ……リミはあんなものを楽しみにしてたっていうのぉ……？」

本日の当番であったヴィナ＝ルウも、悩ましそうに眉《まゆ》をひそめながら、そんな風に言っていた。リミ＝ルウは、すでにターラから旅芸人についての情報を仕入れていたのだろう。

「うーん。ターラなんかは、すごく嬉《うれ》しそうにしてましたからね。ああいう不気味さも、人の関心をひきつけるための演出みたいなものなのかもしれません」

俺にはあんまり馴染みがないが、日本における見世物小屋というやつだって、それはもうおどろおどろしい雰囲気であったはずだ。しかし、ターラがあれほど無邪気《むじゃき》に喜んでいたのだから、残酷《ざんこく》であったり猟奇的《りょうきてき》であったりするような見世物ではない、と信じたいところであった。

「まあ、あちらはまだ営業を始めていない様子ですし、気にせず準備を始めましょう。まずは食堂の清掃《せいそう》からですね」

気を取り直して、屋台を所定のスペースに設置する。ほどなくして他の宿屋に料理を届けていた荷車のメンバーも到着したので、とどこおりなく準備を進めることができた。

ファの家の日替《ひが》わりメニューは、ちょっとひさびさの『ロースト・ギバ』である。使用する肉はやはりロースで、これを一センチぐらいの厚みで切り分け、特製のソースで煮込《にこ》んだ温野菜とともに供する。

特製のソースは、アリアのみじん切りをベースにした、比較的《ひかくてき》さっぱり仕立てのものだ。それでもタウ油と砂糖と赤ママリア酢を配合し、ローストされたギバ肉の味を最大限引き出せるように、研究を重ねたものである。

温野菜は、キャベツのごときティノ、ルッコラのごときロヒョイ、ズッキーニのごときチャンだ。これをソースと一緒《いっしょ》に現地で温めなおし、その上に、家でローストしておいた肉を切ってのせていく。分量は、昨日と同じく百食分である。

肉の量は百二十グラム、値段は赤銅貨二枚。添え物の焼きポイタンは半個分。日替わりメニューはこのボリュームで統一しようかと考えている。ステーキほどのインパクトはないかもしれないが、お味のほうは自信をもっておすすめできるひと品だ。

あとは、ルウ家の『照り焼き肉のシチュー』が、初のお披露目となる日取りでもあった。それ以外のメニューは昨日と同一で、分量もまた然《しか》りである。『ギバ・カレー』に添える焼きポイタンも、今のところは汁物《しるもの》料理や日替わりメニューと同じく半個分にしておくことにした。

人員は、ファもルウも一名ずつを増やしている。こちらはダゴラの女衆、ルウ家のほうはムファの女衆だ。これで、日替わりメニューを担当する俺以外の屋台は、すべて二名ずつの配置となる。

また、祭の期間はローテーションをしないことに取り決められていた。ただでさえ忙《いそが》しいのだから、むやみに配置を動かすべきではない、という判断だ。これからは、太陽神の復活祭を終えるまで、各人が自分の受け持った場所を守ることにしてもらった。

『ギバ・カレー』および『パスタ』は、トゥール＝ディンとガズの女衆。

『ギバまん』および『ポイタン巻き』は、ヤミル＝レイとダゴラの女衆。

『ミャームー焼き』および『ギバ・バーガー』は、ツヴァイとムファの女衆。

『照り焼き肉のシチュー』および『ギバのモツ鍋』は、アマ・ミン＝ルティムとミンの女衆。

青空食堂は、ルウ家の二名とレイの女衆、およびユン＝スドラとラッツの女衆。

以上の配置である。

俺の屋台も人員を補強するべくベイムの家長と交渉《こうしょう》中であるが、それは眷族であるダゴラの女衆から本日の行状を聞き届けたのち決定する、と言《い》い渡《わた》されていた。もしもベイムが手を引く場合はダゴラの女衆も仕事を取りやめることになるので、また別の氏族から二名をスカウトすることになる。

何にせよ、本日はステーキほど手間のかからない『ロースト・ギバ』であるので、問題はない。また、ルウの血族だけで五名もの護衛役が下りてきていたので、アイ＝ファは最初から屋台の手伝いをしてくれる手はずになっていた。

なおかつ本日は、視察という名目でザザ家の二名も同行していた。かねてよりルウ家に逗留《とうりゅう》していた、スフィラ＝ザザとメイ・ジーン＝ザザである。そこにレム＝ドムが加わっていたのは、おそらくスフィラ＝ザザの要望であろう。興味の薄《うす》い宿場町に引っ張り出されて、レム＝ドムはさっきからぶすっとした顔をしている。

ということで、かまど番は十四名、護衛役はアイ＝ファとバルシャを含《ふく》めて七名、視察役が三名で、二十四名の大所帯である。持ち込む料理の量も尋常《じんじょう》ではなかったので、四台の荷車ではこれがぎりぎりの定員であった。

「それでは、販売《はんばい》を開始いたします」

すべての屋台から準備完了の合図を受け取り、俺はそのように宣言してみせた。

集まっていたお客さんたちは、まず日替わりメニューと『照り焼き肉のシチュー』の屋台に殺到《さっとう》する。やはり、新しいメニューの味見をせずにはいられないのだろう。

俺は試食用の肉を切り分けて、特製ソースをまぶしたのちに、それをお客さんに供してみせた。昨日と同じ勢いで、我先にと手がのばされてくる。

「うん、こいつは昨日の肉にも負けない美味《うま》さだな！」

「そうか？　俺は焼きたての肉のほうが美味いような気がするが……」

「もちろんあれも美味かったが、何ていうか、こっちのほうがいっそうしっかりとした肉の味じゃないか？」

西や南のお客さんたちが、思い思いに感想を述べている。それをすりぬけるようにして、東のお客さんが銅貨を差し出してきてくれた。

「おい、割り込むなよ！」

「あなたたち、買うですか？　失礼しました。買うならば、どうぞ」

「買うに決まってるだろ！　おい、こっちにひと皿ずつだ！」

「はい、ありがとうございます」

銅貨の受け取りはアイ＝ファに一任し、俺はすみやかに『ロースト・ギバ』を切り分けていった。

平たい木皿に煮込まれた野菜をレードルで一杯《いっぱい》注ぎ、その上に肉を重ねていく。そうして次々に料理を仕上げても、なかなか屋台の前から人がいなくなることはなかった。

そうして、二十分ぐらいが経過した頃であろうか――聞き覚えのある、透き通った少女の声が響きわたった。

「へえ、こいつがギバの肉なんだねェ。なかなか美味そうな色合いじゃないかァ？」

俺は思わず作業の手を止めて、そちらに視線を向けることになった。

長い黒髪に白い肌、大きな黒瞳に赤い唇――昨日の帰り道、荷車の屋根から俺に赤い花を投げつけてきた、あの少女である。何とはなしに息を呑《の》んでから、俺は「いらっしゃいませ」と呼びかけてみせた。

「あなたは旅芸人の御方《おかた》ですね？　よかったら、こちらの皿からお味見をどうぞ」

「あらァ、嬉しい。アタシなんかのことを見覚えててくれたんだねェ」

何だか、その幼さにはそぐわない喋《しゃべ》り方《かた》をする少女であった。

いや——見た目は幼いが、いったい何歳《なんさい》なのだろう。身長はツヴァイと同じぐらい、せいぜい百三十センチていどしかなさそうなのに、口調ばかりか雰囲気までもが妙《みょう》に大人めいていた。

昨日と同じく、艶《つや》やかな黒髪は何本もの三つ編みにして、膝《ひざ》の近くにまで垂らしている。前髪《まえがみ》だけは目の上でぷつりと切りそろえており、何だか日本人形みたいだ。

鮮やかな朱色をした前合わせの羽織ものも、袖《そで》が太くてひらひらとしており、どことなく和服めいて見えなくもない。ただし、その丈《たけ》は腿《もも》の真ん中ぐらいまでしかなく、ぞっとするほど白い足が惜《お》しげもなく人目にさらされてしまっていた。

その奇妙な装束はきらきらと光る飾《かざ》り紐《ひも》で留められており、腰《こし》にはいくつもの小さな袋《ふくろ》を下げている。その袋も、ただの布ではなく上等な織物であるように見えた。

瞳は大きく、鼻は小さく、唇は血のように赤い。顔立ちは、驚くほどに整っている。だけどやっぱり、生命を吹き込まれた人形のような雰囲気であり、俺を落ち着かない気持ちにさせる。

こんなに小さくて、ものすごくほっそりしているのに、存在感が尋常でないのだ。ただ奇抜《きばつ》な格好をしているというだけでなく、妖怪《ようかい》じみた雰囲気を感じてしまう。俺の隣では、アイ＝

ファも探《さぐ》るように鋭《するど》く目を細めていた。

「アタシたちは、世界中の珍《めずら》しい獣《けもの》を扱《あつか》ってるんだよォ。だから、モルガの森のギバってェのも、いっぺんとっ捕《つか》まえてみたいもんだねェと話していたんだけどさァ。まさか、その前にその肉を喰《く》らうことになるとは思ってもみなかったよォ」

歌うような、奇妙な節回しの言葉である。とても心地《ここち》よく、耳の奥《おく》まですするすると忍《しの》び込んでくるかのような声だ。その心地よさが、やっぱり落ち着かない。

そうしてその少女は、昨日と同じように、にいっと唇を吊り上げて微笑《びしょう》した。

「味見をしてもかまわないんだねェ？　それじゃあ遠慮なく、いただくよォ」

屋台の周囲に集まっていたお客さんたちも、いくぶん毒気を抜《ぬ》かれた様子でこの少女を見守っている。そんな視線などおかまいなしに、少女はゆったりとした動作で木皿の上の木串《きぐし》をつかみ、その先に刺《さ》さった肉片《にくへん》を赤い唇へと誘《いざな》った。

「あらァ、美味《おい》しい……こいつは精がつきそうだねェ」

「あ、ありがとうございます」

「こいつはみんなにも教えてやらなくっちゃ……ところで兄サン、ひとつお願いがあるんだけどさァ……」

と、背伸《せの》びをして俺のほうに顔を近づけてくる。

「アタシらみたいなもんがあちらの席に出張ったら、おかしな騒ぎになっちまうかもしれないだろォ？　だから、こっちで準備した皿の上に料理をのせてほしいんだけど……それでもかまわないかい？」

「ええ、もちろんかまいませんよ」

「そいつはありがとねェ。それじゃあ、皿と盆《ぼん》を持って出直してくるよォ」

最後に艶《つや》っぽい流し目で俺を一瞥《いちべつ》してから、その謎《なぞ》めいた少女——いや、童女と呼びたくなるような風体をしたその娘は、ひらひらと羽織をなびかせながら立ち去っていった。

「……何だかおかしな娘だったなあ。夜に出くわしたら、魔物《まもの》か何かと見間違《みまちが》いそうだ」

「あの目を見たかい？　まるでシムの呪《のろ》われた宝石みたいに真っ黒だったぜ」

「うー、背筋が寒くなってきた。景気づけに果実酒でも買ってくるかな」

どうやらその場に居合わせたお客さんたちも、俺と同様の心境であるらしかった。アイ＝ファは鋭く目を細めたまま、去りゆく童女の後ろ姿を見つめている。

「まあいいや。おい、そいつを一つくれよ。赤銅貨二枚だったよな？」

「あ、はい、ありがとうございます」

気を取りなおして、俺は営業を再開することにした。

童女が再び現れたのは、そうした目前のお客さんたちがいったん引けた後のことであった。

「お待たせしたねェ。このぼんくらが、ちいとも言うことをきかなくってさァ」

童女は、四名の仲間を引き連れていた。が、幸いなことに、比較的奇抜《ひかくてききばつ》でない風体をした人々である。だけどやっぱり、そんなにありきたりな見てくれでもない。

一人は鳥打帽《とりうちぼう》のようなものをかぶった、なかなか見目のよい青年であった。布の胴衣《どうい》に瀟洒《しょうしゃ》な柄《がら》のあるベストみたいなものを重ね着しており、背にはギターみたいな弦楽器を担《かつ》いでいる。身長は俺より少し高いぐらいで、ずいぶんスリムな体形をしており、いかにも優男《やさおとこ》といった風体だ。

年齢《ねんれい》は二十を少し超《こ》えたぐらいだろうか。長めにのばした髪は褐色《かっしょく》で、瞳は明るく輝《かがや》く茶色、肌は象牙《ぞうげ》色《いろ》と黄褐色《おうかっしょく》の中間ぐらい。西の民《たみ》であることに疑いはない。ぼんくらと称《しょう》されたのはこの若者なのだろう。苦笑《くしょう》を浮かべながら、肩をすくめている。

そのかたわらに立っているのは、双子《ふたご》と思しき可愛《かわい》らしい姉妹であった。――いや、それとも片方は男の子なのだろうか。こんなに似ているならば一卵性《いちらんせい》であるように思えるが、そういえば俺はこの地で双子というものを見たことがないので、あまり確かなことは言えない。

何にせよ、とても繊細で端整《たんせい》な顔立ちをした子供たちであった。童女よりも小さくて、年齢も明らかに下回っている。せいぜい十歳ぐらいだろう。どちらも綺麗《きれい》な栗色《くりいろ》の髪をしており、瞳は色の淡《あわ》い鳶色《とびいろ》、肌は白めの象牙色だ。

その二名はこまかい刺繍《ししゅう》のほどこされた貫頭衣みたいなものを纏っており、どちらも短めに髪を切りそろえていたので、よけいに性別がわかりにくかった。栗色の髪はくるくるの巻き毛で、何だか双子の天使みたいだ。しかし、その表情はどこかおどおどとしており、小さな手に盆と木皿を掲《かか》げながら、ぴったりと身を寄せ合っている。俺を見つめ返すその眼差しも、何がなし不安げで落ち着きがなかった。

最後の一名は、際立《きわだ》って奇妙である。身長が百五十センチぐらいしかない、仮面をかぶった小男だ。この人物だけは、昨日荷車を引いていた姿をはっきり覚えていた。

スドラの家長たるライエルファム＝スドラなみに小柄であるが、布の胴衣からのびた両腕《りょううで》だけはむやみに長くて、ごつごつと筋肉が盛り上がっている。いくぶん前かがみの体勢で、胴体《どうたい》は長く、足は短い。見るからに荒事に強そうな、町の人間らしからぬ迫力《はくりょく》があった。

仮面は革製《かわせい》で、首から上をすっぽりと覆い隠している。眉のあたりにひさしがついているために、どんな目つきをしているのかもわからない。口もとには西洋の兜《かぶと》みたいに幾《いく》つもの細長い通気孔《つうきこう》が空けられていたが、その向こう側も闇《やみ》に閉ざされていた。

「まったくさ、どうして俺が使い走りなんてしなくちゃならないんだよ？　時間を無駄《むだ》にしたら、それだけ稼《かせ》ぎが減っちまうんだぜ？」

と、鳥打帽の若者が皮肉っぽい口調でそのように述べたてた。

「俺の歌は一曲で何十枚という銅貨を稼ぐことができるんだ。これで損した分はお前さんが立《た》て替《か》えてくれるっていうのかよ、ええ、ピノよ？」

「うるさいねェ。こんな日が高くなるまでぐうすか眠《ねむ》っていたぼんくらにくれてやる銅貨なんて持ち合わせちゃいないよォ、ニーヤ」

どうやら童女の名はピノで、この若者はニーヤであるらしい。

ピノは妖艶に笑いながら、横目でニーヤの細面《ほそおもて》をねめつけた。

「用事が済んだら、好きなだけその甘ったるい声を張り上げればいいさァ。座長に丸焼きにされたくなかったら、つべこべ言わずに働きなァ」

「へん」と何かを言いかけたニーヤの目が、そこで驚嘆《きょうたん》に見開かれた。その視線の先にあるのは――アイ＝ファだ。

「へえ、これは美しい！　こんな薄汚《うすぎたな》い宿場町には不似合いなぐらいの別嬪《べっぴん》じゃないか！　美しき人よ、君の名前は？」

たちまちアイ＝ファはまぶたを半分だけおろし、青い瞳に冷淡《れいたん》きわまりない光をたたえた。

「ああ、俺は吟遊《ぎんゆう》詩人のニーヤだよ。今は旅芸人などに身をやつしているが、王都に戻《もど》れば宮《きゅう》廷《てい》楽士として迎《むか》えられる手はずになっている。よかったら、俺と一緒に王都への道を辿《たど》らないか？」

無言のアイ＝ファに代わり、ピノが口もとをねじ曲げつつ発言する。

「言っておくけど、このぼんくらは口先ひとつで世の中を渡り歩《ある》こうっていう不届きものだからねェ。こんなぼんくらの言葉を信じたら、なんもかんもを失って路頭に迷うことになるよォ？」

「うるさいよ、ピノ。このジェノスでだって、俺だけは城下町への通行証をいただいてるんだぜ？」

そのように言いながら、ニーヤはにっこりと微笑《ほほえ》んだ。これを魅力的《みりょくてき》と感ずる若い娘さんも少なくはないのかもしれないが、何せ相手はアイ＝ファである。彼《かれ》が言葉を重ねれば重ねるほど、アイ＝ファの眼光は冷たく研《と》ぎすまされていくばかりであった。

「ああもう、こんなぼんくらにはかまってらんないねェ。とっとと仕事を済ませちまおう」

ピノはあっさりと見切りをつけて、その不可思議な黒い瞳でずらりと並んだ屋台を見回していく。

「ねえ、兄サン、ここに並んでるのは、ぜェんぶギバの料理なんだよねェ？」

「あ、はい、そうですよ。隣《となり》の饅頭《まんじゆう》以外は味見ができますので、よかったらどうぞ」

「いやいや、ギバ肉の味はもう確かめられたんだから、何の文句もありゃしないさァ。……だけど、こんなにたくさんの品があると、目移りしちまうねェ。アタシらは全部で十三人なんだけど、いったいどれぐらいの量を買っていけば満腹になれるんだろォ？」

「十三名様ですか。そうですね……普通《ふつう》の男性でふた品、食の細い女性だったらひと品で、とりあえずはご満足いただけるかと思います」

この五名の他に、まだ八名もの仲間がいるらしい。まあ、彼らは七台もの荷車を引いていたのだから、それぐらいが相応なのだろうか。

「ふうん。うちは女でも老いぼれでもよく食べるからねェ。全員ふた品ずつが必要になっちまうかなァ」

「え、だけど――」と、俺は思わず双子のほうに目を向けてしまった。幼き双子は、びくりと余計に縮こまってしまう。

「ああ、アルンとアミンはキミュスがついばむぐらいしかものを食べないけど、残った分を喜んでたいらげる大食《おおぐ》らいもいるからさァ」

そういえば、昨日の一団にはジィ＝マァムをも上回る大男がいた。彼ならば、常人の倍ぐらいはたいらげてしまいそうだ。

「それじゃあ、全員がふた品ずつとして――」

「あ、おい、俺の分は勘定《かんじょう》に入れないでくれよ？　これから城下町に出向こうってのに、何が悲しくて宿場町の粗末《そまつ》な料理なんざを食わなくちゃならないんだよ」

気取った仕草で肩をすくめながら、ニーヤがそのように口をはさんできた。アイ＝ファはますます凍《い》てついた眼差しになり、ピノはいくぶん愉快《ゆかい》げに口もとを吊り上げる。

「……だからアンタは、肝心《かんじん》なところで女を口説き損《そこ》ねるんだよォ、ぼんくら吟遊詩人」

「ん、何か言ったかい、ピノ？」

「何でもないさァ。……ああ、考えるのが面倒《めんどう》くさくなってきちまったよォ。兄サン、十二人の人間が楽しく食べられるような、ふた品ずつの組み合わせを、アンタが考えちゃくれないかねェ？」

「え？　俺がですか？」

それは意外な申し出であったが、それほど難しい設問ではないので、了承《りょうしょう》することにした。

「それじゃあですね、もう少し大きい器《うつわ》を持ってきていただけませんか？　汁物をおひとり分ずつ運ぶのは大変でしょうし、大皿から取り分けてもらったほうが、みなさん好きな量を口にすることができますよ」

「ああ、そいつはもっともな話だねェ。ザン、悪いけど鍋《なべ》を二つばっかり持ってきてくれるかァい？」

ザンと呼ばれた仮面の小男がうっそりとうなずき、自分の持っていた盆と木皿を吟遊詩人の若者に押《お》しつけてから、天幕のほうに引き返していった。

これで全員の名前が判明したことになる。童女のピノ、吟遊詩人のニーヤ、仮面の小男ザン、そして双子のアルンとアミンだ。

「それで、お代はいくらになるのかねェ？」

「えーと、お代は……ちょうど赤銅貨四十枚ですね」

『照り焼き肉のシチュー』と『ギバ・カレー』は、食べやすいシチューをやや多めにして七人前、カレーが五人前。『ロースト・ギバ』と『ギバまん』と『ミャームー焼き』は、均等に四人前ずつ。シチューとカレーをサイドメニューとみなして、これで十二人前という計算であった。

「ひとり頭、赤銅貨三枚ちょいってところかい。それで満腹になれるなら安いもんだねェ」

言いながら、ピノは腰の小さな袋からじゃらじゃらと銅貨を出してきた。鈍《にぶ》い銀色に輝く白銅貨が四枚、俺のほうに差し出されてくる。その見慣れない形状に、俺は「あれ？」と首を傾げてみせた。

「すみません、このような形の銅貨を見るのは初めてなのですが……」

「ああ、こいつはシムの銅貨だった。両替屋《りょうがえや》で交換《こうかん》するのを忘れてたよォ」

俺の知る銅貨は細長い板状であったのだが、それは五百円玉ぐらいの大きさをした丸い銅貨であったのだ。そこに刻印された紋章《もんしょう》は、ジェノスで見かける象形文字のようなものよりも、いっそううねうねとうねっており奇々《きき》怪々《かいかい》であった。

「悪かったねェ。ほら、こっちが西の銅貨だよォ」

「もちろんさァ。マヒュドラ以外でアタシたちの踏んでない地面なんて、この世にそうそうないだろうねェ」

「ありがとうございます。……あの、あなたがたは東の王国でも商売をされているのですか？」

文字通り、旅から旅への生活に身を置いている人々なのだろう。しかしこの世界において、長きの旅というのは生命がけだ。だからこんなに幼い娘でも、これほど大人びた雰囲気を持つに至ったのだろうか。そんなことを思いながら、俺は童女から銅貨を受け取った。

「ありがとうございます。それじゃあまずは、汁物以外の料理をお受け取りください」

俺は必要な量の料理をピノたちに受《う》け渡すよう、各屋台に指示を飛ばした。それからアイ＝ファに、ルウ家の屋台の売り上げとなる赤銅貨十六枚と割《わ》り銭《ぜに》一枚をツヴァイに渡すようお願いする。

まずは双子の差し出す盆の上に、『ギバまん』と『ミャームー焼き』がのせられていった。その光景を眺《なが》めながら、ピノは「どいつも美味そうだねェ」とご満悦《まんえつ》の面《おも》持ちである。

（やっぱり町の人たちとは雰囲気が違《ちが》うけど、なかなか気のよさそうなところもあるじゃないか）

少なくとも、ピノの言動におかしなところは見られなかったし、ニーヤの軽薄《けいはく》さもまあご愛嬌だ。仮面の小男だけは不気味な雰囲気であったが、アイ＝ファがそれほど警戒《けいかい》している様子もないので、まあ危険なことはないのだろう。アイ＝ファは一番の最初から、ピノにばかり意識を向けているように感じられた。

「ねえ、兄サン、アンタはアタシのあげたパプルアの花をもう捨てちまったかァい？」

「はい？　それは昨日の、あの赤い花のことですか？　いえ、綺麗な花だったので、家に飾らせていただきましたけれども」

「そうかい。あの花はアタシらからの心づくしでねェ。あいつを持ってきてくれれば、一回だけは銅貨なしでアタシらの小屋にお招きできるんだよォ」

「あ、そうだったんですか。それはありがとうございます」

いわゆる、サービスチケットということか。なかなか心憎《こころにく》いサービスである。

「実は、町の友人があなたがたの来訪をとても楽しみにしていたので、一緒に出向く予定だったんです。えーと、たぶん明後日にはおうかがいできるかと思います」

明後日がまたリミ＝ルウの当番であったので、その日にターラと一緒に出撃《しゅつげき》しよう、という約束をしていたのだ。俺《おれ》の言葉に、ピノはにんまりと微笑した。

「そいつは嬉しいねェ。来てくれるのは、昼なのかい？　夜なのかい？」

「その日は、昼の予定です。夜は出し物が変わるので、友人もぜひ見に行きたいと言っていましたね」

「ああ、昼には獣使いの芸ぐらいしかやってないからねェ。もちろんそっちも自慢《じまん》の芸だけど、やっぱり本番は夜からさァ」

くっくっと、ピノは咽喉《のど》を鳴らして笑う。本当に、この娘さんは何歳なのだろう。

「それで、今日の中天からはアタシらも客寄せの余興をするからさァ。ちょいとばっかり騒がしくしちまうけど、おたがいの商《あきな》いのためにも勘弁《かんべん》しておくれよォ？」

「はい。こちらこそよろしくお願いします」

俺がそのように答えたとき、鉄鍋《てつなべ》を抱《かか》えた小男ザンがひたひたと舞《ま》い戻ってきた。その間もニーヤはしつこく意中の相手に語りかけており、アイ＝ファは鉄の無表情でそれを黙殺《もくさつ》しぬいている。

ともあれ、俺たちと《ギャムレイの一座》との縁は、こうして着々と紡《つむ》がれていくことになったのだった。

## 2

ピノの言う客寄せの余興とやらが始まったのは、中天を少し過ぎたぐらいの頃合《ころあ》いであった。

「さあさ、今日からジェノスでお世話になる《ギャムレイの一座》だよォ。御用《ごよう》とお急ぎでない方は、ごゆるりとお楽しみあれェ」

ピノの声に、賑《にぎ》やかな笛と太鼓《たいこ》の音が重なる。

恐竜《きょうりゅう》の屍骸みたいな巨大な天幕の前に、複数名の芸人たちが立ち並んでいた。そのど真ん中に陣取《じんど》っているのは、ピノと大男だ。

他の者たちは天幕に背中をつける格好で、お囃子《はやし》を鳴らしている。やはり日本の祭囃子《まつりばやし》とは風情《ふぜい》の異なる、どちらかというとインドやアラビアなどを思わせるエキゾチックな旋律《せんりつ》である。

長い褐色の髪をくるくると頭に巻きつけた妖艶なる女性が、横笛を吹いている。仮面の小男ザンは、大きなコンガのような太鼓を叩《たた》いている。アルンとアミンの双子が振《ふ》っているのは、こまかい金属の板が何枚もくくりつけられた木の棒だ。あんまり俺には聞き覚えのない、きらびやかな音色がしゃりしゃりと響《ひび》いている。わずか四名の演奏であったが、実に賑やかで、なおかつどこか物悲しくもあるような音色であった。

吟遊詩人ニーヤの姿はどこにも見られない。さきほどの言葉が妄言《もうげん》でないならば、城下町に出向いているのだろうか。

ともあれ、道をゆく人々は興味深げな様子で足を止めていた。そうでなくとも、俺たちの店の真ん前である。十メートルほどの幅《はば》を持つ石の街道《かいどう》をはさんで、屋台や青空食堂からでも彼らの様子は十分に見て取ることができる。食堂に腰を落ち着けていた八十名からのお客さんがたも、大喜びで喝采《かっさい》をあげていた。

その歓声《かんせい》を満身にあびながら、ピノと大男はさらに一歩進み出る。大男は、その腕《うで》に何本もの棒を抱えていた。グリギのように真《ま》っ直《す》ぐで、橙色《だいだいいろ》をした棒である。それぞれ長さは一・五メートルぐらい、太さは七、八センチほど、そんなものを六本ばかりも抱えていた。

大男がその一本を投《な》げ渡すと、ピノはその棒を肩《かた》にかつぎ、背後からの演奏に合わせてくるくると踊り始める。三つ編みにした長い髪と振袖《ふりそで》のような装束がひらひらと軌跡《きせき》を描《えが》き、観客たちにいっそうの歓声をあげさせた。

何とも華《はな》やかな舞《まい》であり、一挙手一投足に目をひかれてしまう。屋台に並んでいたお客さんたちも、しばし視線を釘付《くぎづ》けにされてしまっていた。

その間に、大男がのそりと動く。その手に抱えていた棒の一本を、かつっと街道に打ちつけたのだ。棒を垂直に立てて、それを片手で支えている格好である。

すると、にわかにピノがそちらを振り返《かえ》った。

振り返りながら、肩にかついでいた棒を、両手で頭上に高く掲げる。その体勢で何歩か引き下がり、やがてピノはとんっと地面を蹴《け》った。

小さな身体が、ふわりと宙に舞う。そうしてピノはその手の棒を地面に振り下《お》ろし、まるで棒高跳《ぼうたかと》びの選手みたいに、さらなる高みへと跳躍《ちょうやく》した。

おおっと歓声のあがる中、ピノは空中でもう一度棒を振り上《あ》げる。ピノの持つ棒の下側と、大男の支える棒の上側が、がつっと音をたてて衝突《しょうとつ》した。

すると、いったいどういう仕組みになっているのか、棒と棒は一本にくっついてしまい、それをつかんでいたピノは三メートルの高みからだらんと垂れ下がる格好になった。

人々は、感心したように手を打ち鳴らす。棒には何かジョイントできる仕組みがあったのだろうが、そうそう真似のできるような芸当ではない。俺の隣の屋台では、トゥール＝ディンが「うわあ」と感嘆《かんたん》の声をあげていた。

が、彼らの芸はそれからが本番であった。

高みに浮いたピノのもとに、大男が新たな棒を放《ほう》り投げたのだ。

片腕《かたうで》一本で自分の身体を支えたピノが、それを楽々とつかみ取る。

そうしてピノは、反動をつけてその棒を振り上げると、そいつをさらに上側にジョイントさせてしまった。で、子猿《こざる》のようにするすると、そのてっぺんにまで登り始めたのである。

一・五メートルの棒が三本分で、四・五メートルだ。すでに天幕の天井《てんじょう》に届こうかという高さである。

大男はさらに棒を放り投げ、ピノはまた同じことを繰《く》り返す。

高さは、およそ六メートル。だんだん歓声も悲鳴まじりになってきた。

そして大男は最後の一本までもを宙に投じ、高さは七・五メートルにも達した。二階建ての建物の屋根ぐらいにまで届く高さである。

棒がゆらゆらとしなり始めているのが、また恐《おそ》ろしい。この棒は地面に固定されているわけではなく、大男が片腕で支えているばかりなのである。

俺の右腕《みぎうで》が、ふいに横からぎゅっとつかまれた。見ると、持ち場から離《はな》れたトゥール＝ディンが、青い顔で俺の腕を抱《だ》きすくめていた。

そうして驚《おどろ》くべきことには、クライマックスはこれからだったのである。

今度は明らかに、悲鳴があがった。

トゥール＝ディンも、いっそう強い力で俺の腕を抱きすくめてきた。

高さ七・五メートルの細い棒の上に、ピノがひょっこりと立ち上がってみせたのだ。

さらにさらに、大男は両手で棒をつかみ取ると、それをそのまま地面から持ち上げてみせた。

「ほう」と、アイ＝ファさえもが感心したような声をあげる。しかし、感心どころの話ではなかった。いったいどれほどのバランス感覚と怪力《かいりき》が合わさったらこんな芸当が可能になるのか、俺には想像すらつかなかった。

驚きの声や悲鳴をあげる人々の頭上に、軽妙《けいみょう》なる音色が降ってくる。半分忘れられていた楽団の演奏に合わせて、ピノも横笛を吹き始めたのだ。

その音色を聞きながら、大男は右腕を頭上にのばした。棒の高い位置をつかみ取り、そのまま残った左腕《ひだりうで》で、一番下の棒をひっこぬく。そうして大男が右腕を胸の高さにまで下ろすと、その分だけピノの姿も地上に近づいてきた。

さらに大男は同じ動作で、二本目の棒をひっこぬく。三本目、四本目とだんだん棒が短くなっていく間、ピノはそのてっぺんに直立したまま、涼《すず》しい顔で横笛を吹いている。

そうして棒が最後の一本になると、ピノは笛を吹きながら、そこから跳躍した。

瘤《こぶ》のような筋肉の盛り上がった大男の右肩《みぎかた》の上に、ピノの身体がふわりと降り立つ。

そこで、歓声が爆発《ばくはつ》した。

ピノは大男の肩に乗ったまま、妖艶な笑顔《えがお》でそれに応《こた》える。

知らぬうち、俺も拍手《はくしゅ》をしてしまっていた。もっとも、右腕を固定された状態であったので、あまりしっかりと彼女《かのじょ》たちを賞賛することはできなかった。

「アスタ……もう終わりましたか？」

「うん。娘さんは無事に生還《せいかん》してきたよ」

トゥール＝ディンは俺の右腕を抱きすくめたまま、ぎゅっとまぶたをつぶってしまっていたのだった。そのまぶたをおそるおそる開けてピノの無事な姿を見届けたのち、トゥール＝ディンはほーっと安堵《あんど》の息をついた。

で、アイ＝ファの視線に気づいて真っ赤になり、俺のそばから跳《と》び離れる。

「も、申し訳ありません！　あまりに恐ろしくなってしまったものですから……」

「そこまで慌《あわ》てずともよい。……ただし、お前ももう幼子ではないのだから、むやみに家族ならぬ男衆に触《ふ》れるべきではないだろうな」

いかに十歳《さい》から男女の別が分けられるとはいえ、容赦《ようしゃ》もへったくれもないアイ＝ファの弁であった。トゥール＝ディンは真っ赤なお顔のまま、これ以上ないぐらい縮こまって自分の持ち場へと引っ込んでいってしまう。

その間も、ピノたちは喝采をあびていた。なおかつ、可愛らしい双子たちが楽器を大きな草《くさ》籠《かご》に持《も》ち替えて、ちょこちょこと街道を行き来している。きっと見物料を集めているのだろう。

「あれが、曲芸というものか。あの者たちは、ああして芸をすることで銅貨を稼いでいるのだな」

「ああ、実にものすごい芸だったなあ」

「うむ。あれほどの体術を身につけるには相当の鍛錬《たんれん》が必要となるだろう。誇《ほこ》りがなくては、つとまらぬ仕事だ」

どうやらアイ＝ファの中で、旅芸人に対する評価が上昇《じょうしょう》した様子であった。もちろん、俺も同感である。

「おう、お疲《つか》れさん。お前さんたちは、大した芸人だな」

屋台に並んでいたジャガルのお客さんが、陽気な声でそのように言った。双子の片割れが、こちらのほうにまで近づいてきていたのだ。

お客さんの何人かは、気前よくその草籠に銅貨を放り入れていた。そちらに頭を下げてから、少女とも少年ともつかない幼子が俺のほうにおずおずと目を向けてくる。

「あの……あちらの客席にもお邪魔《じゃま》してよろしいでしょうか？」

鈴《すず》を転がすような、可憐《かれん》な声であった。しかし直感的に、これは男の子であるような気がした。節穴認定《にんてい》されている俺が言っても説得力は皆無《かいむ》であろうが、どうもこの双子たちは男女の兄妹《きょうだい》であるような気がしてならないのだ。

「うん、もちろんかまわないよ。……あ、ちょっと待って」

俺は身を乗り出して、草籠の中身を覗《のぞ》き込んだ。なかなかの収穫《しゅうかく》であるようだが、やっぱりそのほとんどは赤銅貨を半分に割った割り銭だ。中には、俺が使用したことのない四分の一サイズの割り銭まで混ざっている。

敬意を表して、俺は割られていない赤銅貨を一枚、その中に投じてみせた。少年は、恐縮《きょうしゅく》しきった様子で頭を下げる。

「あちらでは果実酒を召《め》されているお客さんもいるから、気をつけてね。……ねえ、君はアルンなのかな？　アミンなのかな？」

「……僕《ぼく》は、アルンです」

かぼそい声で言い捨てて、少年アルンは逃《に》げるように立ち去っていった。だけどまあ、シャイな子供も可愛いものである。トゥール＝ディンのことだって、もちろん俺は大好きであった。

「いやあ、すごかったですね！　あんなにすごい芸は初めて見ました！」

と、屋台を一つはさんだ向こう側から、マイムがそのように呼びかけてきた。今日も彼女は、俺たちより四、五十分ほど遅《おそ》めに営業を開始していたのである。

「あの一団は去年の復活祭にも来てたらしいけど、マイムは見たことがなかったのかな？」

「はい！　去年は宿場町に足をのばす機会もあまりありませんでしたので」

きらきらと楽しそうに瞳《ひとみ》を輝かせながら、マイムはそう言った。

「あの天幕では、どのような芸を見せているのでしょうね？　わたしも何だか、すごく興味がわいてきてしまいました！」

「よかったら、マイムも一緒に行くかい？　俺たちはターラと一緒に明後日に行く予定なんだ」

「えー、うーん、それはもちろん行きたいですけれど……でも、勝手に銅貨を使うわけにもいきませんし……」

「ミケルだったら、快く許してくれるんじゃないかな？　もしも許してもらえなかったら、俺がもらった無料の権利をマイムに譲《ゆず》ってあげるよ」

「ありがとうございます！」と、マイムは満面に笑《え》みを浮《う》かべた。元気いっぱいで屈託《くったく》のない女の子は、シャイな女の子と同じぐらい魅力的なものである。

そうしてしばらくすると、旅芸人の一団は鳴り物を鳴らしながら、ぞろぞろと南側に移動し始めた。今度はもっと賑やかな区域で客寄せをするのだろう。

天幕のほうも、客寄せのパフォーマンスと同時に営業を開始したらしい。朝方は閉ざされていた入口の幕が大きく開かれて、ちらほらとだがお客を招き入れていた。

昼には獣使いの芸がお披露目《ひろめ》されているという話であったが、いったいどのような芸なのだろう。ピノたちと出会った朝方以上に、俺の中の期待感もすっかりふくれあがってしまっていた。

3

その後はとりたてて目立った変事もなく、俺たちは仕事を終えることになった。

料理の売れ行きも上々だ。本日売れ残ったのは、『ギバまん』が二食分と『ミャームー焼き』が五食分のみであった。

「このままでいくと、やがて料理は足りなくなってしまいそうですね。その場合は、以前にお話しした通りのやり方でかまわないのでしょうか?」

屋台を片付けながら、レイナ＝ルウがそのように問うてくる。

「うん。『ギバまん』や『ギバ・バーガー』なんかは無理をしないで、準備のしやすい料理だけを増やしていく方針でいいんじゃないのかな。料理の下準備も、かなり手一杯《ていっぱい》だからねえ」

「それならば、助かります」

そんな風に答えるレイナ＝ルウは、いくぶん浮かない顔をしているように感じられた。

「どうかしたのかい？　何か他に心配事でも？」

「いえ……ただ、あまりにマイムの料理が見事であったものですから……自分の用意した料理が、あまりに拙《つたな》いのではないかと思えてきてしまったのです」

「ええ？　そんなことはまったくないよ。初お披露目の『照り焼き肉のシチュー』だって、『ギバのモツ鍋』より早く売り切れたぐらいなんだろう？　味見に来てくれたヤンだって、レイナ＝ルウの腕前《うでまえ》には驚いていたじゃないか」

「だけど、それならばアスタはわたしたちのしちゅーとマイムのカロン乳を使った料理と、どちらが美味であると思いますか？」

レイナ＝ルウの表情は、真剣《しんけん》そのものであった。これは、心して答えねばならないだろう。

「うーん……現時点での完成度でいえば、確かにマイムのほうが上かもしれない。でもそれは、レイナ＝ルウたちにまだまだのびしろが残ってるっていうことだと思うんだよね。あの『照り焼き肉のシチュー』にしてみても、作りなれていく過程でもっと美味しくなっていくんじゃないのかな」

「それは、まだ味付けや熱の入れ方に至らない部分がある、ということでしょうか？」

「簡単に言うと、そういうことなのかもしれない。でも、現時点でもあれは十分に美味しい料理だよ」

　俺は片付けの手を止めて、レイナ＝ルウの顔を正面から見つめ返した。

「それじゃあ逆に聞くけれど、俺の『ロースト・ギバ』とマイムの料理は、どちらが美味だと思えるかな？」

「それは……」と、レイナ＝ルウは言いよどんだ。

「もちろんアスタのろーすとぎばはとても美味だと思いますが……マイムの料理のほうが、より驚きをもたらすと思います」

「そうだろうね。でも、商品という意味で、俺は『ロースト・ギバ』がマイムの料理に負けているとは思っていない。いかにも肉料理らしい『ロースト・ギバ』や『ギバのステーキ』は、とてもお客さんたちに喜んでもらえたからね。……俺はね、自分に必要な勉強を重ねながら、マイムに負けない料理人になれるように頑張《がんば》っていこうと考えているよ。目先のことで一喜《いっき》一憂《いちゆう》したって、あんまり身になるとは思えないからさ」

　レイナ＝ルウはしばらく押し黙《だま》ってから、「はい」とうなずいた。

「申し訳ありません。ことあるごとに、このような弱みをさらしてしまって……わたしはきっと、シーラ＝ルウよりも意気地《いくじ》のない人間なんです」

「そんなことないってば。俺だって根っこは負《ま》けず嫌《ぎら》いだから、レイナ＝ルウの気持ちもちゃんと理解できていると思うよ？」

　レイナ＝ルウは、はにかむように微笑んだ。レイナ＝ルウらしい、とても魅力的な笑い方である。

そこに、「アスタ」と呼びかけられる。振り返ると、ザザ家の二名とレム＝ドムが立っていた。声をかけてきたのは、年配の女衆であるメイ・ジーン＝ザザだ。

「ファとルウの家の行状を、この目でしかと見届けさせていただきました。わたしたちは本日北の集落に戻り、自分が見て感じたことを正しく家長に伝えたいと思います」

「そうですか。どうぞよろしくお願いいたします」

メイ・ジーン＝ザザもスフィラ＝ザザも、とても強い目で俺とレイナ＝ルウを見つめていた。そんな彼女たちのかたわらで、レム＝ドムは肩をすくめている。

「わたしもドンダ＝ルウとの約定通り、ディックと話をつけてくるわ。縁《えん》があったらまた会いましょう、アイ＝ファ、アスタ」

「うん。どういう結果であれ、二人が理解し合えるように祈《いの》っているよ」

アイ＝ファも、無言でうなずいていた。女衆であるレム＝ドムが、ドムの家で狩人として生きていくことはかなうのか。あらためて、本家の家長たるディック＝ドムと話し合うことになるのである。これがレム＝ドムとの長きの別れとなるのか、あるいはドムの家を飛び出した彼女とまた明日にでも再会することになるのか、結果は神のみぞ知るであった。

「あらァ、今日の仕事はもうおしまいなのかァい？」

と、さらに新たな声に呼びかけられる。振り返るまでもなく、それはピノの声であった。

「ああ、どうも。さきほどの芸は素晴《すば》らしかったですよ。明後日がますます楽しみになりました」

「そいつはありがとうねェ。あんまり危ない真似《まね》をするなと、衛兵どもには説教をくらっちまったけどさァ」

そんな風に言いながら、ピノはぺろりと小さな舌を出した。彼女にしては、稚気《ちき》にあふれる仕草である。が、やっぱり子供扱いする気になれなかった。

「ま、アタシらはそんなお粗末な芸人じゃないやと突《つ》っぱねてやったけどねェ。……それよりも、さっきは立派な食事をありがとサン。あんまり美味《うま》いもんだから、最後には取り合いになっちまったよォ。明日からは、もう三人前ぐらい増やさないと、それこそ血を見る騒《さわ》ぎになっちまいそうだねェ」

「あはは。それは恐縮です」

「まったく大した料理人さね。はるばるジェノスまで出向いてきた甲斐《かい》もあったってもんだよォ」

そのように言ってから、ピノは後片付けに励《はげ》む俺たちの姿をぐるりと見回した。

「アンタたちは、もうお帰りかい？　だったら、最後に遊んでいっちゃどうだろう？　今、あっちでドガが力比べをしてるんだよねェ」

「力比べ？」

そういえば、さきほどから天幕の前には人だかりができていたのだ。その人垣《ひとがき》から大男の頭部だけが見《み》え隠《かく》れしているが、何をしているのかはさっぱりわからない。

「棒の引っ張り合いだよォ。ドガが二本の棒を持って、お客さんは好きな人数でそれを引っ張るのさァ。挑《いど》む人間は割り銭を払《はら》って、見事にドガを引っ張り倒《たお》すことができたら、全員に十倍返しっていうお遊びさねェ」

棒というのは、さっきの曲芸で使用した棒のことなのだろうか。だとすれば、かなりの人数がいっぺんに参加することが可能である。が、俺はあの大男が敗北する図を思《おも》い描くことができなかった。

「アンタたちは、力自慢《ちからじまん》の森辺の狩人なんだろォ？　だったら、一人でもドガをひっくり返すことができるんじゃないのかねェ？」

ピノの目が、俺のかたわらにすうっと向けられる。その視線の先にいたのは、アマ・ミン＝ルティムと言葉を交《か》わしていたルド＝ルウであった。

「へーえ、あのでかぶつと力比べかよ。そいつは面白《おもしろ》そうじゃねーか」

「ルド＝ルウ」と、アイ＝ファが静かに声をあげる。

そちらを振り向《む》き、ルド＝ルウは陽気にウインクをした。

「それなら、うってつけの狩人がいるぜ？　……おーい、ジィ＝マァムはどこに行った？」

「どうした。何か面倒事か？」

と、荷車の裏から巨大《きょだい》な人影《ひとかげ》が進み出てくる。

「なんか、あっちで町の人間が力比べをしてるんだってよ。森辺の民なら勝てるんじゃねーかとか言われてんだけど、あんたが挑んでみたらどうだ？」

「ほう」と双眸《そうぼう》を光らせながら、ジィ＝マァムはピノの姿を見下ろした。

「お前は、さきほど不思議な芸を見せていた娘だな。ということは、相手はあの俺よりも大きな男か」

「ああ、アンタも立派な身体をしてるねェ。それでも、ドガよりは小さいだろうけどさァ」

ピノは、にいっと微笑んだ。

ジィ＝マァムは、「よかろう」と重々しくうなずく。

「あの男がどれほどの力を持っているのかは、俺もいささか気になっていた。よかったら、マァム家の長兄《ちょうけい》ジィ＝マァムが挑ませてもらおう」

「決まりだねェ。それじゃあ、こちらにずずいとどうぞォ」

何だか、おかしな成り行きであった。

だけどまあ、驚くべきことに体格ではあちらのほうが優《まさ》っているのだから、敗北しても森辺の民の恥《はじ》にはならないだろう。俺はアイ＝ファとルド＝ルウ、それに興味を持ったらしいレム＝ドムも引き連れて、冗談《じょうだん》みたいな体格差のある男女の後ろを追いかけることにした。

「な、これなら文句はねーだろ？」

歩きながらルド＝ルウがそう言うと、アイ＝ファは「うむ」とうなずいた。それ以降、二人は口を開こうとしないので、俺は「いったい何の話だい？」と問うてみる。

「んー？　力自慢の人間だったら、俺みたいな小さな相手に負けるのは恥になっちまうだろ？　だから、ジィ＝マァムに出番を譲ったんだよ」

「ル、ルド＝ルウはあの大男に勝てるっていうのかい？」

「あったり前じゃん。棒の引っ張りっこだろ？　そんなの森辺の狩人だったら、薪《まき》を使って餓《が》鬼《き》の頃《ころ》からやってるぜ？」

ルド＝ルウの言葉に、アイ＝ファもうなずく。

「勝負を制するのは、力のみではない。それがわかっていれば、誰《だれ》でも町の人間に敗れたりはすまい」

「だけど、ジィ＝マァムはどうだろうなー？　それこそ力を使うことしか頭にねーから、町の人間ともいい勝負になっちまうんじゃねーの？」

何とも呆《あき》れた話であった。

かたわらでは、レム＝ドムが好戦的な笑みをたたえている。

「それこそ、わたしが力試《ちからだめ》しで挑ませてもらいたいぐらいだったけどね。何だかアイ＝ファに怒《おこ》られそうだったから、やめておいたのよ？」

「当たり前だ。町の人間といらぬ悶着《もんちゃく》を起こすべきではない」

その声に、「うわあっ！」という男たちの悲鳴が重なった。

同時に、歓声が巻き起こる。

大男のドガが、六名ばかりの男たちをなぎ倒したのである。

やはり曲芸で使っていた、一・五メートルぐらいの棒だ。ドガはその棒を両手に一本ずつ握《にぎ》りしめたまま、群がるお客さんたちに頭を下げていた。

本当に、途方《とほう》もない大男である。ジィ＝マァムよりも頭半分は大きいから、二メートル十センチから二十センチぐらいはありそうだ。しかもその全身が岩のような筋肉に包まれており、横幅《よこはば》や厚みも尋常《じんじょう》ではない。巨大な灰色熊《ぐま》が毛皮を脱《ぬ》ぎ捨《す》てて立ちはだかっているかのような質量である。

頭はつるつるに剃《そ》りあげており、せり出た眉《まゆ》の下で青い瞳が鈍く光っている。巨大な鷲鼻《わしばな》と分厚い唇《くちびる》、ごつごつとした頬骨《ほおぼね》に四角い下顎《したあご》などは、幼子だったら泣きだしそうなほど厳《いか》つくて、岩の巨人《きょじん》さながらであった。

ちなみに肌《はだ》の色は赤銅色《しゃくどういろ》で、もとの色がわからないぐらい日に焼けてしまっている。もしかして彼にはマヒュドラの血でも入っているのではないかと思い至ったが、もちろんそんな想念は胸の奥《おく》にしまっておくことにした。

「ドガ、こちらの立派な狩人サンが遊んでくださるそうだよォ？　一対一の勝負をご所望《しょもう》だってさァ」

大男ドガが、のろのろとジィ＝マァムを振り返る。

感情のない、動物のような目つきであった。

森辺の狩人の登場に、お客さんたちはどよめきをあげる。

「……ルウの末弟《まってい》よ、狩人の衣《ころも》と刀を預けてもよいか？」

「ああ、頑張ってくれよ、ジィ＝マァム」

ジィ＝マァムはうなずき、ドガの前に立ちはだかった。やはりドガのほうが、ひと回りも巨大である。か弱き俺から見たら、大怪獣《だいかいじゅう》の一騎打《いっきう》ちだ。

「ああ、森辺の狩人サン、いちおう割り銭を払ってもらえるかねェ？　アンタが買ったら、十倍でお返しするからさァ」

「銅貨の持ち合わせはない」とつぶやきながら、ジィ＝マァムは狩人の首飾《くびかざ》りを外し始めた。そこから一本の牙《きば》を引《ひ》き抜《ぬ》き、地面に置かれていた草籠の中に放り入れる。

「売れば、赤銅貨三枚にはなろう。それで文句はないか？」

「はいはァい。それじゃあアンタが負けちまったら、二枚の赤銅貨と割り銭をお返しするよォ」

いったいどのような結末を期待しているのか、ピノはとても愉快そうな面持ちであった。

「それじゃあ、そっちの輪の中に入ってもらえるかねェ？　その輪の外に足を踏《ふ》み出《だ》したり、すっ転ばされたりしたほうが負けだよォ」

石の街道に、直径一メートルぐらいの赤い輪が描かれている。よく見ると、それは染料《せんりょう》か何かで色のつけられた荒縄《あらなわ》であった。大男ドガも、別の赤い輪の中に身を置いているのだ。

ジィ＝マァムは、無言でその輪の中に足を踏み入《い》れる。ドガが片方の棒を放り捨て、残った棒の先端《せんたん》を突きつけると、ジィ＝マァムは無造作にそれをわしづかみにした。

「それじゃあ、始めェ」

双子《ふたご》と美女と小男の楽団が、ちょっと勇壮《ゆうそう》なる演奏を奏で始める。それと同時に、二人の巨人は木の棒を引っ張り合った。

すさまじい力の競《せ》り合《あ》いである。両者の腕や肩に、小山のような筋肉が盛り上がっている。

踏みしめた石敷《じ》きの地面が、圧力でひび割れてしまいそうだ。

そんな暴虐《ぼうぎゃく》なる力にさらされて、棒は弱々しく軋《きし》み始める。その棒がへし折れることこそが、唯一《ゆいいつ》の正しい道であるように思えてならなかった。

腰《こし》を落とし、両腕《りょううで》で棒をひっつかんだまま、両者は動かない。完全に力が拮抗《きっこう》しているのだ。こんな大男にも負けないジィ＝マァムも、森辺の狩人に負けないドガも、どちらも怪物《かいぶつ》だとしか思えなかった。

そうして息の詰《つ》まるような数十秒間が過ぎ――いきなり結末は訪《おとず》れた。

じゃりっと地面を踏み鳴《な》らしたジィ＝マァムが、地割れのような咆哮《ほうこう》とともに、一気に棒を引き寄せたのだ。

ドガはぐらりとバランスを崩《くず》し、地響《じひび》きをたてながら石の街道に倒れ伏すことになった。

おおっ、と人々が歓声をあげる。

「勝負ありィ！　……アミン、赤銅貨五枚をお客人に差し上げなァ」

おそらく女の子と思《おぼ》しき双子の片割れが、鳴り物の棒を鳴らしながら草籠のほうに手をのばし、ギバの牙と五枚の赤銅貨を、とてもおずおずとした仕草でジィ＝マァムのほうに差し出した。

「馬ァ鹿、その牙は割り銭の代わりだろう？　そいつを差し引いて、赤銅貨四枚と割り銭をお渡《わた》しするんだよォ」

「あ、も、申し訳ありません……」

アミンは慌てて赤銅貨の一枚を割り銭に交換した。ジィ＝マァムは額の汗《あせ》をぬぐいながらそれを受け取り、それからドガのほうに視線を差し向ける。

「町の人間でこれほどの力を持つ者を見たのは初めてだ。よほどの鍛錬を積んだのであろうな」

「……わたくしも、一対一の勝負で土をつけられたのは数年ぶりのことでございます」

ジィ＝マァムにも負けない野太い声でありながら、ドガは意外なほど丁寧《ていねい》な言葉づかいであった。動物のように感情の読めなかった瞳には、ジィ＝マァムを賞賛するような光が浮かんでいる。その両名を取り囲む見物人たちは、まだ歓声をあげていた。

「さすがは森辺の狩人だなあ。たった一人であの大男をすっ転ばすなんて、大したもんだ」

「よし、俺たちも挑ませてもらおうぜ！」

そうして新たな挑戦者《ちょうせんしゃ》たちが寄ってくるのを機に、俺たちは身を引くことにした。

すると、ピノがまたちょこちょこと駆《か》け寄《よ》ってくる。

「ありがとうねェ、兄サンがた。たまには負けてやらないと挑んでくる人間がいなくなっちまうんだけど、ドガのやつはわざと負けるような器用さを持ち合わせてないから、助かったよォ」

小声でそのように言ってから、また唇を吊《つ》り上げる。

「だけどほんとに、森辺の狩人ってェのは大したもんだねェ。惚《ほ》れ惚《ぼ》れするような腕《うで》っ節《ぷし》だったよォ。こいつも毎日ギバを喰《く》らってる恩恵《おんけい》なのかねェ？」

「娘、お前は余所《よそ》の地から来た人間であるにも拘《かか》わらず、ずいぶん森辺の民《たみ》に関心を持っているようだな」

アイ＝ファが静かに問《と》い質《ただ》すと、「そりゃあもちろん」とピノは艶然《えんぜん》たる視線を差し向けた。

「これまでは森の奥に引っ込んでたアンタがたが、ギバの料理を売りに出したり、悪い貴族をとっちめたり、大いにジェノスを賑わせてるって評判だったからさァ。いったいどれほどのものなのかと、アタシも顔をあわせるのを楽しみにしてたんだよォ」

「ふむ。ジェノスの外でも、そのような話が行き渡っているということか」

「ああ、特にアタシらは、古い知り合いから細かい話まで聞くことができたからねェ」

「古い知り合い？」

アイ＝ファはいぶかしげに眉をひそめ、ピノはいっそう楽しそうに目を細める。

「《守護人》の、カミュア＝ヨシュってェお人だよォ。黒の月の終わりあたりに、ひなびた宿場町でばったり出くわしてさァ。そのときに、アンタがたの評判を念入りに聞くことができたってわけさァ」

そんな名前をこんなタイミングで聞くことになろうとは、きっと誰ひとり予期していなかっただろう。

そんな俺たちの様子を見回して、咽喉の奥で笑い声をたててから、ピノはふわりと身をひるがえした。

「アタシらは、祭が終わるまでこのジェノスに居《い》座《すわ》らせていただくからねェ。明日からも、どうぞよろしくやっておくんなさいよォ、森辺のみなサンがた。……それじゃあ、ご機嫌《きげん》よォ」

# 4

翌日の商売も、至極《しごく》順調であった。

日増しに客入りは増えていき、ついにその日は一つの料理も余らせることなく、完売の運びとなったのである。

マイムの店も好調で、料理の数は六十食まで増やされることになったが、それでも一刻を待つことなく、そちらも早々に完売していた。マイムの場合は一人ですべての準備をしているので、そうそう料理の数を増やすことはできないようだが、それでも可能な限りは頑張るつもりだと元気いっぱいの笑顔を残して、マイムはトゥランに帰っていった。

そしてその日からは、ついに《西風亭》の屋台もオープンされる運びとなった。品目は、俺がおすすめしたお好み焼きである。手づかみで食べるのが難しいので、俺はひとまず屋台で売ることを断念した品目であるが、それは焼きたての生地《きじ》を作り置きの生地ではさみこむことによって解決された。

焼きたてのほうは具材たっぷりで、作り置きのほうはポイタンのみの薄《うす》いもの、という寸法である。どちらも同じ大きさの丸い形で、ポイタンのみの生地が外側になるように折って食べる格好になる。

お好み焼きは、いまや《西風亭》の食堂でも人気のひと品であり、屋台においてもその人気を落とすことはなかった。先日の森辺の食事会でも話題になった通り、マヨネーズに白ママリア酢《す》を使うようになってから、お好み焼きの評判はさらに上昇したらしい。具材はバラ肉とティノのみのシンプルなものであるが、タウ油ベースのウスターソースもどきとマヨネーズの味付けが、宿場町の人々にはたいそう新鮮《しんせん》であったのだろう。

ちなみに《西風亭》は安価を売りにしている宿屋であるので、お好み焼きの価格も赤銅貨一・五枚である。ただし、ギバ肉の使用は指定通り九十グラムていどに抑《おさ》えているが、そのぶんポイタンとティノをたっぷり使っているので、赤銅貨二枚の料理に匹敵《ひってき》するぐらいの食《た》べ応《ごた》えがある。あまり銅貨に余裕《よゆう》のない人々なんかは、特にこの品目を喜んだようであった。

「うん、これなら父さんに文句を言われることもないよ！　全部売り切って驚かせてやろうっと！」

お好み焼きの屋台をまかされたユーミは、そのように言っていた。

俺たちやマイムのように護衛役を置くことはなく、手伝いは友人の女の子だ。宿場町の裏通りで生まれ育ったユーミにとっては、余所者《よそもの》や荒《あら》くれ者《もの》も恐るるに値《あたい》しないのだろう。

その《西風亭》のお好み焼きは、生地が余っても夜に使い回せるということで、初日から五十食分を準備してきていたのだが、やはり俺たちよりも早く売り切って店じまいをすることになった。

ということは、マイムが六十食、ユーミが五十食を売り切った上で、俺たちも完売することができたのだから、合計で九百七十食分のギバ料理が売れたことになる。ほとんどの人々が二種の料理を購入《こうにゅう》していると考えても、五百人近い人数がお客さんとして訪れていることになるのだ。これは、快挙であることに間違《まちが》いはなかった。

そしてその内の三十食分は、《ギャムレイの一座》が購入してくれたものであった。昨日の宣言通り、彼《かれ》らは三人分を上乗せして、十二人で十五人前ものギバ料理を買いつけてくれたのである。

今日はニーヤに逃げられてしまったのか、あの楽団で笛を吹いていた妖艶なる女性が料理を運ぶのを手伝っていた。背の高い、少し浅黒い肌をした、美しい女性である。シム風の奇怪《きかい》な紋様《もんよう》が刺繍《ししゆう》された織物を身につけており、そこまで露出《ろしゆつ》が多いわけでもないのに、むやみに色っぽい。名前は、ナチャラというらしい。

そんな《ギャムレイの一座》の一行は、中天からまた天幕の前で客寄せの芸をやっていた。本日の見世物は、小男ザンによる投げ刀子《とうす》の芸だ。ピノが手に持った的を数メートルの距離《きより》から刀子でつらぬいてみせる、という芸で、本日もトゥール＝ディンは俺の腕にすがりつくことになった。

あと、特筆するべき事柄《ことがら》といえば――城下町に滞在《たいざい》するシムの占星師の少女アリシュナが、ひさびさに来店してくれたことであろうか。旅人用の革《かわ》マントで人目を忍《しの》び、俺《おれ》の屋台の前に立ったアリシュナは、フードを外さぬまま「おひさしぶりです、アスタ」と呼びかけてきてくれた。

「あ、アリシュナですね？　これはこれは、おひさしぶりです」

彼女と顔をあわせるのは、貴婦人の茶会以来のことだ。そういえば、最近はポルアースともディアルとも顔をあわせていない。みんなこの時期は、それぞれの仕事が忙《いそが》しいのだろう。

「店、とても盛況《せいきょう》ですね。以前、来たときとは、見違《みちが》えました」

「ええ、復活祭さまさまです。アリシュナもわざわざ食べに来てくださったのですか？」

「はい。アスタ、香草《こうそう》の料理、売りに出している、ポルアース、聞きました」

店には訪れていないポルアースも、ヤンあたりから逐一《ちくいち》報告を受けているのだろう。かつてアリシュナはポルアースとともに《玄翁亭》で『ギバ・カレー』を食し、たいそうお気《き》に召したようなのである。

しかし俺は、そんなアリシュナに謝罪の言葉を伝えることになった。

「あ、とても申し訳ないのですが、『ギバ・カレー』は二日置きに出しているのですよね。ちょうど今日から、別の料理が売りに出されているのです」

トゥール＝ディンの屋台で売りに出されているのは、『ギバ・カレー』ならぬ『ギバとナナールのカルボナーラ』であった。キミュスの卵とカロン乳のクリームでこしらえた、自慢《じまん》のひと品だ。

本来であればベーコンを使いたいところであったが、そうするとまた値段が跳《は》ね上がってしまうので、ギバのバラ肉を使用している。最初はユーミたちにも食べてもらったミートソース風のパスタにしようかと思っていたのだが、タラパ主体のソースと挽《ひ》き肉《にく》という組み合わせは若干《じゃっかん》『ギバ・バーガー』とかぶってしまうので、こちらを選択《せんたく》した次第《しだい》である。

意外にこのジェノスではイタリア料理にマッチする食材が多いので、カルボナーラの作製に困ることはなかった。オリーブオイルに近いレテンの油、ニンニクに近いミャームー、黒胡椒《くろこしょう》に近いピコの葉、カマンベールチーズに近いギャマの乾酪《かんらく》、鶏卵《けいらん》に近いキミュスの卵、牛乳に近いカロン乳——これだけの食材がそろっていれば、何も難しいことはない。ちなみにホウレンソウに似たナナールを使ったのは、まったく野菜を使わない料理というものがジェノスでは忌避《きひ》されがちなためだ。

なお、保存の関係上、これは生パスタではなく乾燥《かんそう》パスタを使用している。とはいえ、いくぶん歯応《はごた》えがしっかりとするぐらいで、味に優《まさ》り劣《おと》りはないように思う。

ただ、これを屋台で作製するには、若干の工夫《くふう》が必要であった。パスタを茹《ゆ》でるのと、茹でたパスタを調理するのとで、二つの火元が必要であったためである。

これは、馴染《なじ》みの組立屋で屋台の天板を新たに作製していただくことで解決した。二つの鍋《なべ》が設置できるよう、特別仕立ての天板をこしらえてもらったのだ。屋台の内部には二つの火鉢《ひばち》を仕込み、これで何とか体裁《ていさい》を整えることができた。

あとは、作製するのが俺ではなくトゥール＝ディンであるので、早急《さっきゅう》に砂時計を取り寄せることになった。城下町の厨《くりや》においてヴァルカスも使用していた、調理用の砂時計である。パスタの茹で時間さえそれで確定することができれば、あとは何の心配もない。トゥール＝ディンは、数日の修練で問題なくカルボナーラを作製することができるようになっていた。

人気のほうも、今のところは上々だ。何せジェノスでは馴染みのなかった麺《めん》の料理である。これは『ギバ・カレー』にも負けない評判を呼び、トゥール＝ディンはひっきりなしにパスタを茹であげることになった。

価格は赤銅貨一・五枚で、肉の量は九十グラムていど、パスタの量は五十から六十グラムていどのハーフサイズだ。ジェノスの民の嗜好《しこう》に合わせて肉の比率が多めであるが、それでもやっぱり炭水化物が主体の料理であるため、これは汁物《しるもの》の『ギバのモツ鍋』か、あるいは本日の日替《ひが》わりメニューである『ギバの回鍋肉《ほいこうろう》』とあわせて購入するお客が多かった。

ちなみに回鍋肉のほうは、豆板醤《とうばんじゃん》に代わる調味料が存在しないため、タウ油と砂糖とミャームーとチットの実で作製した甘辛《あまから》いタレを使用している。家で茹でておいたギバのバラ肉を、現地でティノとプラとアリアとブナシメジモドキとともに炒《いた》めて皿に盛る。こちらも『ギバのステーキ』や『ロースト・ギバ』に劣らぬ人気を博していた。

「そんなわけで、残念ながら『ギバ・カレー』はないのですが、こちらの料理も非常に人気ですので――」

と、そこで俺は口をつぐむことになった。その細面《ほそおもて》は無表情のまま、アリシュナがぐらりとよろめいてしまったのである。

「ど、どうしたのですか？　どこかお気分でも？」

「いえ……香草の料理、売っていない、驚いただけです」

かろうじてその場に踏みとどまったアリシュナは、やはり感情の汲《く》み取《と》れない声でそのように言った。その静まりかえった夜の湖みたいな瞳は、食い入るように俺の顔を見つめている。

「……占星師、自分の運命、読むこと、禁じられています」

「あ、ええ？　はい？」

「今日の凶兆《きょうちょう》、知ること、できませんでした。これもまた、運命です」

「あの、仰《おっしゃ》っている意味がよくわからないのですが……」

「……香草の料理、とても楽しみ、していたのです」

まさか、『ギバ・カレー』が売られていないことにショックを受けておられるのだろうか。

「えーとですね、『ギバ・カレー』でしたら、今でも《玄翁亭》や他の宿屋で売りに出されているのですが……」

「私、アスタの作る、香草の料理、とても楽しみ、していたのです」

『ギバ・カレー』はカレーの素《もと》だけを販売《はんばい》し、各自の宿屋で作製していただいている。《玄翁亭》ならばチットの実で辛《から》さを足したり、《南の大樹亭》ならば砂糖やタウ油をふんだんに使ったりと、独自の発展を見せつつあるのだ。

「そ、それでしたら、《キミュスの尻尾亭《しっぽてい》》で作られている『ギバ・カレー』が、俺が作るものと一番味は近いかと思いますが……」

アリシュナはぷるぷると、細い首を横に振《ふ》る。

「私、アスタの作る、香草の料理、とても楽しみ、していたのです」

確かに《キミュスの尻尾亭》の『ギバ・カレー』も、俺の作るものとまったくの同一なわけではない。俺はラマムの実やパナムの蜜《みつ》なども使って、贅沢《ぜいたく》かつまろやかな味を徹底的《てっていてき》に追求しているのである。

アリシュナは、うつむき加減にきびすを返そうとした。

「……申し訳ありません。胸、ふさがってしまったので、今日、帰ります」

「あ、あの、二日後にはまた『ギバ・カレー』を売りに出しますので！」

「……私、とても多忙《たぼう》、なります。おそらく、復活祭、終わるまで、城下町、出ること、かなわないでしょう」

完全無欠の無表情でありながら、アリシュナのほっそりとした姿からは悲しみのオーラが放出されまくってしまっていた。このまま帰したら、城門に辿《たど》り着《つ》く前に行き倒れてしまいそうな風情《ふぜい》だ。

「そ、それでしたら、どなたかに料理を届けていただきましょうか？」

アリシュナの足がぴたりと止まり、フードの陰《かげ》から感情の読めない視線が飛ばされてくる。

「ダレイム伯爵家《はくしゃくけ》の料理長をつとめておられるヤンという御方《おかた》が、毎日宿場町で仕事をされているのですよね。その御方を通じて、何とかアリシュナまで料理をお届けすることはできないでしょうか？」

アリシュナは、すうっと音もなく屋台の前まで舞《ま》い戻《もど》ってきた。

「ダレイム伯爵家の料理長、茶会、ミンミの菓子《かし》、作られた方ですね？　あの方、宿場町、いるですか？」

「はい。最近ではその御方がポルアースとの連絡役《れんらくやく》を担《にな》ってくださっているのです。もしもそちらから料理をお渡しすることができれば――」

アリシュナは、複雑な形に指先を組み合わせて、その不思議な瞳をまぶたの裏に隠した。

「大いなるシム、感謝の言葉、捧《ささ》げます……料理、いつ可能ですか？」

「必要とあらば、明日にでも」

アリシュナはまぶたを閉ざしたまま、深々と頭を垂れる。

「アスタにも、感謝、捧げます。私、どのように、この恩義、返せばいいでしょう？」

「自分は規定のお代だけいただければ十分です。感謝のお言葉はヤンのほうにお願いいたします」

アリシュナの大仰《おおぎょう》なリアクションに、俺はついつい笑みをこぼしてしまった。

「でも、東の方には《玄翁亭》の『ギバ・カレー』のほうがお口に合うかもしれませんよ？

俺の料理はあちらよりも辛さがひかえめですので」

「辛さ、味のすべて、異なります。私、アスタの料理、口にしたいのです」

その過大なる期待にお応えできれば幸いである。

その日はけっきょく『ギバまん』だけを購入し、アリシュナは城下町へと帰還《きかん》していった。

そうして紫《むらさき》の月の十八日は、ぼちぼち平穏《へいおん》に過ぎ去っていったのである。

◇

明けて、紫の月の十九日。

その日も商売は順調であった。

日替わりメニューは、ついに『ギバ・カツ』の登場である。レテンの油ではなく、ギバのラードをたっぷりと持ち込んで、これも百食分を提供した。

城下町では揚《あ》げ物《もの》料理が流行遅《おく》れとされているそうだが、そもそもつい最近までレテンの油すら普及《ふきゅう》されていなかった宿場町においては、揚げ物料理そのものが物珍《ものめずら》しい。これは昨日までの三種のメニューを上回る人気を博し、けっこうな作製時間がかかるにも拘わらず、どの料理よりも早く売り切れることになってしまった。

かつては『ギバ・カツサンド』を提供していた我《わ》が店であるが、揚げたてのカツというのはまた暴力的な美味《おい》しさであっただろう。ネェノンとマ・プラを彩《いろど》りにしたティノの千切りとともに、百二十グラムの大きさで価格は赤銅貨二枚。味付けは、半分にだけウスターソースもどきを塗《ぬ》り、もう半分はレモンに似たシールの果汁《かじゅう》をかけて提供することにした。

「ああ、こいつは抜群《ばつぐん》の美味さだなあ！」

今日も来店してくれたドーラの親父《おやじ》さんを筆頭に、青空食堂ではそのような声が飛《と》び交っていたという。いっそ屋台の固定メニューにしたいぐらいの人気であるが、これは作製に手間がかかる上に、ラードの確保もそれなりにシビアである。少なくとも、毎日百食分も準備することは不可能に近い。復活祭の期間は、五日にいっぺんぐらいも売りに出すことができれば上出来かなあと俺は考えていた。

また、その他の料理も、マイムと《西風亭》の料理も、くまなく完売させることができた。

復活祭の本番たる『暁《あかつき》の日』までは、あと三日。明日あたりから、ルウ家の汁物料理ぐらいは分量を増やしてもいいかもしれなかった。

「さあ、今日の仕事もおしまいだね！」

朝からご機嫌であったリミ＝ルウが、後片付けをしながらそのように述べたてる。今日はいよいよ《ギャムレイの一座》の天幕に乗り込む日であったのだ。

希望者を募《つの》ったところ、森辺のかまど番では俺とリミ＝ルウとアマ・ミン＝ルティムが参加することになった。思ったよりは少人数であったが、これはやっぱり娯楽《ごらく》に銅貨をつかうという行為《こうい》が森辺では是《ぜ》とされていないためなのだろう。それでも俺たちの持ち帰る感想次第では、きっとユン＝スドラやレイナ＝ルウあたりも食指を動かされるだろうと思われた。

で、護衛役の狩人はアイ＝ファとルド＝ルウとダン＝ルティムであり、それに加えて、ジェノスの住人からはターラとユーミとマイムが参加する。合計すれば、けっきょく九名の大所帯である。

「それでは、わたしたちは先に戻っていますので。ルド、みんなをよろしくね」

レイナ＝ルウの指揮のもと、三台の荷車が森辺に帰っていく。

居残り組は六名であったし、ダン＝ルティムなどはルティム家のトトスたるミム・チャーで町に下りてきていたので、帰りの足に心配はない。ギルルとミム・チャーと荷車は《キミュスの尻尾亭》で預かってもらい、途中《とちゅう》でターラとも合流し、俺たちはいざ《ギャムレイの一座》の天幕へと足を向けた。

「ユーミなんかも、あの見世物小屋を覗《のぞ》いたことはあるのかな?」

「うん、去年の復活祭でね。その前は、もう五年ぐらい前になるのかな? あれは面白い見世物だから、毎年見たって飽《あ》きないよ」

そのように言ってから、ユーミはこっそり顔を寄せてきた。

「だけどさ、あたし、一つだけ不思議なことがあるんだよね」

「うん? 何かな?」

「いや、あの曲芸師のちっこい娘いるじゃん? 去年はもちろん五年前にも、あいつと同じ姿をしたやつがいた気がするんだよね」

「ふうん? 五年前だと、ずいぶん幼かっただろうねえ」

「いやいや、そうじゃなくってさ、五年前にも今とまるっきり同じ姿の娘がいたって言ってるんだよ」

何とはなしに、薄《うす》ら寒《さむ》いものが背筋をかけのぼっていった。

「だ、だけど、あの娘はどう見たって十二、三歳《さい》だよ? 五年も経《た》ったら、少しは外見が変わるだろう?」

「だから不思議だって言ってるんだよ。もしかしたら、そっくりな顔をした妹か何かなのかもしれないけどさ」

それならば、彼女《かのじょ》とよく似た姉か何かが、残りのメンバーに含《ふく》まれているのだろうか。今のところ、そのような人物を目にした記憶《きおく》はない。

そんなことを話している間に、俺たちは露店《ろてん》区域の北端《ほくたん》に辿りついていた。恐竜《きょうりゅう》の屍骸《しがい》を思わせる、巨大で古びた天幕である。その入口には、幕のかかった小さな屋台が据《す》えられていた。

「あそこで銅貨を払うのかな?」

誰も答えを知らなかったので、俺がアイ=ファをともなって幕の中を覗き込むことにした。

「ようこそおいでなすった……そちらに掛《か》けるがよろしい」

低くしわがれた声が、薄闇《うすやみ》の中に響《ひび》く。

そこで待ち受けていたのは、異様な風体《ふうてい》をした老人であった。最初の日に巨大トカゲの手綱《たづな》を引いていたのとは別人である。暗灰色の魔術師《まじゅつし》みたいなフードつきのマントを纏《まと》っており、虚空《こくう》に視線を据えている。

「ふむ……これは眩《まばゆ》き光ですな……あなたは実に強き星を持っておられる……これは山の座の、猫《ねこ》の瞳《ひとみ》の星……」

「あ、いえ、俺たちはあちらの天幕の客なのですが」

どうやらこの老人は、盲目《もうもく》であるようだった。その瞳は白く濁《にご》り、どこにも焦点《しょうてん》を結んでいなかったのである。

しかも、その老人の痩《や》せこけた面いっぱいには奇妙《きみょう》な紋様が描《えが》かれていた。俺の世界ではトライバルと呼ばれていた、渦巻《うずまき》のような紋様だ。

「……こちらは、星読みの間となっております。天幕のお客であれば、入口の奥に進むがよろしい」

そのように言ってから、老人は俺たちのほうにその紋様だらけの顔を向けてきた。

「はて……そこには人の気配を二つほど感じるが……あなたがたは、何者でありましょうかな……？」

「はあ、俺たちは森辺の民ですが」

「……森辺の民……」

それきり、老人は口をつぐんでしまった。

まったくわけもわからぬまま、俺たちは幕の外に引き返す。するとそこには、仲間たちとともに黒髪《くろかみ》の童女ピノが待ちかまえていた。

「約束通り、来てくれたんだねェ。歓迎《かんげい》いたしますよォ、森辺のみなサンがた」

すでに出会って四日目であるので、この風変わりな姿もだいぶ見慣れてきた。が、やっぱりどこか人を落ち着かなくさせる雰囲気《ふんいき》があるし、さきほどのユーミの言葉もある。ユーミは好奇心《こうきしん》を隠そうともせず、横合いからピノの姿をじろじろと見回していた。

「そこはライ爺《じい》の占《うらな》い小屋ですよォ。何か占ってもらったのかァい？」

「あ、いえ、ここで銅貨を支払《しはら》うのかと思って、うっかり開けてしまったんです」

「そいつは紛《まぎ》らわしくて申し訳なかったねェ。さあ、アタシがご案内いたしますよォ」

振袖《ふりそで》のような装束をひらひらとなびかせながら、ピノが天幕の入口に足を向ける。怪物の口のようにぽっかりと空いた、真っ黒の穴である。

その中に踏み込んでも、やっぱり辺りは夜のように暗かった。その暗さにようやく目が慣れてきたところで、突き当たりにぼんやりと人影が浮《う》かぶ。

「お疲《つか》れサン、ディロ。団体様をお連れしたよォ」

それはひょろりと背の高い、痩せぎすの男であった。身長は百八十センチオーバーで、だぶだぶの長衣を纏っているのでわかりにくいが、かなりの痩身《そうしん》である。おまけに能面のような無表情をしているため、その肌が黄褐色《おうかっしょく》をしていなかったら東の民と見まごうほどであった。

頭にはターバンのようなものを巻き、そこから黒褐色《こっかっしょく》の長い髪《かみ》がこぼれている。この一座のメンバーは、誰も彼もが年齢不詳《ねんれいふしょう》だ。この人物も、そんなに若くはないだろうと察せられるぐらいで、年齢《ねんれい》の見当はまったくつかなかった。

「……幼子は半分の割《わ》り銭《ぜに》、それ以外の方は赤銅貨一枚となります……」

「あ、わたしは十歳になるのですが、いくら必要ですか？」

マイムの言葉に、痩身の男ディロが深々と頭を垂れる。

「……ちょうど十歳から、赤銅貨一枚を頂戴《ちょうだい》しております……」

俺たちは、規定の料金を支払わせていただいた。

その中で、俺とターラだけは入場無料のパプルアの花というものを持参している。不思議なことに、この花は四日が経過しても枯《か》れることなく、瑞々《みずみず》しいままであった。ひょっとしたら、造花なのであろうか。

「それではこちらに、ずずいとどうぞォ」

ディロの背後にかかっていた幕を、ピノが小さな手で引き開けてくれる。そちらのほうが、まだいくばくかは明るいようだった。

「へえ、こういう造りになっていたのか」

俺は、思わず感心して声をあげてしまった。

その幕の向こう側には、天幕で覆《おお》われた雑木林が広がっていたのである。

露店区域というのは、街道《かいどう》に沿って五メートルぐらいの幅《はば》で雑木林が伐採《ばっさい》されている。で、この天幕は屋台十台分ほどを占領《せんりょう》する大きさ――少なく見積もっても直径二十メートルぐらいの敷地《しきち》面積であったから、手前の五メートルより後方部は、雑木林ごと包み込む格好で張られていたのだ。天幕の外観がごつごつと不格好な形をしているのも、木の枝に幕が圧迫《あっぱく》されているのが一つの要因であるようだった。

現在地は、その巨大な天幕の左端《ひだりはし》だ。左手側の幕にはいくつか明かり取りの窓が空けられており、そこから昼下がりの陽光がわずかばかり差し込んできている。で、右手側には高さ二メートルぐらいの内幕が張られており、道幅《みちはば》三メートルていどの通路が外側の幕に沿ってのびる格好になっていた。

とはいえ、雑木林につくられた通路だ。行く手には何本もの樹木が不規則に立ち並んでおり、視界をさえぎっている。道そのものは一本径《みち》でも、奇怪な迷路《めいろ》のように人心を惑《まど》わせる風情である。

「うわー、なんだか不思議な感じ！　夜になりかけた森の中みたいだね？」

ターラと手をつないだリミ＝ルウが、はしゃいだ声をあげる。

それでは、いざ出陣《しゅつじん》――と、足を踏みだしかけたところで、頭上からバサバサという羽音が聞こえてきて、俺たちを大いに驚《おどろ》かせた。

「おお、何だあの鳥は！　面妖《めんよう》だな！」

リミ＝ルウに劣らずはしゃいだ声をあげたのは、ダン＝ルティムであった。一番手近にある木の上に、実に不可思議なる鳥がとまっていたのである。大きさはニワトリぐらいで、赤を主体にした七色の羽毛《うもう》を持つ、きらびやかな鳥であった。

小さな頭から長い首にかけて、冠《かんむり》のような羽がそそりたっている。その目は鷹《たか》のように鋭《するど》く光りながら、俺たちの姿をいぶかしそうに見下ろしていた。

「あれはジャガルでも南の端《はし》っこに住む、ライオウの鳥ですよォ。ジャガルでは『七色の炎《ほのお》』なんて呼ばれておりますねェ」

「ううむ、美しいな！　美しいから、あんまり美味《うま》くはなさそうだ！」

「ご明察ゥ。七色の羽毛は銀貨で取り引きされるほどだけど、肉は臭《くさ》くて食えたもんじゃないって評判ですねェ」

ダン＝ルティムの巨体《きょたい》を見上げながら、ピノはくっくっと笑う。

「ああ、最初にご注意させていただきますけれど、決してこの中の獣《けもの》たちにはお手を触《ふ》れませんようにねェ……みィんな大人しくていいコばっかりでございますが、うかつに手を出すとお客サンがたが怖ァい思いをすることになりますのでェ」

「うむ。あれは肉を喰らう獣の目だな。ルド＝ルウの弓矢でもなければ、討《う》ち取るのは難しそうだ！」

「それではどうぞ、お進みくださいませェ。アタシなんかが先頭に立ったら、興を削《そ》いじまいますからねェ。アタシは列の後ろにひっついて、あれこれご説明させていただきますよォ」

ということで、俺たちはおっかなびっくり進軍することになった。

先頭には、念のために狩人たるルド＝ルウが立ち、そこにリミ＝ルウとターラが続き、真ん中あたりに俺とアイ＝ファ、残りのメンバーは適当に散って、しんがりがダン＝ルティムという並び順だ。

じいっと動かないライオウの鳥の下をすりぬけて、通路を進む。何せ視界が悪いので、その足取りは否応《いやおう》なく慎重《しんちょう》なものとなった。

「お、何だありゃ？」

「うわー、可愛《かわい》い！　あれは何ていう獣なの⁉」

と、ルド＝ルウとリミ＝ルウの声が響く。が、今度は地上に現れたらしく、俺の位置からでは何も見えなかった。

そのまま道を進むにつれ、後続の人々が「へえ」とか「うわあ」とかいう声を響かせる。ルド＝ルウたちはあるていど進んでから足を止め、なおも好奇心に満ちみちた目つきでこちらを振り返《かえ》っていた。

で、ようやく俺やアイ＝ファのもとにも、その新たなる獣が姿を現したわけであるが――それはどうやら、亀《かめ》の類《たぐ》いであるらしかった。

「ああ、シムの大亀《おおがめ》でございますねェ。東の民は、ギュロリケ・ムゥワなんていうけったいな名前で呼んでおりますよォ」

甲羅《こうら》の大きさは、一メートルほどもあろうか。くすんだ褐色《かっしょく》をしており、ワニガメのようなごつごつとしたトゲが生えている。頭や手足もがっしりしており、まるで重戦車のような迫力《はくりょく》だ。亀を知らない人々であれば、怪物のように恐《おそ》ろしげな姿に見えたことだろう。

「そいつも怒らせると人間の指ぐらいは簡単に嚙《か》みちぎっちまうので、どうぞお気をつけてェ」

ピノの言葉を聞きながら、そいつはのそのそと茂《しげ》みの中にその姿を隠《かく》してしまった。

「さァ、ここからが本番でございますよォ」

その瞬間《しゅんかん》、「きゃーっ」というリミ＝ルウの声が響きわたった。

たちまちアイ＝ファが刀の柄《つか》に指をかけ、薄闇に青い目を燃やす。

「うわ、こいつは……」と、ルド＝ルウも絶句してしまっている。

俺たちは、足速に雑木林の通路を進むことになった。

ルド＝ルウたちは、すでに通路の突き当たりに達している。そしてそこは右手側に折り返して進める造りになっていたので、後続の俺たちも横並びでその獣を見ることができた。

「何も危険なことはありませんよォ。間違っても刀なんかは抜かないでおくんなさいねェ」

その空間には、網目状《あみめじょう》に縄《なわ》が張られていた。人間の頭ていどなら通りそうなぐらいの、ざっくりとした大きな網目だ。だから俺たちは、何の不自由もなくその恐るべき姿を目にすることができた。

三メートルばかりもある樹木の上に、巨大《きょだい》な獣が身を丸めている。漆黒《しっこく》の、ごわごわとした毛皮を持つ獣であった。大きさは、ダン＝ルティムよりも巨大であっただろう。

いびつな形をした大きな頭に、人間の足よりも太くて長い腕《うで》、その半分ほどしかなさそうな短い足、樽《たる》のような形状をした肉厚の胴体《どうたい》――それは、ゴリラともオランウータンともつかない大猿《おおざる》の類いであった。

全身に硬《かた》そうな毛が生えており、顔と胸《むな》もとと指先だけ、青黒い皮膚《ひふ》が剥《む》き出しになっている。せりでた眉に、潰《つぶ》れた鼻、巨大な口に、たるんだ頬肉。その目は薄闇に赤く燃え、興味なさげに俺たちの姿を見下ろしていた。

「娘よ、ひょっとしたら、これはジャガルの黒猿《くろざる》という獣ではないのかな？」

ダン＝ルティムが、普段《ふだん》よりも少しだけ真面目《まじめ》くさった口調でそのように問うた。ピノは、「またご明察ゥ」と手を打ち鳴らす。

「これはジャガルとシムの狭間《はざま》に住む、ヴァムダの黒猿でございますよォ」

「やっぱりか。俺たちの祖は、ジャガルの黒き森でこの黒猿めを狩《か》っていたのだ」

俺もその逸話《いつわ》を、真っ先に思《おも》い浮かべていた。知らぬ内、冷たい汗が背中を流れていく。

「この黒猿めは、黒き森とともに滅《ほろ》び去《さ》ったのかと思っていたぞ。……しかしこやつは、人間をも喰らう凶悪《きょうあく》な獣ではなかったか？」

「はァい、それを大人しくさせるのが、獣使いの妙技《みょうぎ》というものでございましょうねェ」

そのように言ってから、ピノは低く笑い声をたてた。

「だけどこの黒猿に限っては、アタシよりも小さなナリをしている頃から一座の一員になっておりましたのでねェ。人の味を知った獣は決して人になつかないとも聞きますし、いまだ人喰いの罪は犯《おか》していないと思われますよォ」

「なるほどな。確かに穏《おだ》やかそうな面《つら》がまえをしておるわ」

感慨深《かんがいぶか》そうに言いながら、ダン＝ルティムは下顎《したあご》を撫《な》でさすった。

それを見上げつつ、ピノはにいっと唇《くちびる》を吊り上《あ》げる。

「お客サンがた、怖ァい見世物はお好きでしょうかねェ？」

「うむ？　何物をも恐れぬのが森辺の狩人だぞ、娘」

「狩人サンがたはそうでしょうねェ。では、か弱き娘サンがたのために、こんな余興はいかがでしょう？　……その縄の中に、ちょいと手を入れてみてごらんなさいなァ」

誰《だれ》かが止める間もなく、ダン＝ルティムは「こうか？」と網《あみ》の向こうに左拳《ひだりこぶし》を突っ込んでしまった。

とたんに黒猿が牙《きば》を剥き、ヴァオウウウゥゥゥッ……という雄叫《おたけ》びを轟《とどろ》かせる。

ターラは「ひゃあっ！」と悲鳴をあげて、かたわらのリミ＝ルウに抱《だ》きついた。

ユーミも「きゃあっ！」と悲鳴をあげて、かたわらの俺に抱きついてきた。

「ふむ。こやつを怯《おび》えさせてしまったようだな」

こともなげに言い、ダン＝ルティムは左腕《ひだりうで》を引っ込めた。

同時に黒猿も、ぴたりと口を閉ざしてしまう。

「この縄は、獣を守るためのモノなんでさァ。お客サンがイタズラをしようとしたら、ああやって吠《ほ》えて、主人に助けを求めるって寸法なわけですねェ」

「主人とは？　あの黒猿の親でもいるのか？」

「いえいえェ、獣使いのシャントゥ爺のことですよォ。爺の命令がない限り、このコはいっさい乱暴な真似《まね》ができませんのでねェ。お客サンに石を投げられても、縮こまって耐《た》えるしかないわけでさァ」

では、獣使いの命令さえあれば、どんな乱暴でも思いのまま、ということなのだろうか。それはそれで、恐ろしい話である。

「ううむ。お前さんたちは、そこまで獣と心を通い合わせることができるのか！　俺もトトスのミム・チャーにはいくばくかの思いを伝えられるようになってきたと思うのだが、さすがにそこまでの芸当はかなわぬなあ！」

「それが、アタシらの芸ですからねェ。シャントゥ爺がくたばった後も獣使いの芸を楽しんでもらえるよう、アタシも修練を積んでいる真っ最中なんですよォ」

確かにこの童女であれば、凶悪なる黒猿を思いのままに操《あやつ》る姿が異様に似合う気がしてしまった。

そんなことを考えている俺のかたわらで、アイ＝ファがふっと息をついている。

「ジバ婆《ばあ》がこの黒猿を目にしたら、いったいどのような思いにとらわれるのであろうな。やはり、黒猿に喰らわれた同胞《どうほう》のことを思い出し、悲しい気持ちにとらわれてしまうのだろうか」

そしてその目が、冷ややかに俺のほうを見る。

「ところで、ユーミよ。森辺においては、家族ならぬ男女がみだりにふれあうことをよしとしていないのだが」

「あ、ああ、あたしの名前を忘れないでいてくれたんだね。嬉《うれ》しいよ、アイ＝ファ」

そんな風に答えながら、ユーミはなおも俺の首ったまにかじりついている。

「だけど、もうちょっとだけ勘弁《かんべん》してくれない？　手を離《はな》したら、そのままへたりこんじゃいそうなの」

アイ＝ファの瞳はいっそうの冷たさを増し、なぜかユーミでなく俺をじっとりとねめつけてくる。

ともあれ、獣使いの芸はこれからが本番なのだった。

5

ヴァムダの黒猿に別れを告げて、俺たちは道を折り返した。

その道の中ほどで俺たちを出迎《でむか》えてくれたのは、あの、荷車を引いていた二頭の巨大トカゲであった。

「これはワースの岩蜥蜴《いわとかげ》ですよォ。南や東の砂の海に住む、大蜥蜴でさァ」

体長三メートルばかりの、恐竜のごとき巨大トカゲである。彼らも高い木の上にその巨体を潜《ひそ》めており、見物客を大いに驚かせてくれた。

「こいつはマダラマの大蛇《だいじゃ》にそっくりだよな。やっぱり人を食うのか？」

「いいえェ、砂の海にはロクな生き物も住んじゃおりませんからねェ。しなびた葉っぱを食べるだけで何日も生きられる、トトスよりも使い勝手のいい獣なんですよォ」

「ふーん。確かにまあ、トトスみてーにとぼけた顔をしてんな」

木の上の岩蜥蜴を恐れげもなく覗き込みながら、ルド＝ルウはそう言った。

「シムやジャガルでは、こいつをトトスの代わりにしてるところも少なくはないですからねェ。ま、トトスほど速く走ることはできやしませんけど、のんびりとした旅にはうってつけなんでさァ」

そうしてさらに通路を進むと、突き当たりは垂れ幕でふさがれていた。

「さァ、ここが獣使いの舞台《ぶたい》でございますよォ」

入口のときと同じように、ピノが垂れ幕を引き開ける。

とたんにリミ＝ルウが、「うわあ」と感嘆《かんたん》の声をあげた。

「ようこそおいでなさったな。どうぞこの老いぼれの芸をご堪能《たんのう》あれ」

ここは街道に面した部分、本来であれば屋台などが置かれるスペースであるようだった。五メートル四方の、いささか不格好な四角の部屋である。地面は土で、平坦《へいたん》だ。そこに一人の老人と、二頭の獣が待ちかまえていた。

老人は、かつて岩蜥蜴の手綱を引いていた人物である。見事に白くなった髪と髭《ひげ》を長くのばしており、痩せた身体に黒と灰色がまだらになったボロギレのような長衣を纏っている。仙人《せんにん》のように飄々《ひょうひょう》としており、そして穏やかな表情をした老人であった。

その左右に控《ひか》えているのは、豹《ひょう》と獅子《しし》だ。豹のほうは、淡《あわ》い褐色に斑点《はんてん》のある毛並みが美しい。体長は、俺の身長ぐらいもあるだろう。巨大だが、実に優美でなめらかな体格をしている。俺が知る豹と異なるのは、その口にサーベルタイガーのごとき牙が生えていることであった。

獅子のほうは、その豹よりもひと回りは巨大である。全身にごつごつとした筋肉の線が浮かんでおり、優美さよりも力強さが勝っている。蓬々《ほうほう》となびくたてがみが見事であり、実に雄々《おお》しい立ち姿だ。そして、そういった外見は俺の知るライオンとほぼ同一の様相であったが、その巨体を包む獣毛《じゅうもう》は淡い灰色であり、その瞳は澄《す》みわたった水色をしていた。

「こちらはアルグラの銀獅子、名前はヒューイ。こちらはガージェの豹、名前はサラと申します」

にこにこと笑いながら、老人はそのように申し述べた。かなりの年齢であられるようだが、矍鑠《かくしゃく》とした様子だ。しかし、二頭の巨大な獣の間に立っているため、実際よりも小さく見えてしまう。

「そこなお客人、この者たちの名前を呼んではくださらぬかな?」

と、その指先が真《ま》っ直《す》ぐにリミ＝ルウを指し示す。

リミ＝ルウが一瞬《いっしゅん》きょとんとしてから「ヒューイ?」と呼びかけると、銀獅子はヴァフッという咳払《せきばら》いのような声で答えた。

リミ＝ルウは瞳を輝《かがや》かせて、「サラ！」と呼びかける。牙を持つ豹は、グルアッと咽喉を鳴らして吠えた。

「すごーい！　人間の言葉がわかるの⁉」

「自分と仲間の名前ぐらいならば、聞き分けることができておりますな」

にこやかな表情で、老人は長衣の内側に隠していた手を抜《ぬ》き出《だ》した。そこに握《にぎ》られていたのは、直径十五センチていどのボールである。何かの固い果実の殻《から》に縄を巻きつけたものであるらしい。

「名を呼びながら、これを投げてみてくだされ」

老人がリミ＝ルウのほうにそれを投じたが、それはルド＝ルウによって素早《すばや》くキャッチされる。ルド＝ルウはそのボールにあやしい仕掛《しか》けなどがないことを確かめてから、リミ＝ルウとターラに一つずつ手渡《てわた》した。

リミ＝ルウは期待に満ちた眼差《まなざ》しで、「ヒューイ！」と呼びながらそのボールを高めに投げ上げた。銀獅子は後ろ足でのびあがって、そのボールをぱくりとくわえる。

ターラは「サラ！」と呼びながらボールを投じた。が、手もとが狂《くる》ってしまったのか、ボールはあさっての方向に飛んでいってしまう。それでも豹は俊敏《しゅんびん》に跳《と》びすさると、ボールが地につく前に横合いから捕獲《ほかく》した。

「すごいすごーい！」と、二人の少女は手を打ち鳴らす。

それにまぎれてひっそりと、老人もぽんと一つ手を打った。

ヒューイとサラは頭を垂れて、口にくわえていたボールを高々と宙に放《ほう》りあげる。三、四メートルはありそうな屋根に届きそうなぐらいの高さにボールはあがり、やがてそれが落下してくると、ヒューイとサラはそれぞれの右前足の甲《こう》でそいつをぽーんと弾《はじ》き返した。ボールは再び宙に上がり、次に落ちてきたときは、左の前足で弾き返す。そうして二頭の獣は左右の前足で交互《こうご》にボールをリフティングし続けた。

実に見事な芸である。ユーミとマイムも、笑顔《えがお》で手を叩《たた》いていた。

最後に老人がまた一つ手を打ってから両腕《りょうで》を広げると、二頭の獣はボールをヘディングした。ボールは山なりの軌跡《きせき》を描きつつ、老人の左右の手の平に舞い戻る。

次に老人は、口をすぼめて、ヒュッと短く口笛を吹《ふ》いた。

とたんにヒューイが地面を蹴《け》り、助走もなしに老人の頭を飛び越《こ》える。

それが地面に降り立った瞬間、老人が同じように口笛を吹くと、今度はサラが老人の頭を飛び越えた。

さらに老人は、ヒュッ、ヒュッ、ヒュッとテンポよく口笛を吹く。

従順なる二頭の獣たちは、そのリズムに合わせて、たがい違《ちが》いに前後と左右から老人の頭を飛び越え続けた。頭を飛び越え、地面に降り立っては老人に向きなおり、また跳躍《ちょうやく》する。ものすごい躍動感である。その鋭い爪《つめ》がかすめるだけで大惨事《だいさんじ》になりそうであったが、老人は穏やかに微笑《ほほえ》んだままであり、獣たちの動きは機械のように正確であった。

「すっげーなあ。中に人間が入ってるみてーだ」

「いや、人間ではあそこまで軽々と宙を飛ぶこともできまい」

さしもの狩人たちも、感嘆の声をあげている。

最後に老人は、ヒューッと高らかに口笛を鳴らした。

ヒューイとサラは同時に飛び上がり、老人の頭上で交叉《こうさ》してから地面に降り立ち、何事もなかったようにその身を伏《ふ》せた。

「さて。どなたか、このサラの上に乗ってみたいという方はおられませんかな？」

一瞬の沈黙《ちんもく》の後、リミ＝ルウが「はーい！」と元気いっぱいに手をあげた。

「おいおい、大丈夫《だいじょうぶ》かよ？」と、ルド＝ルウがしかめ面でそれを見下ろす。

「何も危険なことはございません。お客人に傷一つでもおつけしたら、この皺首《しわくび》を差し出しましょう」

「じーさんの首一つじゃ割に合わねーな」

ルド＝ルウは不満顔であったが、リミ＝ルウは「大丈夫だよー！」とサラの前に進み出た。

老人がやわらかく頭をなでると、サラはいっそうその巨体を低く沈《しず》める。リミ＝ルウは怯えた様子もなく「よいしょ」とその背中にまたがった。

トゥール＝ディンでもいればまた青ざめてしまいそうなところであったが、ターラもマイムもきらきらと瞳を輝かせながらその様子を見つめている。一番どぎまぎしているのは、またもやユーミであるかもしれなかった。

その場にいる全員の注目をあびながら、老人がひゅるりと口笛を鳴らすと、サラはゆっくりと起き上がった。リミ＝ルウは「わーい」と喜びの声をあげる。

そのままサラは、ひたひたと部屋の中を回り始めた。やはり優美で、しなやかな足取りである。「豹のような」というのは、かねてより俺《おれ》がアイ＝ファに抱く印象であった。

「少し走らせてみてもよろしいかな？」

「うん！」と、リミ＝ルウはサラの首に腕を回した。

老人がパチンと指を打ち鳴らすと、サラはすみやかに足取りを速める。せまい室内であるので限度はあるものの、目の前を通りすぎるときには風を感じるぐらいのスピードではあった。

リミ＝ルウの赤茶けた髪がなびき、「きゃー」という楽しそうな悲鳴が響く。

そこで老人が、ヒュッと鋭く口笛を吹き鳴《な》らした。

サラは老人に向きなおり、地面を蹴る。

リミ＝ルウをその背に乗せたまま、サラは再び老人の頭を飛び越えた。

「うわわわわ！」と、リミ＝ルウがサラの首をぎゅうっと抱きすくめる。さきほどよりもうんと高い位置にまで飛びあがってから、サラは音もなく地面に降り立った。

実に軽《かろ》やかな着地であったが、そこでリミ＝ルウの腕力《わんりょく》が尽《つ》きた。

リミ＝ルウの身体がサラの背中からすべり落ち——そして、ルド＝ルウが足を踏《ふ》み出すより早く、ヒューイがかぷりとリミ＝ルウの首ねっこをくわえる。

ユーミが、「ひっ」と咽喉を鳴らした。

が、ヒューイがくわえているのは、リミ＝ルウの着ていた装束の生地《きじ》であった。リミ＝ルウはぷらんと一瞬だけ宙に浮いてから、そのままそっと地面に下ろされた。

「びっくりしたー！　ありがとー、ヒューイ！」

リミ＝ルウは、笑顔でヒューイのたてがみに頬をうずめる。ヒューイは俺たちのほうを向いたまま、すました顔で自分の鼻先をなめた。

「ふうむ、大したものだ！　ヴァルブの狼《おおかみ》にも負けぬ賢《かしこ》さだな！」

感極《かんきわ》まったように、ダン＝ルティムが分厚い手を打ち鳴らす。

老人は穏やかな笑顔のまま、そちらを振り返った。

「お客人は、森辺の民《たみ》ですな？　モルガの山に住むというヴァルブの狼と縁《えん》がおありなのでしょうか？」

「うむ！　ヴァルブの狼とは、二回ほど顔をあわせたことがあるぞ！　あやつは俺の恩人だからな！」

「それは興味深い。儂《わし》もヴァルブの狼と縁を結びたいものです」

そのように言ってから、老人はまたヒユウィッと口笛を吹いた。しかし、リミ＝ルウに抱きつかれたヒューイとサラは不動である。その代わりに、俺たちから見て左手側の幕がもぞりと動いた。

そこから現れた新たなる獣に、女性陣《じょせいじん》が歓喜《かんき》の声をほとばしらせる。それは、子供の獅子であった。いや、ひょっとしたらヒューイとサラの子なのだろうか。その毛皮はヒューイよりも淡い灰色をしていながら、なおかつサラのような斑点をも有していた。

何にせよ、生後まもない幼子である。体長は四十センチていどしかなく、ぬいぐるみのようにころころとした体格をしている。その幼き獣は小さな口に大きな草籠《くさかご》をくわえて、俺たちの足もとにちょこちょこと進み出てきた。

「獣使いの芸は、これにて終了《しゅうりょう》となります。ご満足いただけたならば、お慈悲《じひ》を賜《たまわ》りたく思います」

あざといなーと内心で苦笑《くしょう》しつつ、俺は狩人たちの分も含めて、三枚ほどの赤銅貨を献上《けんじょう》させていただくことにした。女性陣は大喜びで割り銭を投じ、そして幼き獣を取り囲む。

「子供だと、こんなにちっちゃいんだね！　この子にも名前はあるの？」

「その幼子は、ドルイと申しますな」

「あの、この子を抱かせてはいただけませんか？」

こらえかねたようにマイムが言うと、老人は「どうぞご随意《ずいい》に」と口もとをほころばせた。

横合いから手をのばしたピノが草籠を受け取ると、まずはマイムがその愛くるしい存在をすくい取る。もこもこのふわふわで、これでは女性陣がとろけてしまうのも無理はない。

だけどやっぱり、これはヒューイとサラの子供であるようだった。頭のてっぺんにはたてがみの予兆と思える毛がふさふさと波だっているし、口《くち》の端からは八重歯《やえば》のようなものが覗いている。成長したら、立派なたてがみとサーベルタイガーのような牙を持つ、勇壮《ゆうそう》なる姿となるのだろう。

（俺の故郷にも、レオポンやライガーなんてのがいたもんな。ライガーなんて、親のライオン

や虎《とら》なんかよりも大きく育つんじゃなかったっけ)

ともあれ、現在は体長四十センチていどの幼子である。ただ、その胴体や四肢《しし》などは猫などと比べると太くてずんぐりとしており、それがまた愛くるしさを増大させているのだが、いずれとてつもなく大きな姿に成長する証《あかし》なのだろうと思われた。

「今日は、ジーダがいなくて正解だったな」

と、ルド＝ルウが誰にともなくつぶやいた。確かに、ガージェの毛皮を纏ったジーダがサラの前に姿を現すのは、いささかならず気まずいところだ。

(だけど、野生のガージェは凶暴《きょうぼう》な人喰いの獣で、ジーダやバルシャはそれをマサラで相手取ってたってことなんだよな)

あらためて、それはギバ狩《が》りにも負けない苛烈《かれつ》な仕事なのだろうなと思う。こんな巨大な肉《にく》食獣《しょくじゅう》と山の中で遭遇《そうぐう》してしまったら、俺には辞世の句を考えることぐらいしかできそうになかった。

「今日はお客が少ないねェ。昨日まではそこそこ賑《にぎ》わってたから、ひと段落ついちまったのかなァ」

と、いつもの調子に戻ったピノがそんな風に言いたてた。

女性陣は、まだドルイを愛《め》でているさなかである。とりわけ、これまでずっと静かにしていたアマ・ミン＝ルティムが彼女らしくもなく笑《え》みくずれて幼き獣を抱きすくめているのが、何やら可笑《おか》しかった。

とりあえず、森辺の民たちもそれぞれ《ギャムレイの一座》の見世物を満喫《まんきつ》できたようだ。

ララ＝ルウあたりは絶対に来たがるだろうなと内心で思いつつ、俺はピノに向きなおる。

「十三人もお仲間がいて、おまけにこんなたくさんの動物たちまで食べさせるとなると、なかなか大変な商《あきな》いのようですね」

「そりゃあもう、人も獣も大喰らいがそろってるからねェ。ま、腹が減ったとうるさく騒《さわ》ぐのは、たいてい人のほうだけどさァ」

草籠を小脇《こわき》に抱《かか》えたピノが、にいっと微笑む。

十三名の座員たちも、これでだいぶん出揃《でそろ》ったようだった。

曲芸師のピノ、吟遊《ぎんゆう》詩人のニーヤ、双子《ふたご》のアルンとアミン、仮面の小男ザン、怪力《かいりき》男のドガ、笛吹きのナチャラ、占い師のライ、獣使いのシャントゥ――あとは、入口に立っていた痩身の男ディロに、名前はわからないが革《かわ》の甲冑《かっちゅう》を纏った奇妙な人物が、初日に荷車を引いていたのを覚えている。これで、十一名だ。

「そういえば、ギャムレイというのは座長さんのお名前なんですか？」

「ああ、そうさァ。座長は太陽の光を何よりも憎《にく》んでてねェ。夜にならないと姿を現さないいんだよォ。もう一人、夜しか動けないぼんくらがいるから、そいつと一緒《いっしょ》にぐうすか眠《ねむ》りこけてるねェ」

では、夜型のその二名を加えれば、きっかり十三名だ。その方々とは、三日後の夜に対面するときを楽しみに待つことにしよう。

「あの、革の甲冑を着た方も姿を見ないですね。あの方も、夜の専門なのですか？」

「うん？　ああ、ロロも昼間は役立たずだから、たいていは天幕の中に引っ込んでるかなァ。どうしてだい？」

「いえ、せっかくですから、全員のお姿と名前を一致《いっち》させておこうかなと。甲冑の方は、ロロと仰《おっしゃ》るのですね」

「……兄サン、まさか、アタシたちの名前を全員覚えたってェのかい？」

「はい、お昼寝《ひるね》をされているという方以外は、いちおうひと通り」

するとピノは、何か眩《まぶ》しいものでも見るかのように目を細めた。

「ずいぶん嬉しいことを言ってくれるねェ。夜しか動けないぼんくらはゼッタで、占い小屋のライ爺はライラノスってェ名前だよォ」

「ゼッタにライラノスですね。ありがとうございます」

「……ねェ、こっちは兄サンの名前をまだ聞いてなかったよねェ？」

「あ、そこまではカミュアに聞いていなかったのですね。俺はファの家のアスタといいます。名乗り遅《おく》れて申し訳ありません」

「ファの家のアスタ。素敵《すてき》なお名前じゃないかァ」

そう言って、ピノはひらひらとした袖《そで》をつまみ、可愛らしく一礼した。

「すでにお覚えだそうだけど、アタシは軽業師《かるわざし》のピノってもんだァ。祭の終わりまでどうぞよろしくねェ、ファの家のアスタ」

「はい、こちらこそよろしくお願いします」

ピノというのは、いまひとつ正体の知れない、謎《なぞ》めいた童女である。それでもやっぱり、悪人ではないような気がしてならない。たとえ俺の目が節穴であったとしても、この予感は外れてほしくなかった。

「そういえば、カミュアとはどういうお知り合いなんですか？　俺たちも、彼《かれ》とは浅からぬ縁があるのですが」

「いやァ、あちらもこちらも大陸中をふらふらさまよってる身なもんだから、ときおり出くわすことがあるってだけの話でさァ。……あれは、面白《おもしろ》い御仁《ごじん》だよねェ。たいそう腕も立つみたいだしさァ」

「そうですね」と、俺も笑ってしまう。やはりあのカミュア＝ヨシュというのは、こんな奇矯《ききょう》な人々にも面白いと評される人柄《ひとがら》であるのだ。

「ま、アタシらもこんな目立つなりで旅をする身だから、野盗に襲《おそ》われるなんてのもしょっちゅうだけどねェ。そんな折にも、このヒューイやサラはたいそう役に立ってくれるのさァ」

「ああ、彼らがいれば、野盗なんてみんな逃《に》げ出していきそうですもんね」

それに、大男のドガと小男のザンもいる。この雄々しい獣たちに彼らの力まで加われば、それだけで野盗など退けられそうだ。

（護衛もなしに旅をするんだから、それぐらいの備えをするのは当然だよな）

刀子投げを得意とする小男ザンが妙《みょう》に殺伐《さつばつ》とした雰囲気を有しているのも、これで何となく納得《なっとく》がいった。今のところ、俺にはそれで十分であった。

「それでは、そろそろおいとましますね。今日はわざわざご丁寧《ていねい》に案内までしてくださって、ありがとうございます」

「こちらこそ、だよォ。気が向いたら、またいつでも遊びに来ていただきたいもんだねェ。ヒューイとサラは、他《ほか》にも色んな芸をお見せすることができるからさァ」

「うん！　絶対にまた来るね！」と、元気に応じたのはリミ＝ルウである。リミ＝ルウはひとしきり幼き獣を愛でたのち、またヒューイの巨体に寄《よ》り添《そ》っていた。

「こっちも兄サンがたの屋台を楽しみにしてるからさァ。明日からも、美味《おい》しい食事をお願いいたしますよォ」

そのように述べるピノの妖艶《ようえん》なる微笑みとともに、その日の見物は無事に終わりを遂《と》げることになった。次にこの天幕を訪《おとず》れるのは三日後の夜、『暁《あかつき》の日』の商売を終えたのちのことである。

太陽神の復活祭が、ついにその日から開催《かいさい》されるのだ。

# 第三章★★★祭の前夜

1

　太陽神の復活祭の幕開けとなる『暁の日』――その前日の、紫《むらさき》の月の二十一日も、変わらぬ慌《あわ》ただしさで過ぎ去っていった。

　ただ異なるのは、翌日は朝から『ギバの丸焼き』をふるまい、屋台の商売は夜から執《と》り行《おこな》われる、ということだ。

　ならば屋台の下準備も当日の昼下がりに持《も》ち越せるので、少しは楽ができるのではないか――などという甘《あま》い考えは通用しなかった。その分、普段は朝方に仕上げている宿屋の料理も昼下がりから夕刻までの間に仕上げなければならないため、それに向けた段取りを入念に整えておかなければならなかったのである。

　まあ単純に考えて、『ギバの丸焼き』をふるまうという仕事が追加されただけで作業量は減らないのだから、楽になる道理がない。それでも、銅貨で雇《やと》われたかまど番たちはもちろん、ルウ家の人々までもが自主的に協力を申し出てくれたのは、涙《なみだ》が出るほどありがたかった。

　むろん、仕事が楽になるからありがたい、というだけの話ではない。『ギバの丸焼き』を無償でふるまうことや、夜間に屋台の商売をすることが、ジェノスの人々との絆《きずな》を深める一助になるはずだ、という俺の言葉がドンダ＝ルウを始めとする人々に受け入れられたことが、嬉しかったのである。

これまでの森辺の民は、いらぬ騒動《そうどう》を避《さ》けるため、復活祭の期間中は宿場町に近づかないように心がけていた。森辺の民にとっての神は森のみであるのだから、太陽神の祝祭などどうでもいい。なおかつ、森辺の民はジェノスの民に忌避《きひ》されているのだから、いっそう町の祭などに近づく理由がない。それがこれまでの、森辺の民のスタンスであったのだ。

俺がアイ＝ファに拾われてから、そろそろ七ヶ月《かげつ》が経過しようとしている。その間に、森辺の民――少なくとも、ルウ家に連なる人々の意識は、着実に変わりつつある。

この復活祭をきっかけに、またジェノスの民との関係性が少しでもいい方向に変わっていくといい。そのように考えれば、どれほどの忙《いそが》しさにも文句をつける気持ちにはなれなかった。

「それじゃあ、下りの五の刻になったらまた来るので、どうぞよろしくね」

宿場町での商売を終えた後、俺はルウの集落でレイナ＝ルウたちといったん行動を別にした。これは今日に限ったことではない。復活祭の期間中は普段の勉強会を取りやめて、ひたすら商売の下準備にいそしんでいたのである。

五名のかまど番とアイ＝ファを乗せた二台の荷車で、ファの家を目指す。ファファのほうの手綱《たづな》を握っているのは、ガズの女衆だ。この期間中の臨時要員たるガズ、ラッツ、ダゴラの女衆たちも、この時間帯の下準備を手伝ってくれる重要なメンバーであった。

ちなみに、眷族《けんぞく》たるダゴラからの報告を受けた親筋のベイムも協力を約束してくれていたが、女手が減る前にピコの葉や薪《まき》の備蓄《びちく》にゆとりをもたせておきたいとのことで、そちらの新人は『暁の日』の翌日から参加する手はずになっていた。

「アスタたちは、今日の夜からダレイムにおもむくのですよね？」

と、荷台に収まっていたユン＝スドラが呼びかけてくる。

「かなうことなら、わたしも同行したかったです。次の機会までには、なんとか家長を説得してみせますので！」

「うん、家の負担にならないようだったら、よろしくね」

明日の朝一番から『ギバの丸焼き』の作業に参加するメンバーは、今宵《こよい》からドーラ家に宿泊《しゅくはく》させていただく手はずになっているのである。森辺の集落よりも、ダレイムのほうが宿場町に近いし、なおかつ俺もリミ＝ルウも親父《おやじ》さんやターラたちともっと親睦《しんぼく》を深めたかった。その二つの理由から成る計画であった。

が、あまり大人数で押《お》しかけては迷惑《めいわく》になってしまうし、小さな氏族の人々には家の仕事がある。ダレイムに泊《と》まり込むかまど番は俺とリミ＝ルウとララ＝ルウとトゥール＝ディンの四名、護衛役の狩人《かりうど》はアイ＝ファとルド＝ルウとシン＝ルウとダン＝ルティムの四名であった。

これでも十分に大人数であるが、親父さんは快く了承《りょうしょう》してくれた。こういう繁忙期《はんぼうき》には大勢の人間を臨時で雇うので、寝具《しんぐ》にもゆとりがあるのだそうだ。

で、明日の朝一番はこの四名で作業に取り組み、その後もレイナ＝ルウたちが助力に来てくれる予定になっている。これもまた、復活祭とルウ家の休息の期間が重なっていた恩恵《おんけい》である。

「ああ、みんな集まっているようですね」

ファの家が見えてくると、そこに集まった女衆たちの姿もうかがえた。フォウとランとリッドから集まってくれた、六名ばかりのかまど番たちだ。

「お待たせしました。そちらの準備はいかがですか？」

「ええ。ポイタンは全部焼きあがったし、香草《こうそう》もすべて挽《ひ》いておきました」

代表格の、フォウの長兄《ちようけい》の嫁《よめ》たる女衆がそのように答えてくれた。

この復活祭で際《きわ》立って作業量が増したのは、カレーの素《もと》の作製であった。これまでは宿屋に卸《おろ》す百人前ていどで済んでいたのが、ここ数日でいきなり急増してしまったのである。膨大《ぼうだい》な量の香草を挽く作業は、こうして屋台の商売に参加しない人々に一任していたのだった。

いざ調理という面では、やはり俺自身が監督《かんとく》しないとなかなか作業は進められない。が、香草を挽く作業や焼きポイタンを仕上げる作業などは、一度習得してしまえば誰にでも任せることができる。フォウやランやリッドなどの協力なくして、これほど商売の手を広げることはできなかっただろう。

ところで、サイクレウスは特にシムの香草を重宝していたので、ちょっと尋常《じんじよう》でない量がトゥラン伯爵家《はくしやくけ》の食料庫に保管されていたのだが、このペースではそう遠くない日に在庫が尽きてしまいそうである、というポルアースの報告をヤン経由で聞いていた。

「すでにシムの商人には、これまで以上の量を仕入れるように話を通しているそうです。タウ油と砂糖に関しても、同様の処置が取られているようですな」

ヤンは、そのように言っていた。

食材を独占《どくせん》し、自分のためだけに浪費《ろうひ》していたサイクレウスが失脚《しっきゃく》したため、城下町には使いきれないほどの食材があふれかえることになった。それらを無駄《むだ》にしないために、宿場町でも馴染《なじ》みのない食材の味を知らしめてほしい、と俺たちは要請《ようせい》されていたのだ。まず、シムの香草とジャガルの調味料に関しては、その難題をクリアーできたようである。

というか、きっとシムの香草に関しては、俺が一人で大部分を消費し尽くしてしまったのだろう。ポルアースの、呆《あき》れながらも楽しそうに笑う姿が目に浮《う》かぶようだった。

「あと、さきほどミームの家からこちらの肉が届きました」

「あ、子供のギバですね？　いやあ、助かります！」

ランの女衆が指し示したのは、宿場町で購入《こうにゅう》しておいた木箱であった。『ギバの丸焼き』に使えそうなサイズの子ギバが収穫《しゅうかく》できたら譲《ゆず》っていただきたいと、前々から各氏族に告知しておいたのである。

これはさっそく全身の毛を焼いて、あらためてピコの葉に漬《つ》けなおさなくてはならない。当日までに数がそろわなかったら成獣《せいじゅう》のギバの枝肉で代用しようと考えていたが、これでひと安心だ。

「えーと、ミームというのはどちらの氏族でしたっけ？」

「ミームは、スンの集落とリッドの集落の真ん中ぐらいにある家です。アウロと同じように、ラッツを親筋とする眷族ですね」

森辺には、族長筋に血の縁を持たない小さな氏族が十七ほど存在する。その中で、十一もの氏族がファの家の商売に賛同し、今ではその過半数が具体的に協力してくれているのだ。

ディンとリッドはザザの眷族であるから除外して、フォウ、ラン、スドラ、ガズ、ラッツ、ミーム、アウロ——あとはたしか、ガズの眷族でマトゥアというのがいたはずだから、八つもの氏族が力を貸してくれていることになる。ライエルファム＝スドラやバードゥ＝フォウたちが、休息の期間に血抜《ちぬ》きと解体の手順を彼らに伝授してくれたので、それだけの氏族から肉を買うことが可能になったのだ。家が遠いために前回は見送られた残り三つの氏族に関しても、次の休息の期間には足を運ぶつもりだとライエルファム＝スドラは述べていた。

ちなみに、宿場町の商売に反対している小さな氏族は、わずか五氏族しか存在しない。十七から十一を引いて、さらにそこから当のファの家も除外するからだ。その内の、ベイムとダゴラはすでに血抜きと解体および美味なる料理の作り方を学び始めている。

で、族長筋と眷族たちがすでにその作法を学んでいることを合わせて考えると、もはや森辺において以前の通りの食生活に身を置いているのは、賛成派と反対派の氏族がそれぞれ三つずつ、合計で六氏族しか存在しない、ということになる。

気づけば、森辺ではそれだけの変革が為《な》されていたのだ。俺としては、大いなる喜びを噛みしめるとともに、いっそう身の引《ひ》き締《し》まる思いであった。

「よし、それじゃあ作業を開始しましょう。それぞれの班に分かれてください」

カレーの素の作製といっても、もちろん翌日で使う分を前日に仕上げているわけではない。現在は五日先に使う分までは確保しており、それぐらいの在庫を常にキープできるよう毎日作業を進めている、という状態だ。

かまど番は二つの班に分かれて、それぞれの作業に取り組むことになる。挽いた香草を定められた分量で混ぜ合わせて、それを乾煎《からい》りする班。昨日までに乾煎りしておいた香草を、さらに加工してカレーの素に仕上げる班だ。

すでにランとリッドには一名ずつ、乾煎りまでは任せられる人材が育っている。その二名が指導役となって、ガズやラッツなどの女衆たちの育成にあたっていた。いっぽう俺は、カレーの素を仕上げる作業の手ほどきをしている。現在のところ、免許皆伝《めんきょかいでん》となったのはトゥール＝ディンのみであり、まもなく習得に至りそうなのはユン＝スドラとフォウの女衆だった。

これらの作業には、もちろん賃金が発生する。最低賃金は時給赤銅貨二枚であり、最高峰《さいこうほう》に達したトゥール＝ディンは赤銅貨五枚である。定期販売《はんばい》の目処《めど》が立っている『ギバ・カレー』の下準備は、これから先も人手が必要になるので、それを見越《みこ》しての育成計画であった。

カレーの素の作製を完全に任せられるようになれば、彼女《かのじょ》たちには賃金として富が分配され、俺は別の料理の開発に時間を割《さ》けるようになる。燻製《くんせい》肉の作製と同様に、俺はそういう分業のシステムを確立させているさなかなのだった。

「これが済んだら、次はぱすたの作製ですよね？　他にやるべき仕事は何が残されているのでしょうか？」

アリアを刻みながらトゥール＝ディンが問うてきたので、「そうだなあ」と俺は思案した。

「とにかく明日の昼下がりからが戦場だから、すみやかに作業を開始できるように段取りを整えておくことだね。具体的には、食材の仕分けと肉の切り分けかな。あと、『ポイタン巻き』で使うタウ油の汁《しる》なんかは今日の内に仕上げておかないとね」

宿屋に卸す料理と屋台の料理の下準備を同時に完了《かんりょう》させなければならないのだから、何より重要なのは作業手順の構築となるだろう。こればかりは、俺が頭を悩《なや》ませる他なかった。ルウ家でも、レイナ＝ルウとシーラ＝ルウが同じように頭を悩ませているはずだ。

そこでアイ＝ファが「む」と、おかしな声をあげた。

北のほうから、荷車の駆《か》ける音色が近づいてきたのだ。

何気なく目をやった俺は、思わず息を呑《の》んでしまう。屋根なしの荷車を引いた、少し羽の色が黒みがかっているトトス――その手綱を握っていたのは、ギバの頭骨をかぶった魁偉《かいい》なる男衆であったのである。

「ドムの家長か。ひさしいな」

ドンダ＝ルウを超《こ》える巨体《きょたい》を持つディック＝ドムは、無言のまま御者台《ぎょしゃだい》から降り立った。その背後の荷台に乗っていたのは、レム＝ドムとスフィラ＝ザザだ。

「……ファの家長よ、森の主《ぬし》との闘《たたか》いにより、深い手傷を負ったそうだな。その後の具合はどうだ？」

「うむ。普通《ふつう》に動く分には、もはや何の痛みもない。もう十日ほども経《た》てば、なまりきった身体を鍛《きた》えなおす修練を始めることがかなおう」

「それは何よりだ。お前のように優《すぐ》れた狩人が完全に力を失うようなことにならず、俺は喜ばしく思っている」

ギバの頭骨の陰《かげ》で黒い瞳《ひとみ》を燃やしながら、ディック＝ドムはそのように言いたてた。やはり、俺やアイ＝ファと同い年とは思えぬ迫力《はくりょく》と貫禄《かんろく》である。

「先日までは、俺の愚《おろ》かなる家人が大きな迷惑をかけてしまったな。……そして今日は、さらなる申し出をしなくてはならないことを心苦しく思う」

「ドムの家長が、私に何を申し出ようというのだ？」

悠揚《ゆうよう》せまらず、アイ＝ファは問うた。

ディック＝ドムは、しばし口をつぐんでから、答える。

「俺の愚かなる妹は、どうしても狩人として生きたいという思いを捨てることができぬらしい。だから俺は、一つの条件を出すことにしたのだ。……手傷の治ったのちのファの家長と力比べをして、それに勝つこと。それが、俺の出した条件だ」

俺は思わず、アリアを地面に落としてしまいそうになった。

アイ＝ファは沈着《ちんちゃく》な面持《おもも》ちで、無言である。そんなアイ＝ファを真っ直ぐに見返しながら、ディック＝ドムはさらに言った。

「お前は女衆でありながら、比類なき力を持つ狩人だ。お前のような女衆であれば、狩人として生きていく資格はある、と俺は考える。……逆に言えば、お前ほどの狩人でなければ、女衆としての仕事を捨て去ることなど許されないと思う、ということだ」

「………」

「だから、このレムにお前を打ち負かすほどの力があると証《あか》しだてられれば、俺は自分の気持ちを曲げて、狩人になることを認めようと思う」

「……何よりも大事な家族の命運を、私などに託《たく》そうというのか？」

アイ＝ファは、ひどく静かな声で言った。

「私は、それなりに長きの時をレム＝ドムと過ごした。もしかしたらその間に情が移って、レム＝ドムの思いをかなえさせてやりたいと思い至っているかもしれん。……そのときは、私があえてレム＝ドムに勝利を譲り、力の足りないまま狩人になることを許し、あえなく森に朽《く》ちる運命を授《さず》けてしまうかもしれぬのだぞ？」

「お前はそのように浅はかな真似《まね》をする人間ではないと、俺は信じた。それでレムの運命がねじ曲がるなら、それは俺の罪だ」

黒い火のように双眸《そうぼう》を燃やしながら、ディック＝ドムもまた静かな声で答える。

「その場合も、お前に不当な恨《うら》みをぶつけることはしないと、ここに誓《ちか》おう。俺はこの生命が尽きるまで、自分の間抜《まぬ》けさを呪《のろ》いながら狩人の仕事を果たしていく」

「お前からそこまでの信頼《しんらい》を得られるような機会が、これまでにあっただろうか？」

「それを決めるのはお前でなく俺だ、ファの家長よ」

それきり、ディック＝ドムは口をつぐんでしまった。

そのかたわらに、レム＝ドムが音もなく進み出る。

「わたしからもお願いするわ、アイ＝ファ。どうやらわたしがドムの人間のまま狩人として生きるには、それしか道がないようなのよ」

レム＝ドムの表情もまた、常になく静かなものであった。その口もとには、何か達観したような微笑《びしょう》が浮かんでいる。

「わたしはやっぱり、ディックとともに生きていきたい。ドムの人間として、レム＝ドムとして、狩人になりたいの。これであなたに敗れるようなら、もうドムの氏を捨ててまで狩人になりたいなどと言わないことをここに誓うわ」

それがこの数日間で得られた、レム＝ドムとディック＝ドムの結論であったのだ。

アイ＝ファはいったんまぶたを閉ざしてから、普段《ふだん》の口調に戻《もど》って言った。

「私が神聖なる狩人の力比べを汚《けが》すようなことはありえない。それがわかっているのなら、お前たちの願いを聞き入れよう」

「ありがとう、アイ＝ファ」と、レム＝ドムは嬉《うれ》しそうに目を細める。

「ファの家長の温情に感謝する」と、ディック＝ドムはその頭を垂れた。

「それではレムはこれまで通り、ファの家の近くに住まわせることにする。本人が、それを望んでいるのでな。……ファの家のアスタよ、迷惑でなければ、またこいつに仕事を与《あた》えてやってほしい」

「はい、わかりました」

そのように答えつつ、俺はスフィラ＝ザザが涙のにじんだ目でアイ＝ファをにらみつけていることに気づいた。きっと彼女は、ディック＝ドムが問答無用でレム＝ドムの願いを退けてくれることを祈《いの》っていたのだろう。なおかつ、アイ＝ファが彼らの願いを退けてくれることも期待していたに違いない。

その気持ちはわからないでもないが、決断するのは当人たちだ。覚悟《かくご》に満ちた両名を前に、俺は口をさしはさむ気持ちにはなれなかった。

「では、どうかこの愚かなる妹をお願いする。俺はスフィラ＝ザザをルウの集落に送らねばならないので、これで失礼する」

「スフィラ＝ザザは、またルウの集落に留《とど》まるのですか？」

「ああ。もうしばしルウとファの宿場町での行状を見守るよう、グラフ＝ザザに申しつけられたらしい」

そうしてディック＝ドムはスフィラ＝ザザとともに姿を消し、そこにはレム＝ドムだけが残された。

「それじゃあ、またよろしくね。さっそく今晩の糧《かて》を得るために、仕事を手伝わせていただこうかしら？」

普段のしたたかさを回復させ、レム＝ドムはにっと白い歯を見せた。

## 2

数刻の後、すべての仕事を終えた俺たちはルウ家の人々と合流し、ダレイムを目指していた。レム＝ドムには働いてくれた分の銅貨を渡《わた》したので、それで余所《よそ》の氏族から晩餐《ばんさん》を買う、とのことであった。

アイ＝ファはずっと物思わしげな表情をしていたが、リミ＝ルウやララ＝ルウなどはとてもはしゃいでしまっている。どちらもドーラ家でのお泊《とま》り会が楽しみでならないのだろう。俺だって、それは同様だ。

レム＝ドムの行く末を背負わされてしまったアイ＝ファの心情を思うとやるかたないが、きっとアイ＝ファも彼らの覚悟を同じ質量の覚悟で受け止める気持ちになったのだろう。ならば俺も、ファの家人として全力で家長を支える心づもりであった。

そんな思いもよそに、荷車は夕闇《ゆうやみ》の中をひたすら駆けていく。

もう半刻もすれば、完全に日が落ちるのだ。

赤紫色《あかむらさきいろ》に染まったダレイムの畑は、たとえようもなく牧歌的であり、そして美しかった。

「なるほどなー。確かにこいつは、森辺じゃ見られない風景だ」

これが初めての来訪となるルド＝ルウは、そのように述べていた。

シン＝ルウはダン＝ルティムとともにミム・チャーの背に乗っていたが、きっと同じ心境だろう。彼らとララ＝ルウはダバッグへの旅にも同行していなかったので、ここまで広々と切り開かれた大地を目にすることも初めてのはずだった。

そんなルウ家の人々に囲まれつつ、トゥール＝ディンもその瞳に黄昏時《たそがれどき》の情景を映し、とても感慨深《かんがいぶか》そうにしている。休息の期間でもないトゥール＝ディンをこのイベントに同行させたのは、俺の個人的な思い入れゆえであった。とてもおこがましく聞こえるかもしれないが、俺はトゥール＝ディンのことを内弟子《うちでし》のような存在であると感じてしまっていたのだ。

レイナ＝ルウとシーラ＝ルウは俺の手を半分離《はな》れて、独自の道を進みつつある。それに、毎日ルウの集落でともに生活し、おたがいに研鑽《けんさん》し合うことができている。そんな彼女たちと同じぐらい強い意欲を持ち、そしてまだ十歳《さい》の幼さであるトゥール＝ディンに、俺は最善の環境《かんきょう》と成長の機会を与えてあげたいな、と常々思っていたのだった。

「俺自身が半人前なんだから、とてもそんな偉《えら》そうなことは言えないんだけどね。ましてや甘い菓子《かし》に関しては、トゥール＝ディンに上をいかれちゃってるわけだしさ」

今回の同行をお願いする際、俺はそのような言葉で自分の心情を伝えてみせたのだが、トゥール＝ディンには泣かれることになってしまった。

「アスタにそこまで目をかけていただくことができて……わたしはどのようにその恩義を返したらいいのでしょう……」

「何も返す必要はないさ。美味しい料理を作れるように、これからも一緒に頑張《がんば》っていこう」

それでもトゥール＝ディンは、五分ばかりもぐしぐしと泣いていた。「いったい何をやっているのだ、お前は！」とアイ＝ファに叱《しか》られたのも、今となってはいい思い出である。

そんな想念に身をゆだねている間に、目的の地が見えてきた。

「やあ、お待ちしていたよ、森辺のみなさんがた」

これが二度目の来訪となる、ダレイムのドーラ家である。今日は畑を素通《すどお》りして真《ま》っ直《す》ぐ家に向かうと、ドーラの親父さんは満面の笑みで俺たちを出迎《でむか》えてくれた。

「こっちも仕事がたてこんでたからさ。こんな遅《おそ》くの招待で申し訳なかったね」

「めっそうもないです。こんな忙しい時期に押しかけてしまって、こちらこそ申し訳ありません」

そんな挨拶《あいさつ》を交《か》わしながら、俺たちはドーラ家へと案内されることになった。

宿場町の宿屋などとはいささか様式の異なる、木造りの家である。屋根は藁葺《わらぶ》きで、板よりも丸太を多く使ったログハウスのような様相であるが、それでも立派な二階建てだ。その隣《となり》に建っている平屋の大きな建物が、野菜の貯蔵庫兼《けん》、臨時雇用人《こようにん》の宿泊施設《しゅくはくしせつ》であるらしい。

入ってすぐの広間には、親父さんのご家族が六名ほど待ちかまえていた。二人の息子《むすこ》さんに、ターラ。親父さんの母上に、亡《な》くなられた父上の弟であるという御仁、それに上の息子さんの子供であるという幼子だ。親父さんと息子さんのそれぞれの奥方《おくがた》は、ともに晩餐の調理中であるという。

「わーい！　リミ＝ルウ、いらっしゃい！」

木の椅子《いす》を蹴《け》って、ターラがリミ＝ルウに飛びついた。リミ＝ルウも嬉しそうに微笑みながら、ターラの身体をぎゅうっと抱《だ》きすくめる。

「アスタたちも、ちょっとした料理を作ってくれるんだろう？　みんな腹ぺこだから、よろしく頼《たの》むよ」

「はい。それでは、またのちほど」

かまどの間は、前回の来訪時にも使わせていただいている。さまざまな表情を浮かべているドーラ家のご家族に頭を下げつつ、俺たちはかまどの間へと向かわせていただいた。

「おや、いらっしゃい。遠いところをようこそねえ、森辺のみなさんがた」

年配でやや痩《や》せ型《がた》の女性が、穏《おだ》やかに笑いながら俺たちを振《ふ》り返《かえ》る。前回もお姿だけは見かけたことのある、親父さんの奥方だ。その隣の、俺より少し上ぐらいの年齢《ねんれい》の女性が、息子さんの奥方であろう。

「こっちの準備は終わったんで、どうぞお好きに使ってくださいな。今、こっちの鍋《なべ》をどかしちまいますからねえ」

俺たちと交流を結び始めた当時、親父さんはご家族にも色々と厳しいことを言われていたらしい。悪名高い森辺の民と、どうしてそこまで親しくしなければならないのか、ダレイムに住む人々にはまったく理解することができなかったのだろう。

だけど、そんな話が信じられないぐらい、彼女たちの笑顔《えがお》には屈託《くったく》がなかった。これも、親父さんとターラが長きの時間をかけてご家族を説得してくれたおかげ――そして、スン家とトゥラン伯爵家の悪行を暴《あば》くことができたおかげだ。自然に俺は、温かい気持ちを得ることができた。

「それでは、かまどをお借りしますね」

せめてもの心尽《こころづ》くしとして、俺《おれ》たちもふた品ほど料理をお出しする手はずになっていた。俺からはナポリタン風のパスタ、ルウ家からはギバ肉の香味《こうみ》焼きである。

アリアとプラと腸詰肉《ちょうづめ》を切り、家で作っておいたケチャップ風のタラパソースとともに熱を通す。あとは茹《ゆ》でたパスタと混ぜ合わせて、あらかたの水分が飛ぶぐらい炒《いた》めればもう完成だ。こまかく挽いたギャマの乾酪《かんらく》は、各自の皿に取り分けた後にふりかけていただくことにする。

香味焼きのほうは、やはりルウ家で下準備してきたものをリミ＝ルウたちが焼きあげるだけである。三種の香草に漬けられたカレー風味の香味焼きで、添え物の野菜はアリアとナナールであった。

「出来上がったかい？　それじゃあ運んじまおう」

奥方の作った料理ともども、みんなの待つ広間へと木皿を運んでいく。どの料理も大皿に盛りつけられており、それを各自が小皿に取り分ける作法になっていた。

「さすがにここまで大勢のお客を招くのは始めてだったからさ。足りない椅子や卓《たく》なんかは、弟の家のを借りてきたり、物置きに放《ほう》り込んでおいたのを引っ張り出したりしたんだ。ちょいとばっかり傾《かたむ》いてるのは勘弁《かんべん》しておくれよ」

親父さんは、普段以上の明るい笑顔でそのように言ってくれた。他の人々も、おおむね好意的である。表情が硬《かた》いように思えるのは、やはり年齢のいっているおふた方であった。

二つの大きな卓が、広間の真ん中にぴったりと寄せて置かれている。ご家族がその二面を占《し》めていたので、俺たちが残りの二面に腰《こし》を落ち着けることになった。リミ＝ルウとターラはもちろん角の席で隣《とな》り合《あ》わせになり、俺の左右にはアイ＝ファとトゥール＝ディンが並ぶ。

狩人たちは毛皮のマントを壁《かべ》に掛《か》けさせていただき、大刀《たち》もその下にたてかけた。小刀だけは手放せぬことをドーラ家の人々にわびて、ダン＝ルティムたちもそれぞれの席につく。椅子に座《すわ》ることに慣れていないシン＝ルウは、いくぶん居心地《いごこち》が悪そうであったが、もちろん口に出しては何も言わなかった。

「それじゃあ、いただこう！　……と、森辺には食前の挨拶ってやつがあったんだよな。俺たちにはかまわず、そいつを済ましちまってくれ」

俺たちは、食前の文言を詠唱《えいしょう》する。ドーラ一家のほうは自分たちの家であるためか、特に「賜ります」という言葉もなく、一瞬《いっしゅん》だけ黙祷《もくとう》してから、木皿を取った。

「こいつは、かれーと同じ匂《にお》いがするね。実に美味《うま》そうだ」

ドーラ家の人々の大半は、二度目ということもあって恐《おそ》れげもなくギバ料理を取り分けてくれていた。いっぽう俺は、初めて目にするダレイムの晩餐に興味津々《きょうみしんしん》である。

祝日の前夜ということもあり、本日は普段以上に豪勢《ごうせい》な料理を準備してくれたらしい。汁物《しるもの》料理、煮《に》込《こ》み料理、キミュスの焼き肉、ティノの塩漬《しおづ》け、焼きポイタン――ざっと見回しただけでも、それだけの料理が準備されている。

俺はまず、汁物料理から口をつけさせていただくことにした。

スープの色は褐色《かっしょく》で、香《かお》りはミャームーのそれである。それに、この色合いからしてタウ油も使われているのだろう。だいぶん懐《ふところ》の温かくなってきたドーラ家でも、タウ油と砂糖を買いつけることになったのだという話は、以前から聞いていた。

具材は、アリアとネェノンとキミュスの肉、それに正体不明の青菜である。どこかで見たことがあるようなないような、とにかく親父さんの露店《ろてん》では扱《あつか》っていない青菜だ。まずそいつから口にしてみると、ほのかに苦味のある青菜らしい素直《すなお》な味が広がった。

「ああ、そいつはネェノンの葉だよ。そいつは茎《くき》からもぐと半日でしなびちまうから売り物にはならないんだけど、俺たちにとっては大事な食料なのさ」

「なるほど。それは役得ですね」

細く裂《さ》かれたキミュスの肉やアリアなどと一緒に口にすると、その食感と若干《じゃっかん》の苦味はなかなか素敵なアクセントになっていた。スープの味付けは塩とタウ油のみであるが、ほっとするような素朴《そぼく》な味わいだ。

そして、具材として使われているネェノンの本体である。何の気なしにそいつをかじった俺は、予想外の食感と味わいに驚《おどろ》かされることになった。

ネェノンというのは、ニンジンによく似た食材だ。しかし、これは俺の知るネェノンよりもしっかりとした噛《か》み応《ごた》えがあり、そして甘みが凝縮《ぎょうしゅく》されていた。

食感としては、メンマに近いかもしれない。それを噛みしめると、ネェノンらしからぬ甘みが口の中に広がるのだ。普段は名脇役として他の食材を引きたててくれるネェノンが、この汁物の中では一番確かな存在感を放っているようだった。

「あの、これは何か特別なネェノンを使っているのですか？」

俺が思わず問いかけると、奥方が「いいえぇ」とはにかむように微笑《ほほえ》んだ。

「そいつはね、傷がついて売り物にできなくなったネェノンなんですよ。そういうネェノンは他の野菜よりも腐《くさ》るのが早いから、天日で干して保存するようにしているのさあ」

「へえ、ネェノンは干すとこのように変化するのですか」

これは、新たな発見であった。水に戻してこの食感ならば、よほど入念に干し固めたのだろう。これは汁物だけではなく炒め物でも色々と新しい道が開けるのではないかと俺には思われた。

（さすがは野菜売りの家だなあ。こいつはますます楽しみになってきたぞ）

お次は、煮込み料理である。

これには申し訳ていどにカロンの足肉が使われており、野菜のほうはチャッチとプラであった。ただし、煮汁《にじる》は濃《こ》い赤紫色であり、ベリー系の甘酸《あまず》っぱい香りが漂《ただよ》ってきている。これは、潰《つぶ》したアロウの実で煮込まれていたのだ。

アロウというのは、イチゴとブルーベリーの中間みたいな果実である。ただし糖度が低いため、菓子などで使用する際は砂糖や蜜《みつ》を添加《てんか》しなくてはならない。この料理にはそのどちらも使われていなかったので、ただひたすらに酸味がきいていた。

とはいえ、それほど安価な食材でもないので、色合いの割には大した量も使われていないのだろう。塩漬け肉の塩分と相まって、なかなかユニークな味わいである。

ダレイムでは、少し前まで塩の他に調味料というものが使われていなかったのだ。そんなダレイムの人々にとっては、香りや味の強いミャームーやアロウやタラパなどが、料理の大事な彩《いろど》りであったのだろうなと推測された。

（それに、城下町の外では甘い菓子を食べる習慣もなかったんだから、アロウやシールみたいな果実もこうやって普通に料理に使われていたんだろうな）

そんなことを考えていると、ララ＝ルウがいきなり「あーっ！」と大きな声をあげた。

「なんでこんなでっかいプラを入れるんだよ、ちびリミ！　あたしがプラを苦手なのは知ってるでしょー!?」

「えー？　ミーア・レイ母さんが、どんな野菜でも選《よ》り好《ごの》みしちゃダメだって言ってたじゃん。ルドも食べてるんだから、ララも食べなよー」

「食べるけど、こんな大きいのを入れなくてもいいだろって言ってんの！」

「だって、それよりちっちゃなプラが見当たらなかったんだもん」

プラというのは、肉厚なイチョウのような形をした、ピーマンのような味の野菜である。確かにこのアロウの煮込み料理では、そのプラが半分に断《た》ち割《わ》られただけの豪快《ごうかい》なサイズで供されていたのだ。

あまりに遠慮《えんりょ》のない仲良し姉妹のやりとりに俺はどぎまぎしてしまったが、親父さんの奥方は「あらあら」と笑っていた。

「あんたは、プラが苦手なのかい？　ターラと一緒だねえ」

しかしターラは、ちょうどその大きなプラを頬張《ほおば》っていたところであった。

「母さんの作る料理のプラは、あんまり苦くないよ？　ララ＝ルウも食べてみなよー」

ララ＝ルウはちょっとしょげた顔になり、隣のシン＝ルウをちらりと見やってから、覚悟を固めたように肉厚のプラにかじりついた。

「……あれ？　あんまり苦くない……」

「そうだろう？　プラってのは、こまかく切れば切るほど苦味が増すんだよ。あたしは嫌《きら》いじゃないけれど、小さな子供は苦い野菜を嫌うからねえ」

確かにピーマンも、縦に切るか横に切るかでけっこう苦味の度合いが変わる。繊維《せんい》の流れに逆らって切ると、苦味や風味が強まってしまうのだ。

「ララ＝ルウはプラが苦手だったのか。小さな子供でもないのに、不思議だな」

そのように発言したシン＝ルウがほんの少しだけ眉《まゆ》をひそめたのは、卓の下で足でも蹴られたのかもしれなかった。

「……怒《おこ》ったのか？　別にララ＝ルウを怒らせるつもりではなかったのだが」

「うるさいな！　黙《だま》って料理を食べてなよ！」

息子さんや奥方たちが、おかしそうにくすくすと笑っていた。

ララ＝ルウの素直さが反感を招いてしまわなかったことに胸を撫《な》でおろしつつ、俺は次なる料理と向き合う。最後の大物、キミュスの肉料理である。

それなりの厚みで切られたキミュスの胸肉が、大皿にでででんと積まれている。肉そのものには何の細工もなく、これを野菜のディップとともに、湯通しされたティノの葉でくるんで食べるのが、ダレイム流の作法であるようだった。

ディップといっても、クリームなどは使われていない。こまかく刻んだ野菜をタウ油と砂糖とシールの果汁《かじゅう》で練りあげた、赤と緑のとろりとしたソースである。野菜は、タラパとアリアとネェノンあたりだろう。どれも火は通されていなかったので、タラパの酸味とアリアの辛《から》みがなかなかに刺激的《しげきてき》であった。

タウ油や砂糖を購入していなかった時代は、シールの果汁のみで練りあわせていたのだろうか。それだとさすがに味が足りなそうであるが、いま口にしているこの料理は、素朴ながらも十分に美味であった。キミュスの肉は主張が弱いので、野菜の旨《うま》みがかなりの比重を占めているようだ。

なお、副菜として出されたティノの塩漬けというやつも、なかなかに味わい深かった。使われているのは固い芯《しん》の部分であるが、それが少しだけしんなりとして、中心にほどよい歯応《はごた》えが残されている。けっこう酸味も強いので、発酵《はっこう》するぐらいの期間漬け込んでいるのだろう。箸休《はしやす》めにはぴったりの副菜だ。

あと、焼きポイタンには茹でたアリアが練り込まれていた。みじん切りではなく細切りで、いささか主張の強すぎる感は否《いな》めないが、練り込む前に熱が通されているために、辛みは完全に消えている。ドーラ家の人々にならって、汁物や煮込みの汁につけて食せば、その存在感もプラスに感じられた。

「いやあ、どの料理も美味しいですね。とにかく野菜が新鮮《しんせん》なので、嬉しくなってしまいます」

「そんな気を使わなくていいよ。こっちだって、アスタたちをそこまで満足させられるとは思っていないさ」

「そんなことはありませんよ。自分では思いつけないような工夫《くふう》が凝《こ》らされているので、とても勉強になります」

「ううん、だけどタウ油や砂糖ってのは、やっぱり扱いが難しくてねえ。下手に使うととんでもないことになっちまうから、毎日おそるおそる使ってるんですよお」

と、奥方のほうも照れくさそうに微笑みながらそう仰《おっしゃ》っていた。

それを受けて、ララ＝ルウが「ふーん？」と小首を傾《かし》げる。

「だったら料理には混ぜないで、あとから掛けるようにしたらどうかな？　あたしなんかも、昔は肉とタウ油を一緒《いっしょ》に焼くとすぐに焦《こ》がしちゃってたから、しばらくはそうやって味をつけてたんだよねー」

「ああ、それはいいかもしれませんね。タウ油はそのままだと味が濃いので、水で薄《うす》めると後掛けでも使いやすくなります。それに、砂糖や刻んだミャームーなんかを混ぜ込むと、また違《ちが》う美味《おい》しさを楽しむことができますよ」

俺がそのようにつけ加えると、「なるほどねえ」と親父さんが破顔した。

「アスタたちの言うことなら、間違《まちが》いないな！　何せ、俺たちの野菜でこんなに美味い料理を作れるんだからさ」

どうやら親父さんは、ナポリタンのパスタがたいそうお気《き》に召《め》したご様子であった。その食べ方を教わった息子さんたちも、ぎこちない手つきでパスタを巻き取った三《み》つ叉《また》の木《き》匙《さじ》を口に運びつつ、驚きに目を見張っている。

「これは、うちで買ったタラパを使ってるのかい？　何だか信じられないなあ」

「それは、タラパにアリアとミャームーと、それにチットの実というものも一緒に混ぜ合わせて煮込んだものなのですよね。調味料は、塩と砂糖とピコの葉と、それにママリアの酢《す》というものも使っています」

「ああ、それだけ手間をかけているから、こんなに美味いのか。それじゃあ、さすがに真似できないな」

「いえ、ですが、分量さえ間違えなければ、誰《だれ》でも作ることはできます。材料だって、砂糖よりも値の張るものは使っていませんしね」

そんな自分の言葉によって、俺は一つの閃《ひらめ》きを得た。

「よかったら、その分量と作る手順をお教えしましょうか？　これは焼いた肉や野菜に掛けるだけでも美味しいですし、一緒に炒めればこういう味になります。あと、焼いた卵にも合うと思いますね」

「ええ？　だけど、アスタにそんな手間をかけさせるのは悪いよ。宿屋の連中は、アスタに銅貨を払《はら》って料理を作ってもらっているんだろう？」

ドーラの親父さんがそのように言ったが、俺は「いいえ」と首を振ってみせた。

「これは料理じゃなく、調味料の作り方なんですよ。俺も人様のご家庭に料理の指南をするような真似は厚かましいかなと思えてしまいますが、その調味料を使って美味しい料理を作ってもらえたら、とても嬉しく思います」

「うーん、でもなあ……」

「あと、ユーミが屋台でお好み焼きという料理を売っていますよね。あれで使われているウスターソースやマヨネーズという調味料も、色々な料理に使えると思います。あれだって、作るのはそんなに難しくないですし、作った料理に後から掛けるだけでも美味しいから、とてもお手軽ですよ」

親父さんは、眉尻《まゆじり》を下げながら俺の顔を見返してきた。

「本当に、アスタの迷惑にはならないのかい？」

「もちろんです。いつも俺たちの店を優先して野菜を準備してくれているのですから、俺にも何か恩返しをさせてください」

そんなわけで、四日後にまたこの家を訪《おとず》れる際は、ケチャップとソースとマヨネーズの作り方を伝授することがここに約束された。このように歓待《かんたい》してくれた御礼としては、まだまだ足りていないぐらいだろう。

ひとしきり感謝の言葉を述べてから、親父さんは隣の席を振り返った。

「で、お袋《ふくろ》たちはいつになったらギバの肉に手を出すんだよ？　いいかげんに覚悟を決めたんじゃないのか？」

「ふん。そんな覚悟を決めた覚えはないよ」

と、静かに汁物をすすっていた老女がとげのある声で親父さんに言い返す。親父さんの母君であり、ターラの祖母君にあたる人物だ。

「森辺の罪人は全員とっ捕《つか》まったとしても、ギバが恐ろしい獣《けもの》だってことに変わりはないだろ。どうしてそんなもんの肉をありがたがって食べなきゃならないのか、あたしにはわからないね」

「どうしてって、そいつはギバの肉が美味いからに決まってるだろ？　それ以外の理由なんて必要ないだろうさ」

親父さんは苦笑《くしよう》しつつ、むっつりと黙り込んでいるもうひと方のご老人にも目を向ける。

「叔父貴《おじき》なんかは、ギバに恨みつらみがあるんだろうけどさ。だったら、その肉を食って恨みを晴らせばいいじゃないか？　荒《あ》らされた野菜の分まで、ギバの肉を腹に収めてやれよ」

そうしておふた方も渋々《しぶしぶ》ながら木匙や木串《きぐし》に手をのばしたが、「つるつるすべって食べにくい」「辛くてとても食べられない」という不満の声しかいただくことはかなわなかった。

「しょうがねえな、もう……アスタ、悪いけど、次に来るときはこの老いぼれたちをぎゃふんと言わせられるような料理をお願いするよ」

「実の母親に向かって、なんて言い草だい」

母君のほうが、とても険悪なお顔つきで言い捨てた。

しかし、森辺の民《たみ》とギバの両方にひとかたならぬ忌避《きひ》の念を覚えていたダレイムのご老人たちも、こうして俺たちが食卓《しよくたく》に同席することを許し、その料理をいちおうは口に運んでくれたのだ。さらなる相互理解《そうご》のために、俺も力を尽《つ》くさせていただく所存であった。

「だったらこの次は、ギバのあばら肉を準備するといい！　まさかそれで不興を買うことはあるまいよ！」

と、至極唐突《しごくとうとつ》にダン＝ルティムが笑い声を響《ひび》かせた。

老人がたは、胡散臭《うさんくさ》そうにそちらを仰《あお》ぎ見《み》る。

「ギバはあれほどの力を持つ獣なのだ！　その肉を食えば、ギバにも負けない力を身につけることができる！　お前さんたちも大いに力をつけて、これからも美味い野菜を作ってくれ！　どんなにギバの肉が美味くとも、野菜がなくては健《すこ》やかに生きることはかなわぬからな！」

「ああ。森辺のお人らが身体を張ってギバを狩《か》ってくれているから、俺たちも安心して畑の面倒《めんどう》を見ることができるんです。あなたがたに恥《は》じないよう、俺たちも自分の仕事を果たしてみせますよ」

そのように答えたのは親父《おやじ》さんでなく、上のほうの息子さんであった。

それを皮切りに、息子さんの奥方がララ＝ルウやトゥール＝ディンに声をかけたり、下の息子さんがシン＝ルウに声をかけたりして、食卓もじょじょになごやかな様相を呈《てい》し始めた。

その後には俺たちが手土産《てみやげ》として持参した果実酒の栓《せん》が抜《ぬ》かれて、いっそう賑《にぎ》やかになっていく。もとよりターラはリミ＝ルウやルド＝ルウと楽しげに談笑《だんしょう》しており、このような場では寡黙《かもく》になりがちなアイ＝ファにも親父さんや奥方が話題を振ってくれたりもした。

親父さんたちを森辺に招いたあの夜と同じように、そういった光景は何がなし俺の胸を詰《つ》まらせた。

次の機会にはユン＝スドラやレイナ＝ルウ、それにユーミなんかも参加したいと言ってくれている。そうして交流の輪が広がり、そして深まっていけば、森辺とジェノスの間に横たわる根強い齟齬《そご》も少しずつ解消されていくだろう。

楽しそうに食卓を囲んだみんなの姿を見回しながら、俺はそのように思うことができた。

## 3

そうして晩餐が済んだ後は、俺たちに寝室《しんしつ》があてがわれることになった。

が、なかなかの大きさを持つドーラ家でも、そんなにたくさんの部屋が余っているわけはない。男女で一つずつの寝室が準備され、女衆の部屋にはターラの寝具《しんぐ》も持ち込まれることになった。

「それじゃーな、アイ＝ファ。ダバッグのときみたいにおかしな騒《さわ》ぎになることはねーだろうけど、リミたちを頼んだぞ？」

そんなルド＝ルウの言葉とともに、各人が部屋に消えていく。最後に残されたのは、申し合わせたように俺とアイ＝ファであった。

窓から差し込む月明かりの下、俺は木造りの壁にもたれかかる。アイ＝ファも隣に陣取《じんど》って、ふっと小さく息をついた。

「まったく慌《あわ》ただしい一日であったな」

「うん。それで明日は、今日以上に慌ただしいんだろうな」

明日は朝から『ギバの丸焼き』で、昼下がりからは屋台と宿屋の料理の準備、夜は屋台の営業、余力があったら《ギャムレイの一座》の天幕にもお邪魔《じゃま》する。祭の初日に相応《ふさわ》しい慌ただしさである。

「ベイムの女衆が屋台の仕事に加わるのは、明後日からであったか」

「うん、その予定だよ」

「では、私が屋台を手伝うのも明日限りだな」

アイ＝ファは、とても静かな面持ちをしていた。

たぶん俺も、同じような表情であったろうと思う。

「アイ＝ファと一緒に屋台の仕事をするのは、とても楽しかったよ。この先も、休息の期間中か何かに、修練のさまたげにならない範囲《はんい》でまた手伝ってもらえたら、俺は嬉しいな」

「……そうだな」と、アイ＝ファは口もとをほころばせる。

「修練に丸一日を費やすことはないのだから、多少は手伝うこともできよう。……私も存外、楽しくないことはなかった」

「そっか。そいつは何よりだ」

「うむ。……まあ、かたわらにお前が立っているのだから、そのように思えるのが当然なのであろうがな」

アイ＝ファの表情は、とても優《やさ》しげだ。

今でもやっぱり、修練がままならないために余分な肉がついた、などとは思えない俺であったが、それでも少し、どことなく――アイ＝ファは以前より、普通の女の子めいて見えるような気がした。

もとより女性としても十分以上に魅力的《みりょくてき》なアイ＝ファであったが、狩人としての張り詰めた生活から遠ざかり、筋力的な鍛錬《たんれん》も禁じられてしまうと、ホルモンのバランスか何かでそのような変化が生じてしまうものなのだろうか。

（それじゃあ、もしかして……アイ＝ファが完全に狩人としての仕事を取りやめたら、ヴィナ＝ルウなみのフェロモンがあふれかえったりしてしまうのかな）

だけど、そんなアイ＝ファは想像することさえ難しかった。

それに、どのような状態でもアイ＝ファはアイ＝ファであるし、俺が魅了《みりょう》されたのは、狩人としての卓越した力を持つ、凛然《りんぜん》としたアイ＝ファであった。

山猫《やまねこ》のように目を燃やして困難に立ち向かうアイ＝ファも、こうして優しげに微笑むアイ＝ファも、俺にとってはどちらも愛《いと》おしい。そんな思いを込めながら、俺はアイ＝ファの瞳を見つめ返した。

「……怪我《けが》を治すのにあと十日ほど、狩人としての力を完全に取り戻すのには、そこからさらに半月ほどもかかろう。レム＝ドムの相手をするのは、その後になるな」

アイ＝ファは静かな口調のまま、そのように続けた。

「言うまでもないが、私はこの身の力をすべて振り絞《しぼ》り、レム＝ドムに相対しようと考えている」

「うん。もちろんそれは、そうするしかないんだろうな」

「うむ。……しかし、それでレム＝ドムが狩人として生きる道を閉ざされたとしても、森辺の女衆として生きていくだけのことだ。それはべつだん……不幸な話でもあるまい」

アイ＝ファはその口もとにやわらかい微笑をたたえたまま、少しだけ切なそうに眉をひそめた。

「私は狩人として生きていくことができて、心から幸福だと思っている。しかし……女衆として正しく生きることだって、きっと同じぐらい幸福なことなのだろうと思う」

「うん」

「そのように思うことができるようになったのは、お前と出会うことができたからだ」

そう言って、アイ＝ファは壁から背を離した。

「どのように転んでも、レム＝ドムは幸福な生を生きることができる。だから私は、心置きなくあの粗忽者《そこつもの》を地面に這《は》いつくばらせてやろう」

「今日はそんな荒《あら》っぽい言葉が似合わないな、アイ＝ファ」

アイ＝ファはけげんそうに小首を傾げてから、きびすを返した。

「では、そろそろ休むとしよう。お前もしっかりと疲《つか》れを癒《いや》しておくのだぞ、アスタ」

「うん。おやすみ、アイ＝ファ」

そうしてその慌ただしい一日は、最後だけ静かに、ひそやかに終わりを迎《むか》えることになった。

明日はついに、太陽神の復活祭の幕開けだ。

俺は最後にもう一度だけアイ＝ファと視線を交わしてから、ルド＝ルウたちの待つ寝室の扉《とびら》を引き開けた。

# 第四章★★★　暁の日

1

ダレイムの朝は、森辺と同じぐらい早かった。

空が白み始めた頃《ころ》にはもう起き出して、最初の陽光が窓から差し込む頃には元気に動き始めている。ダレイムの人々は、森辺の民に負けないぐらい勤勉な生活に身を置いているのだった。

「それじゃあ、俺たちは畑に出るからさ。アスタも仕事を頑張っておくれよ」

水瓶《みずがめ》の水を拝借して顔を洗っていると、ドーラの親父さんがそのように呼びかけてきた。

「いくら祝日だからって、町の連中みたいに遊んでばかりはいられないからね。中天の前まではみっちり働いて、それからみんなで屋台のほうを覗《のぞ》かせてもらうよ」

「はい、お待ちしています」

もちろん、俺たちも遊んではいられない。身支度《みじたく》を整えたら、ご家族のみなさんにも丁重《ていちょう》に別れの言葉を伝えて、早々にダレイムを出発することにした。

街道《かいどう》に出てしまえば、フルスピードでトトスを走らせることができる。ダン＝ルティムとリミ＝ルウはミム・チャーにまたがり、それ以外の人間はギルルの荷車で、それぞれ石の街道を駆《か》け、十分後にはもう宿場町に到着《とうちゃく》することができていた。

到着したら、まずは屋台の借り受けだ。まだ日の出から三十分とは経《た》っていないのに、ミラノ＝マスも普段通りの様子で俺たちを出迎えてくれた。

「たとえ祝日でも、宿に客がいる限りはそうそう寝《ね》てもおられん。遊んでいられるのは、物売りの商売人ぐらいだろう」

それでもやっぱり、早朝の宿場町は祝日らしく、しんと静まりかえっていた。街道には、数えるぐらいの人影《ひとかげ》しかない。宿場町の雑然とした様相しか知らない俺たちには、たいそう新鮮な光景だ。

そうして三台の屋台とともに街道を進んでいくと、いっそう目新しい光景を目にすることができた。屋台の存在しない露店区域の、がらんとした光景である。

ダバッグに向かう際もけっこうな朝方にこの街道を通ることになったが、あの際にだっていくつかは屋台が出ており、そこそこの人通りがあった。しかし今は、完全な無人だ。

屋台を置くために伐採《ばっさい》された土の地面が、実に広々と広がっている。なおかつ、屋台も家も宿屋もないのだから、通りかかる人間も存在しない。普段であれば早朝から旅立つ人間も少なくないのだろうが、この復活祭の期間はジェノスを出ていこうとする旅人も少ないのだろう。実に茫漠《ぼうばく》とした情景である。

「ねー、これじゃあギバを焼いたって、誰にも気づかれないんじゃない？」

屋台を押《お》しながらララ＝ルウが問うてきたので、俺は「いや」と首を振ってみせた。

「上りの五の刻ぐらいにジェノス城からキミュスの肉や果実酒なんかがふるまわれるから、それを焼く役割の人たちが屋台を出すらしいんだよ。その人たちへの賃金もふくめて、ジェノスの領主からのふるまいなんだってさ」

「ふーん、ずいぶん気前がいいんだね。祝日ってやつのたんびに、そうやって肉と酒をふるまうって話なんでしょ？」

「そうだね。やっぱり年に一度のお祭だから、領主としてはジェノスの力と豊かさを領民や旅人たちに示したいんじゃないのかな。それでより多くの人たちがジェノスに集まるようになれば、結果的に町そのものがまた豊かになるんだろうしさ」

「そっかー」と、ララ＝ルウは肩《かた》をすくめた。

「せっかくのギバ肉をただでふるまうなんてもったいなーとか思ってたけど、貴族たちがそういう考えなら、負けてらんないね」

「そうそう。ルウの集落に眷族《けんぞく》を集めて祝宴《しゅくえん》を開くときは、ルウ家の銅貨で料理が準備されるだろう？　それと同じようなものなんだと思うよ」

そんな言葉を交わしている内に、所定のスペースへと到着した。露店区域の、北の端《はし》だ。当然その場所もがらんとしており、《ギャムレイの一座》の天幕も静まりかえっている。

「それじゃあ、準備を始めよう」

まずは、ギバ肉の準備である。荷台から三つの木箱を下ろして、ピコの葉に漬《つ》けられていたギバの身体を引っ張りだす。

毛皮の毛だけを焼かれた、子供のギバである。体長は四、五十センチほどで、重量は血と内臓を抜いた状態で三十キロ前後。それが三体だ。腹の中にもぎっしりと詰め込まれていたピコの葉をかき出したのちは、狩人《かりうど》らの手を借りて、咽喉《のど》から尻《しり》までに鉄串を突《つ》き通《とお》す。

そうしてまんべんなく塩をすりこんだら、本日は腹の中に野菜を詰め込む作法にもチャレンジすることにした。選ばれた野菜は、アリア、ネェノン、ティノ、チャッチ、そしてマ・プラとマ・ギーゴだ。野菜を詰めたらフィバッハの蔓草《つるくさ》で腹をざっくりと縫《ぬ》い合わせ、いよいよ架《か》台《だい》への設置である。

地べたで火を焚《た》くことは禁じられていたので、これは屋台を利用する。鍋を設置する天板を外して、その上にギバを掲《かか》げるのだ。ヤン経由で城下町から購入《こうにゅう》した灰色の煉瓦《れんが》を火鉢《ひばち》の左右に積んでいき、その上に鉄串の両端《りょうたん》を載《の》せる。高さは、俺の胸ぐらいだ。

あとはその鉄串がずれないよう、U字型の鉄杭《てっくい》を煉瓦に打ち込んで固定すれば、準備完了《かんりょう》である。鉄串は回しやすいように片方の端が曲げられており、手でつかめるように分厚く布が巻かれている。

「よし。火の準備はどうかな?」

「うん、大丈夫《だいじょうぶ》だと思うけど」

火鉢の中で、ミケルから購入した炭が赤く燃えていた。そいつを屋台の内側にセットしなおして、調理のスタートだ。

「これであとは、肉が焦げないように回していくんだよね?」

「うん、それと火の勢いが弱まらないように、炭の補充《ほじゅう》だね」

リミ＝ルウ、ララ＝ルウ、トゥール＝ディンの三名に一頭ずつのギバを任せて、俺は全体を監督《かんとく》する役を担《にな》うことにした。人気のない空き地でひたすらギバを丸焼きにする、傍目《はため》には相当にシュールな光景であろう。

「ふむ。実にのどかなものだな」

と、護衛役のダン＝ルティムが大あくびをする。

「しばらく誰もやってこないようなら、俺はもうひと眠《ねむ》りさせていただくか」

「どうぞどうぞ。昼まではゆっくりしていてください」

たとえ眠っていようとも、有事の際は誰よりも機敏《きびん》に対応できる、ということはすでにダバッグへの旅路で証《あか》しだてられている。ダン＝ルティムはミム・チャーの繋《つな》がれている木にもたれかかってあぐらをかくと、数秒と待たずしてすぴすぴと寝息《ねいき》をたて始めた。

「よかったら、他のみんなも休んでなよ。今日は早起きで大変だっただろう？」

「んー？　いったん起きちまったら、眠くはならねーな。今は休息の期間で身体も疲れてないからよ」

そういえば、ルド＝ルウは男衆の中では早起きのタイプなのだった。シン＝ルウもべつだん眠そうな様子ではなく、ララ＝ルウとおしゃべりをしている。

「昨日は楽しかったねー！　次にドーラの家に行くのは、三日後だったっけ？　またあたしが選ばれるといいんだけどなー」

「うむ。しかし、なるべく違う人間が出向いてダレイムの人間と縁《えん》を結ぶべきだと、アスタはそのように話していなかったか？」

シン＝ルウに視線を向けられて、俺は「そうだね」と返してみせる。

「でもその反面、同じ顔ぶれのほうが親睦《しんぼく》を深められる気もするし、難しいところだね」

「そーだよ！　ターラと一番仲良くしてるのはあたしとリミなんだから、それは外さないほうがいいんじゃないかなー？」

そんな風に言ってから、ララ＝ルウは慌てた様子でトゥール＝ディンのほうを振り返った。

「あ、別に、トゥール＝ディンを外せばいいって言ってるわけじゃないからね？　勘違《かんちが》いしないでよ？」

トゥール＝ディンは、「はい」と穏やかに微笑んでいる。さかのぼれば、家長会議から縁のある両名なのである。ひかえめながらも、トゥール＝ディンがララ＝ルウを慕《した》っていることは俺にも感じ取れていた。

「レイナ＝ルウやユン＝スドラが望んでいるのなら、わたしは譲《ゆず》りたいと思います。この朝の仕事は、ドーラの家に泊《と》まらずとも手伝うことができますし……」

「そうだよね！　それに、これが最後の機会ってわけでもないんだしさ。祭とか関係なく、休息の期間だったら、いつでも遊びに行ってもかまわないよねー」

「ええ？　それはあの……ドーラたちの気持ち次第《しだい》ではないでしょうか……？」

「ドーラたちも喜んでくれてたじゃん！　こっちがお邪魔するばっかりで悪いってんなら、またターラたちを森辺に招けばいいんだよ」

「うん！　今度はターラをルウの家に泊めてあげたいなあ」

リミ＝ルウも加わって、いっそう賑やかになってきた。これから数時間にも及《およ》ぶ単調な作業も、これなら楽しく乗り切れそうだ。

各自の火の加減を確かめつつ、俺がそのようなことを考えていると、アイ＝ファに「アスタ」と呼びかけられる。アイ＝ファの視線を目で追うと、白々とした朝日の中を、黒と朱色《しゅいろ》の小さな姿が近づいてくるところであった。

「おやまァ、今日はずいぶん早いお越《こ》しだねェ、森辺のみなサンがた」

軽業師《かるわざし》の童女、ピノである。

朱色の羽織をひらひらとなびかせつつ、童女は俺たちの前に立った。

「しかもそいつは、ギバをまるごと焼いているのかい？　なんとも豪気《ごうき》な話じゃないかァ」

「ええ。祝日にはキミュスの丸焼きがふるまわれると聞いていたので、俺たちはこいつをふるまうことにしたんです」

「そいつは重畳《ちょうじょう》。ぜひアタシたちにも御裾分《おすそわ》けしていただきたいもんだねェ」

そのように言ってから、ピノは「あふう」とあくびを噛み殺《ころ》す。あどけなさと色っぽさの混在する、相変わらずの不思議な童女である。

これが初の対面となるシン＝ルウは、ちょっときょとんとした顔でピノの姿を見つめていた。

そんなシン＝ルウを横目でにらんでから、ララ＝ルウはピノに向きなおる。

「ね、そっちもずいぶん早いんだね。今日はそっちも、昼の商売を禁じられてるんでしょ？」

「そういえば、そんな習わしもありましたねェ。ま、銅貨を稼《かせ》ぐのが御法度《ごはっと》っていうんなら、笛や太鼓《たいこ》で賑やかしてやりましょォ」

そうしてピノは、真っ黒な瞳《ひとみ》で俺を見つめてきた。

「ところで、今日は予定通り、夜の芸を見にきてくださるのかねェ？」

「そうですね。夜に屋台を開くのは初めてのことなので、まだあまりしっかりと予定を組むことはできないのですが、たぶん大丈夫だと思います」

「そいつはありがとサン。アタシらも、仕事の合間をぬって料理を買わせていただくからねェ。じゃ、そいつが焼きあがる頃にまたお邪魔させていただくよォ」

そんな言葉を残して、童女はひらひらと立ち去っていった。

「うーん、別に悪い人間じゃないんだろうけどさ。胡散臭いことに変わりはないよね」

直截《ちょくせつ》な感想を述べつつ、ララ＝ルウはまたシン＝ルウをにらみつける。

「で？　シン＝ルウはいつまでぽけっとしてんの？　まさか、あんな女衆が好みだとでも言うつもり？」

「別にぽけっとはしていない。ずいぶん奇妙《きみょう》な娘だと驚かされただけだ。……それに、町の人間によからぬ思いを抱いたりもしない」

「ふん、どーだか！」と、ララ＝ルウはむくれてしまった。外見的には大差のない世代に見えるララ＝ルウにとっては、あのような童女も見過ごせぬ存在になってしまうのだろうか。

ともあれ、『ギバの丸焼き』のほうは順調に焼きあがっていった。表皮はじょじょに色づいていき、火鉢にしたたった脂《あぶら》がじゅっと音をたてている。香《こう》ばしい匂いをあげ始めるのも、もう目前だ。

しかし、しばらくは通りかかる人間の一人もいない。無人の町のような静けさだ。

その静けさが破られたのは、それからおよそ三時間後——持参した日時計が、上りの五の刻に差しかかろうかという頃合《ころあ》いであった。南の方角から、がらごろと屋台を押す人々が近づいてきたのだ。

「うわー、すごいすごい！　ほんとにギバを丸焼きにしてるんだね！」

そのうちの一人は、《西風亭》のユーミであった。朝の挨拶《あいさつ》もそこそこに、ユーミは賑やかに声をあげる。

「だけど、ずいぶんちっちゃいね？　これは子供のギバなの？」

「うん。あんまり大きいと、焼きあがりに時間がかかってしまうからね」

他の人々も、空いたスペースに等間隔《とうかんかく》で屋台を設置してから、おっかなびっくりの様子でこちらに近づいてきた。キミュスを丸焼きにする仕事を請《う》け負《お》った宿屋やら何やらの人々なのだろう。当然ながら、全員が西の民であった。

「うーん、いい匂いだね！　三頭ぽっちじゃ、きっとすぐになくなっちまうよ？」

「余ったりしたら物悲しいから、そのほうが嬉《うれ》しいね。あまりにも人がいないから、ちょっと心配になってきたところだったんだよ」

「そんな心配はいらないよー。キミュスが焼きあがる中天には、腹を空《す》かした連中がうようよわいてくるんだから！」

陽気に笑うユーミの腕《うで》を、後ろからくいくいと引っ張る者がいた。普段《ふだん》から《西風亭》の屋台を手伝っている、ユーミのご友人だ。ユーミと同じ年頃《としごろ》の娘さんで、名前はたしかルイアであったと記憶《きおく》している。

「うん？　どうしたの？」

ユーミよりは内気であるらしいその娘さんは、俺《おれ》たちのほうに視線を固定しつつ、ぼしょぼしょと小声で何かを囁《ささや》いた。ユーミは「あー、なるほどねー」と、いっそう楽しげに笑う。

「ユーミ、どうかしたのかい？」

「いや、別にー。ちょっとあっちのお人らにも挨拶させていただくね」

そんな風に言いながら、ユーミはララ＝ルウの屋台に近づいていった。

「や、ララ＝ルウ。今日は朝からご苦労さん」

「……うん。そっちもね」

ララ＝ルウもユーミとはほどほどに親交を結んでいるはずであったが、まださきほどの余韻《よいん》を引きずっているのか、いささか不機嫌《ふきげん》そうだ。

そんなララ＝ルウからは早々に視線を外し、ユーミはシン＝ルウに向きなおった。

「ね、あんたも昔からよく宿場町に下りてたよね？　あたしはユーミっていうんだけど、あんたはなんて名前なの？」

「……俺は、シン＝ルウだが」

「あ、やっぱりルウ家の人なんだ？　ルド＝ルウたちの兄さんか何か？」

「ルド＝ルウは、俺の父の兄の子だ」

「そっかそっか」と笑いながら、ユーミは親指で自分の背後を指し示した。

「こっちのこの娘はルイアっていうんだ。よかったら、あたしともどもよろしくね」

「うむ？」と小首を傾げつつ、シン＝ルウは切れ長の目でユーミのご友人を見つめた。ユーミの背中に半分隠《かく》れた格好で、ルイアは頬を赤らめている。

シン＝ルウはまったく事態を把握《はあく》していない様子であったが、その隣《となり》ではララ＝ルウが赤い髪《かみ》の毛《け》を逆立てていた。その目がめらめらと燃えているように見えるのは、火鉢の炭火を反射させているためであろうか。

「ユーミ、ちょっといいかな？」

即座《そくざ》にこの危機的な状況《じょうきょう》を見てとった俺は、慌ててユーミを招き寄せることになった。そのかたわらの娘さんの耳をはばかりつつ、ララ＝ルウとシン＝ルウのデリケートな関係性を可能な限り正確に説明してみせる。

「うーん？　別にルイアも、森辺の民とどうこうなろうなんて考えてないと思うよ？　ただ、あのシン＝ルウって男衆が男前だから、お近づきになりたいと思っただけでしょ」

「そうだとしても、ほら、森辺の民ってのはなかなか潔癖《けっぺき》な一面もあるから、おかしな騒ぎの火種になりかねないんだよね」

「そっかー。それじゃあまあ、それとなくあきらめるように後で説明しておくよ」

そんな言葉を囁きあっている間も、ルイアという娘さんはそこそこ熱っぽい眼差《まなざ》しでシン＝ルウを見つめていた。

ジェノスの民が森辺の民に懸想《けそう》するなんて、それは数ヶ月《すうかげつ》前までは考えられなかった事態であり、双方《そうほう》の関係性がよりよい方向に傾《かたむ》いている証《あかし》であったのかもしれないが――サトゥラス伯爵家《はくしゃくけ》のリーハイムを袖《そで》にしたレイナ＝ルウの例を見るに、やっぱり不和の原因にもなりかねない。ましてやシン＝ルウにはララ＝ルウがいるのだから、誰にとっても歓迎《かんげい》しかねる事態であろう。

（確かにシン＝ルウはルド＝ルウやラウ＝レイよりも穏《おだ》やかな雰囲気《ふんいき》だから、町の人たちにとってもとっつきやすいのかな）

そういえば、アイ＝ファもつい先日にとぼけた吟遊《ぎんゆう》詩人からアプローチされまくったばかりであった。俺としては、ララ＝ルウの心中を思いやらざるを得ない。

そうこうしている内に、街道にはぽつぽつと人が増え始めている。他の屋台は空なので、それらの人々はみんな俺たちの屋台の前に引き寄せられていた。

「ほう、これがギバなのか。思ったよりも、小さいのだな」

「いや、こいつは子供のギバだろう。そうでなくては、西の民がそこまで恐《おそ》れるものか」

そのように声をあげているのは、南の民たるジャガルの人々であった。しかし、西の民であっても、実際にギバの姿を見たことのある人間は希少であるはずだ。ギバは人間の気配を嫌う

ので、夜間に畑を襲《おそ》うぐらいでしか、人里には下りてこないものなのである。そんなわけで、その場に居合わせた人々は、みんな好奇心《こうきしん》の塊《かたまり》になっていた。

中には少数だが、怖気《おぞけ》をふるって逃《に》げていく西の民もいる。牙《きば》と角を抜かれた子供のギバでも、恐ろしいものは恐ろしいのだろう。そういった恐怖《きょうふ》の念が少しでも薄まればいい、という考えも、俺の頭にはなくもなかった。

ギバというのは、人間にとって危険な害獣《がいじゅう》だ。しかし、決して怪物《かいぶつ》の類《たぐ》いではない。その肉は美味であるし、食べても角が生えてきたり、肌《はだ》が黒くなったりもしない。森辺の民が道理のわからぬ蛮族《ばんぞく》ではない、というのと同じように、ギバも災厄《さいやく》の化身《けしん》などではなく、ただの獣に過ぎないのだということを、俺はジェノスの人々にいっそう強く伝えたかったのだった。

そうして、ついに日時計が上りの五の刻を回ったとき、人々の間から歓声《かんせい》があがった。北の方角から、何台もの荷車が接近してきたのだ。

それを率いているのは、白い甲冑《かっちゅう》に身を包んだ近衛《このえ》兵団《へいだん》の武官であった。近衛兵団の長であるメルフリードではなく、兜《かぶと》の房飾《ふさかざ》りももう少しひかえめな、中隊長だか小隊長だかの身分であるようだ。

「宿場町の民、およびジェノスを訪れた客人たちよ！　ついに太陽神の滅落と再生が、十日の後に迫《せま》ってきた！」

その武官が朗々たる声をあげ、人々にいっそうの歓声をあげさせる。

「本日はその『暁の日』を祝して、ジェノス侯爵《こうしゃく》マルスタインから糧《かて》と酒が授《さず》けられる！　キミュスの肉とママリアの酒を太陽神に捧《ささ》げ、その復活の儀《ぎ》を大いに寿《ことほ》いでもらいたい！」

街道を埋《う》めた荷車の扉が引き開けられ、そこから大量の木箱と樽《たる》が下ろされた。果実酒の樽は居並んだ人々に、キミュスの肉が詰まった木箱は屋台の人々へと受《う》け渡《わた》される。果実酒を目当てに集まった人々は、おのおの酒盃《しゅはい》を準備しているようだった。

「太陽神に！」の声が唱和され、次々と酒盃が酌《く》み交《か》わされる。それを尻目《しりめ》に、ジェノス城からの一団は粛々《しゅくしゅく》と南に進み始めた。宿屋の区域にも、肉と酒がふるまわれるのだろう。町中の人々が口にするキミュスの肉を屋台だけで焼きあげるのは困難なので、宿屋の厨《くりや》でも同じように仕事が果たされるのだ。

「ふむ。昼から果実酒とは、けっこうな話だな」

と、この騒ぎで目を覚ましたらしいダン＝ルティムが、ひょこひょこと屋台のほうに戻《もど》ってきた。

「よかったら、ダン＝ルティムもいただいてきたらいかがですか？　それで護衛の仕事がおろそかになることはないでしょう？」

それもまた、家長会議やダバッグへの旅で立証されていることである。

「むろん、果実酒を口にしたところで何の不都合もありはしないが、しかし、銅貨も払わずにほどこしを受けるというのは、いささか気が進まんな」

「そうでしょうか？　こちらだって無料でギバの肉をふるまうのですから、おたがいさまだと思うのですが」

俺の言葉に、ダン＝ルティムは「そうか」と瞳を輝《かがや》かせた。

「言われてみれば、その通りだな！　ギバを三頭もふるまうのだから、どれだけ果実酒をいただいても罪にはなるまい！」

そうしてダン＝ルティムは俺の差し出した木皿をひっつかむと、嬉々として街道に飛び出していった。

森辺の集落だって、形式上はジェノスの領土なのだ。その領主からふるまわれる果実酒ならば森辺の民が口にしたって問題はないし、俺としても、そんな垣根《かきね》をとっぱらってくれるダン＝ルティムのような存在はたいそう得難いものに思えた。

ダン＝ルティムの突撃《とつげき》に最初はぎょっとしていた人々も、やがて笑顔《えがお》で果実酒を渡してくれる。とりわけ南の民などは、ダン＝ルティムの巨体《きょたい》を恐れる風でもなく、腕をのばして酒盃を打ち鳴らしていた。

「ごめん、ちょっと席を外すね」

そんな街道の様子を見届けてから、俺は少し離《はな》れた場所で作業に取りかかっているユーミの屋台へと足を向けた。当然のごとく追従してきたアイ＝ファとともに、そちらの様子を覗き見る。

「あれ、どうしたの、アスタ？」

「いや、キミュスの丸焼きってのがどんなものなのか、ちょっと興味があったからさ」

キミュスもこちらのギバと同じように、鉄串に刺《さ》されて焼かれていた。しかしこちらは、せいぜいウサギかニワトリぐらいの大きさである。ユーミの屋台では、豪快《ごうかい》に三羽ものキミュスが炙《あぶ》り焼きにされていた。

頭を落とされて、羽毛《うもう》をむしられた丸裸《まるはだか》のキミュスだ。頭がなければ丸焼きの定義から外れてしまう気もするが、キミュスの頭の羽は高値で取り引きされているという話であったので、そこまではふるまわれなかったのだろう。その代わりに、それらのキミュスは皮が剥《は》がされずに残されていた。

「なるほど。皮つきのキミュスってのはご馳走《ちそう》だね」

「でしょー？　あたしらみたいな貧乏人《びんぼうにん》には、こういうときぐらいしか皮つきの肉を食べる機会もないからねー！」

キミュスの皮は、カロンと同じように革製品《かわせいひん》の材料にされてしまうのだ。で、このキミュスというやつは全身がくまなくササミのように淡白《たんぱく》な味わいなので、皮がないと脂気《あぶらけ》も少なく、実に味気ない。皮つきの丸焼きなら、立派にご馳走の名に値するだろう。

ちなみに宿場町では炭を使う人間も少ないので、屋台からはもうもうと煙《けむり》がたってしまっている。炙り焼きというよりは、もはや燻製《くんせい》にしているかのような様相だ。そこに清涼《せいりょう》なる香《かお》りが混ざっているのは、どうやらリーロか何かの香草《こうそう》も一緒《いっしょ》に焚かれているためであるようだった。

「中天には焼きあがるからね！　ギバのほうも間に合いそう？」

「うん、たぶん。大幅《おおはば》に遅《おく》れることはないと思うよ」

「楽しみだなー！　あたしたちにも、一口ぐらいは食べさせてよ？」

そんな会話を交わしていると、南の方角から荷車が近づいてきた。さきほどの一団が戻ってきたのかと思ったが、それは箱型ではなく幌《ほろ》型の、ルウルウが引くルウ家の荷車であった。

「遅《おそ》くなって申し訳ありません。ようやく家の仕事を片付けることができました」

我《わ》が屋台の、援軍《えんぐん》である。メンバーは、レイナ＝ルウとシーラ＝ルウ、それに視察役たるスフィラ＝ザザの三名だ。

が、それに同伴《どうはん》していた狩人たちの姿に、俺は驚《おどろ》かされることになった。ラウ＝レイのみは見慣れた姿であったが、さらにジザ＝ルウとガズラン＝ルティムまでもが顔をそろえていたのである。

「ジ、ジザ＝ルウがこんな場に姿を現すのは初めてのことですね？」

「ああ。家長ドンダの命で、宿場町の様子を見届けに来たのだ」

感情の読めない柔和《にゅうわ》な面持《おもも》ちで、ジザ＝ルウは静かにそう言った。

「今日の夜にも、同行する手はずになっている。リミやララたちに変わりはないだろうな？」

「ええ、もちろんです」

非常に驚かされてしまったが、これは喜ぶべきことなのだろう。族長筋ルウ本家の跡取《あとと》りにして、森辺の掟《おきて》を何よりも重んずるジザ＝ルウが、ついに宿場町の視察に出向いてきたのだ。

さっそくユーミにも紹介《しょうかい》しなくては――と俺が視線を巡《めぐ》らせると、彼女《かのじょ》は笑顔でガズラン＝ルティムと挨拶を交わしていた。

「ひさしぶりだね、ガズラン＝ルティム！　元気にやってた？」

「はい。あなたもお元気そうで何よりです、ユーミ」

俺は、思わずぽかんとしてしまった。

「あ、あの、お二人は知り合いだったのですか？」

ガズラン＝ルティムが何か答えようとしたが、ユーミのほうがいち早く「そうだよー」と答えてくれた。

「アスタが貴族の娘っ子にさらわれたとき、森辺の民がみんなして宿場町に下りてきたでしょ？　あのとき、知り合ったの！」

「はい。ユーミは宿場町の裏側の区域を案内してくれました」

俺にとってごく近しいこの両名がすでに顔見知りであったというのは、実に驚くべきことだった。しかも二人して、ひさびさの再会をとても喜んでいるように見受けられる。

「そっちのあんたは、初顔さんだね。見るからに立派そうなお人だなあ」

と、ユーミがジザ＝ルウのほうに目を向ける。俺は慌てて、自分の役割を果たすことにした。

「ユーミ、こちらはルウ本家の長兄《ちょうけい》、ジザ＝ルウだよ。ジザ＝ルウ、こちらは以前にルウの集落にもお邪魔した、《西風亭》という宿屋のユーミです」

ジザ＝ルウは、無言でユーミにうなずきかける。その糸のように細い目で見つめられながら、ユーミはにっと白い歯を見せた。

「ルウ本家ってことは、リミ＝ルウやルド＝ルウたちの兄さんなんだね。ほんとに似てない兄弟だなあ」

否定とも肯定《こうてい》ともつかぬ様子でもう一度うなずいてから、ジザ＝ルウは血族を引き連れて兄弟の待つ屋台のほうへと足を進めていった。

それを見送りつつ、ユーミはふーっと息をつく。

「なんか、にこにこしてるのにすごい迫力《はくりょく》だね。ま、あの親父さんだったら、ああいう息子《むすこ》が相応しいのかもしれないけどさ」

「うん。それでもドンダ＝ルウに一番似ているのは、次兄《じけい》のダルム＝ルウだと思うけどね」

「ダルム＝ルウって、あたしらが森辺に招かれたとき、親父さんの隣で目を光らせてたお人でしょ？　確かにあれは、いかにも親子ーって感じだったね！」

そんな風にのたまうユーミのふてぶてしさは、俺にとって心強かった。ルド＝ルウやガズラン＝ルティムのように社交的な男衆ばかりでなく、ジザ＝ルウやダルム＝ルウ、そしてグラフ＝ザザやディック＝ドムのような狩人たちが受け入れられてこそ、初めてジェノスとの溝《みぞ》は埋まったと言い切れると思うのだ。

そんなことを考えながら、俺もアイ＝ファとともに自分の持ち場に戻ることにした。

2

そうして太陽は中天に至り、ギバの肉もキミュスの肉も無事に焼きあげられることになった。

「お待たせしました！　どうぞご自由にお持ちください！」

俺がそのように呼びかけると、街道にひしめいていた人々がものすごい勢いで群がってきた。ユーミが言っていた通り、その頃にはもう普段以上の賑《にぎ》やかさで大勢の人々があふれかえっていたのだ。南や東からの旅人たち、あるいは同じく他の町から流れてきた西の民《たみ》たち――そして、商《あきな》いを休みにしたジェノス在住の人々である。

すでに果実酒がふるまわれているので、人々はみんないつも以上に陽気であった。街道のあちこちからは、「太陽神に！」という声がいつまでもやまずに響《ひび》いてきている。

『ギバの丸焼き』が焼きあがった後は火鉢の始末をして、穴のない天板を屋台にセットし、それが汚《よご》れぬようゴヌモキの葉を敷《し》きつめて作業台とした。そうして鉄串と肉切り刀で焼きたての肉を切り分けていくのだが、トゥール＝ディンと二人がかりで作業の手を進めても、大皿に載せた肉は次から次へと消えていってしまった。

人々は、木皿や木匙《きさじ》や鉄串などといったものを各自で持参してきている。どうやらキミュスの肉は丸焼きばかりでなく汁物《しるもの》としてもふるまわれているようで、歩きながら木皿の汁をすすっている人々もちらほらと見受けられた。

普段はギバ料理を購入したお客さん限定で使用していただいている青空食堂も、今日は無制限で開放していた。そこに陣取った人々が、大声で祝福の声をあげたり、あるいは俺の知らないこの世界の歌などを歌っている。きっと太陽神を讃《たた》える歌なのだろう。勇壮《ゆうそう》でありながら、どこか牧歌的な、不思議な郷愁感《きょうしゅうかん》に満ちみちた旋律《せんりつ》であった。

「みんなのほうも大丈夫《だいじょうぶ》かな？」

左右の屋台に呼びかけると、「はい！」という元気な声が返ってくる。レイナ＝ルウはリミ＝ルウの屋台に、シーラ＝ルウはララ＝ルウの屋台について、二人がかりで焼いた肉の解体につとめてくれていた。

肉はやわらかく焼きあげられており、骨からも簡単に外すことができる。が、熱くて直接手を触《ふ》れられないために、非常に難易度があがってしまうのだ。

だけどやっぱり、炙り焼きにした肉は文句なく美味《うま》そうであった。腹に詰《つ》めておいた野菜たちも、水分が抜《ぬ》けつつ、しっとりと焼きあがっている。とりわけチャッチやサトイモに似たマ・ギーゴなどはほくほくに仕上がっており、ルド＝ルウならずとも垂涎《すいぜん》を禁じ得ないところであろう。

「やあ、やっぱりすごい騒《さわ》ぎになっているね、アスタ」

と、そのように呼びかけられたので顔をあげると、ドーラの親父《おやじ》さんが笑顔で立っていた。その背後には、ターラばかりでなく二人の息子さんや奥方《おくがた》たちの姿も見える。

「すっかり遅くなっちまったけど、今日の仕事はもうおしまいだ。あとはぞんぶんに楽しませていただくよ」

よく見れば、すでに親父さんの顔も酒気に染まっていた。

そこに、街道で騒いでいたダン＝ルティムも戻ってくる。

「おお、ドーラではないか！　ずいぶん遅い到着であったな！」

「やあ、ダン＝ルティム。太陽神に！」

二人は木皿と酒盃を打ち鳴らし、それをがぶがぶと飲みくだした。昨晩以上に、楽しげなご様子である。

「アスタ、俺も腹が空いてしまったぞ！　ギバの肉を取り分けてくれ！」

「はい。きちんとダン＝ルティムの分は残してありますよ」

俺は、手付かずにしておいた右半身のあばら肉を切り分けていく。骨は外さず、それを大皿に並べていくと、それはダン＝ルティムとドーラ一家の人々の手に渡った。

まだ三十分とは経っていないのに、すでに子ギバの身体は七割がたが骨ガラと化していた。もとは三十キロていどで、水分と脂分の抜けた現在は二十二、三キロに減じてしまっていただろうが、それにしてもルウ家での祝宴にも劣《おと》らぬハイペースだ。左右の屋台でも、俺よりは切り分けに苦労してやや遅めのペースになっていたが、それでもすでに半分がたは食べられてしまったようだった。

「本当にすごい賑わいですね。宿屋の区域も賑わっていたけれど、屋台の区域ではこの北端《ほくたん》が一番の賑わいだと思います」

上のほうの息子さんが、穏やかに笑いながらそのように言ってくれた。ターラはリミ＝ルウの屋台に駆けつけて、そこから受け取った肉をユーミの屋台に届けてくれている。

本当に、普段以上の騒がしさであった。街道などは完全に人間で埋め尽《つ》くされてしまっているし、これならば森辺の祝宴にも負けぬ熱気と評することができるだろう。

ときおり酔漢《すいかん》同士で取っ組み合う者たちもいたが、そういった騒ぎもすぐに衛兵たちによって収められてしまう。衛兵の巡回《じゅんかい》も強化されており、普段以上の人数が出張ってきているのだ。

「おやおや、すっかり乗《の》り遅れちまったねェ。アタシらの分は残っているかァい？」

と、そこに《ギャムレイの一座》までもが姿を現した。

軽業師のピノ、怪力《かいりき》男のドガ、笛吹きのナチャラ、獣使《けものづか》いのシャントゥ、それにまだどのような芸を持っているか明かされていない長身の男ディロ、という五人連れだ。

「いらっしゃいませ。なんとかまだ残っておりますよ」

「そりゃ嬉しい。とりわけ美味《おい》しいとこを頼《たの》むよォ」

「了解《りょうかい》しました。他の方々はいらっしゃらないのですか？」

「ああ、人前でものを食べるのを嫌《いや》がったり、芸人のくせに賑やかなのを嫌がったり、偏屈《へんくつ》もんが多くて難儀《なんぎ》なんだよォ。ま、あんな連中は暗がりで干し肉でもかじらせときゃいいのさァ」

十三名の座員の内、八名までもがそんな偏屈ものなのだろうか。そういえば、芸人のわりには内向的であったり陰気《いんき》であったりする人間のほうが多いような気がしなくもない。

「おお、お前さんは獣使いとかいう老人だな！　あの愉快《ゆかい》な獣たちは一緒ではないのか？」

親父さんと酒を酌み交わしていたダン＝ルティムがそのように呼びかけると、シャントゥはその皺《しわ》深い顔に朗《ほが》らかな笑《え》みを浮《う》かべた。

「あのものたちを天幕の外に出すと、衛兵たちに叱《しか》られてしまいますでな。あちらで焼いていないキミュスの肉をかじっておりますよ」

「それは窮屈《きゅうくつ》な生活で気の毒なことだ！　あのように力にあふれた獣たちであるならば、もっと広々とした場所で駆け回《まわ》りたく思うだろうに！」

「町にいる間はしかたありませぬ。旅の途中《とちゅう》では余人を脅《おど》かさないていどに自由を与《あた》えておりますよ」

周囲に群がった人々も、ダン＝ルティムとシャントゥのやりとりを興味深そうに聞いている。やはり町の人々にとっては、奇矯《ききょう》ななりをした旅芸人というのは一種近づき難い存在であるのだろう。本当に、ダン＝ルティムの社交性というのは大したものであった。

いっぽうルド＝ルウやラウ＝レイなどはジザ＝ルウの目もあるためか、屋台から離れずに大人しく街道の様子をうかがっている。それでもときおり道をゆく人々が声をかけてくるようで、ルド＝ルウは楽しげに笑みをこぼしていた。

その後は、ギバ肉を堪能《たんのう》したピノたちによって楽器が持ち出され、人々を大いに喜ばせた。シャントゥの代わりに小男ザンと双子《ふたご》らが現れて、異国的な楽音が奏《かな》でられる。その何曲目かで太陽神を讃える曲が演奏されると、人々は声を合わせてそれを唱歌した。

「いやあ、しかし、ギバの肉というのはこれほどに美味いものであったのだな！」

と、残りわずかになってきたギバ肉をかじっていた人々の一人が、そのように声をあげてきた。褐色《かっしょく》の髪に象牙《ぞうげ》色《いろ》の肌をした、西の生まれと思《おぼ》しき壮年《そうねん》の男性だ。

「俺たちは昨日の夜、ジェノスに到着したんだ。宿屋ではずいぶんとギバ料理が評判になっていたのでこちらに出向いてきたのだが、いや、実に驚かされた」

「そうですか。普段は昼から屋台を開いていますし、今日みたいな祝日には夜にも店を出しますので、よかったらお越しください」

「ああ、俺たちは半年ほど前にもジェノスを訪《おとず》れていたんだよ。その頃から、ギバの料理の屋台が出ていることは知っていたんだ」

金属製の大きな酒盃を掲げつつ、その御仁《ごじん》はにこやかに笑った。

「そのときは、ギバの肉など食えるものかと素通《すどお》りしてしまったのだが、こいつは俺たちのほうが浅はかだった。今日の夜にも店を出すなら、さっそく寄らせていただくよ」

「はい、ありがとうございます」

これが初めてのギバ料理、という人々も少なくはないのだろう。見ると、レイナ＝ルウやシーラ＝ルウたちもいつも以上に人々から声をかけられている様子であった。

「本当に、すごい賑わいなのですね、宿場町の復活祭とは」

と、今度は背後から呼びかけられる。ずっと静かに俺たちの行状を見守ってくれていた、ガズラン＝ルティムである。

「そして、西の民たちの様子にも驚かされてしまいます。私も宿場町に下りるのはずいぶんひさびさであったので」

「ええ。このあたりには森辺の民を恐れない人々しか来ないでしょうから、余計そのように思えるでしょうね」

「そうだとしても、これだけの狩人がそろっているのに、ほとんど恐怖の目を向けられないというのは、これまででは考えられなかったことです。父ダンなど、まるで町の民の一員のように馴染《なじ》んでしまっているではないですか」

「それは、ダン＝ルティムのお人柄《ひとがら》の素晴《すば》らしさだと思います」

俺は思わず笑ってしまい、ガズラン＝ルティムもゆったりと微笑《ほほえ》んだ。

そんな俺たちの背後では、ジザ＝ルウとスフィラ＝ザザが立ち並んでいる。彼《かれ》らはいったい、どのような気持ちでこの光景を見守っているのか。そして彼らの父親たる族長たちもまた、森辺の集落でどのような思いを胸に抱きつつ、彼らの帰りを待っているのか。

より豊かな生活を得るために、森辺の民はジェノスの町でギバの肉を売るべきだ――俺とアイ＝ファが提示したその言葉の是非《ぜひ》が問われるのは、次の家長会議においてである。

その裁定の日が訪れるのも、はや半年後に迫っているはずであった。

3

「それでは、森辺に帰りましょう」

『ギバの丸焼き』は、下りの一の刻を待たずして、一片《いっぺん》の肉を余らせることなく、町の人々に食べ尽くされることになった。

もう少しこの祭の雰囲気を楽しみたい気持ちもあったが、夕刻にはまた宿場町を訪れるのだし、そのための準備も進めなくてはならない。それに、露店《ろてん》区域から《キミュスの尻尾亭《しっぽてい》》に引き返す道行きでも、祭の雰囲気を楽しむことはできた。

ドーラ家の長兄が言っていた通り、露店区域でもっとも賑わっていたのは俺たちの屋台の周辺であったようだが、それでもまばらに出店された屋台にも人だかりができている。で、そこを越えて宿屋の区域に到着《とうちゃく》すると、いっそうの賑やかさを目《ま》の当《あ》たりにすることがかなったのだった。

たいていの宿屋では、店の外に椅子《いす》や卓《たく》が出されて、そこで騒いでいる人たちがいた。宿のかまどで焼かれたキミュスが、次から次へと屋外の卓に供されるのだ。この日のためだけに、いったい何羽《なんわ》のキミュスがしめられたのか、俺には想像もつかなかった。

そして宿屋の軒先《のきさき》には、普段には見ない赤色の旗が飾《かざ》られていたりする。それもまた太陽神を祝福する町の民の習わしなのだろう。通りには焼かれた肉と果実酒の香りがあふれかえり、町全体が酩酊《めいてい》しているかのようだった。

そんなとてつもない騒ぎであったので、三つの屋台と二台の荷車を引いた俺たちの姿も、そこまで注目を集めることはなかった。ただしそれでも、刀を下げた狩人が七名ばかりも同伴しているので、過敏《かびん》に反応する人々が皆無《かいむ》であったわけではない。ぎょっと立ちすくんだり、果実酒の土瓶《どびん》を取り落としそうになったり、という人々は一定数存在した。

そんな中で、一瞬《いっしゅん》だけ緊迫《きんぱく》した空気がよぎったのは、人混《ひとご》みを駆《か》けていた幼子たちがジザ＝ルウにぶつかりそうになったときであった。むろん、ジザ＝ルウはぶつかる前に回避《かいひ》したのだが、その俊敏《しゅんびん》な動作に驚いた幼子の一人が、はずみで転倒《てんとう》してしまったのだ。

ジザ＝ルウは、糸のように細い目でその幼子を見下ろした。笑っていなくても笑顔に見えるジザ＝ルウである。が、身長は百八十センチを超《こ》えており、筋骨隆々《りゅうりゅう》たる体格で、ギバの毛皮で作られた狩人の衣《ころも》を颯爽《さっそう》と纏《まと》っている。地べたに転がった幼子の視点では、俺から見た大男ドガ以上の威圧感《いあっかん》であったに違《ちが》いない。

結果として、その幼子は恐怖に顔を引き歪《ゆが》めることになった。その小さな口から泣き声が放たれようとした瞬間《しゅんかん》、それを背後から抱きかかえたのはルド＝ルウであった。

「お前、走るんだったらちゃんと前を見ろよ。トトスに蹴《け》られでもしたら、大怪我《おおけが》しちまうぞ？」

涙《なみだ》をためた目で、幼子がルド＝ルウを振《ふ》り返《かえ》る。ルド＝ルウはいつもの調子で白い歯を見せて、その頭をくしゃくしゃくしゃにかき回した。

「男がこれぐらいのことで泣くなよなー。どっか痛めたのか？」

「あー、膝《ひざ》をすりむいてるね。血が出てるじゃん」

と、屋台から離れたララ＝ルウも幼子の前にかがみ込む。

そのとき、人混みをかきわけて壮年の女性が駆けつけてきた。

「あ、あ、あの、それはあたしの子でして……」

「そっか。膝を怪我しちまったみたいだから、悪い風が入る前に手当てしてやりなよ」

ルド＝ルウは、そちらの女性にも笑いかけた。森辺の民としても、格段に魅力的《みりょくてき》な笑顔を持つルド＝ルウである。その女性は青ざめた顔のまま、つられたように泣き笑いの表情になり、我が子《こ》をその手で抱きすくめた。

「お前らも、追いかけっこがしたいならもっと広い場所でやれよー？」

立ちすくんでいた他の幼子たちにルド＝ルウが呼びかけると、その子らもはにかむように微《び》笑《しょう》した。

俺はほっと安堵《あんど》の息をつきながら、また屋台を押《お》して前進し始める。ルド＝ルウは何事もなかったかのように、頭の後ろで手を組んでてくてくと歩いていたが、ジザ＝ルウはそんな弟の姿を横からじっと見つめている気がした。

「わあ、マス家の宿屋もすっごく賑わってるねー！」

《キミュスの尻尾亭》が近づいてくると、リミ＝ルウがそのように声をあげた。「マス家」というのは馴染みのない呼び方だが、まあ間違《まちが》ってはいないのだろう。リミ＝ルウたちにしてみれば、氏を持たない他の西の民たちのほうが不思議な存在なのかもしれない。

ともあれ、《キミュスの尻尾亭》もぞんぶんに賑わっていた。宿場町の宿屋は、よほど主人がぐうたらでない限り、ジェノス城から授かったキミュスの肉と果実酒をふるまう役を担っているのである。ここでも入り口の前に卓や椅子が出されて、おもに西の人々が楽しげな声をあげていた。

「おお、アスタたちはもうギバ肉をさばききっちまったのか？　お疲《つか》れさん！」

そのように呼びかけてきてくれたのは鍋《なべ》屋《や》のご主人であり、その向かいに座《すわ》っているのは布屋のご主人であった。ドーラの親父さんの紹介で屋台のオープン時からおつきあいのある、最古参の常連さんたちである。

「あの丸焼きにされたギバ肉は、また格段に美味かったな！　他の連中に悪いからひと切れしかいただかなかったけど、できれば腹いっぱい食べたかったぐらいだよ！」

「ありがとうございます。『中天の日』には、またどうぞ」

「もちろん行くよ！　ああ、ルウ家のみんなもお疲れさん！」

常連さんたちであれば、ある時期からギバ料理の屋台がファ家とルウ家でのれん分けされたこともわきまえている。顔馴染《かおなじ》みのレイナ＝ルウたちも、笑顔でご主人たちに挨拶を返していた。

「ああ、アスタ。それにレイナ＝ルウも、お疲れさまでした」

と、宿の中から料理を持ち出してきたテリア＝マスも、笑顔で俺たちを出迎《でむか》えてくれた。大きな木皿にのせられているのは、やはりキミュスの丸焼きであり、そしてそこからはタウ油とミャームーの甘辛《あまから》い香りが漂《ただよ》っていた。

ユーミたちなどの屋台では、ただ塩漬《しおづ》けの肉が丸焼きにされているばかりであったが、宿屋で供される丸焼きにはそれぞれの工夫《くふう》が凝《こ》らされているようだった。その材料費は自前となってしまうのだろうが、そこで差をつけることが、きっと宿屋の営業活動に当たるのだろう。果実酒もきちんと酒盃に移されて、果汁《かじゅう》などで割られている様子であった。

「さきほど、ジャガルのお客様にギバの肉は出していないのかと問われてしまいました。どうやら《南の大樹亭》では、キミュスとともにギバの肉をふるまっていたようですね」

「え？　もちろん銅貨は取らずに、ですよね」

「はい。そのおかげでたいそうな賑わいであったようです」

俺たちと同じようにギバ肉までをも無料でふるまって、《南の大樹亭》の名を人々にアピールした、ということか。やはり商魂《しょうこん》のたくましさでは、ナウディスが頭ひとつ抜けているようである。

「申し訳ありませんが、屋台は倉庫の前に置いておいていただけますか？　手が空いたら片付けておきますので」

「了解しました。それでは、また夕刻に」

そうして俺たちは屋台を返却《へんきゃく》し、一路、森辺の集落を目指すことになった。

集落に帰りついたのは、下りの一の刻を少し回ったぐらいで、今日という長い一日はまだまだ終わらない。ここから夕暮れ時までは、ひたすら屋台と宿屋の料理の下準備だ。

復活祭に入ってから、宿屋に卸《おろ》す料理はローテーションで手分けすることになっていた。今日で言うと、ファの家が《玄翁亭《げんおうてい》》の料理を受け持ち、ルウの家が《キミュスの尻尾亭》と《南の大樹亭》の料理を受け持つことになる。一日置きに、どちらかが二店舗《てんぽ》を受け持つ、という格好だ。やはり三店舗分をまとめて受け持つというのは相当の労力なので、復活祭が終わってもこのローテーションを保つべきなのではないのかなと俺は考えていた。

ともあれ、作業開始である。

《玄翁亭》に卸す『ギバのソテー・アラビアータ風』が六十食分、屋台で使う『ポイタン巻き』が百六十食分、『ギバとナナールのカルボナーラ』が二百食分、日替《ひが》わりメニューの『タラパ煮込《にこ》み』が百二十食分。以上を作製し、余った時間にはまたカレーの素《もと》とパスタの仕込みも進めなくてはならない。

だけどまあ、この中で『ポイタン巻き』と『ギバとナナールのカルボナーラ』は現地で仕上げるメニューなので、どうにかなるだろう。焼きポイタンの作業は居残り組のかまど番たちに一任していたし、『ポイタン巻き』のタレは昨日の内に作り終えている。よって、準備に手間のかかるパスタはこれまで通りの数におさえつつ、『ポイタン巻き』と日替わりメニューは二十食分を上乗せすることに定めたのだった。

ちなみに『タラパ煮込み』というのは、イタリア風の煮込み料理であった。本日はルウ家のメニューが『ギバのモツ鍋《なべ》』と『ミャームー焼き』であったので、タラパかぶりする恐れもない。ということで、俺も大々的にタラパ料理を扱《あつか》うことにしてみたのである。

ベースとなるタラパソースは昔ながらのレシピにさらなる改良を加えたもので、アリアとミャームーのみじん切りをレテンの油で炒《いた》めたのち、タラパと果実酒をあわせて煮込み、塩とピコの葉で味を整える。隠し味にはタウ油と砂糖を使い、それにシムの香草でもっともバジルに近いように思えるものもつけ加えていた。

肉の部位はバラとモモで、六十グラムずつの見当で大きく切り出している。塩とピコの葉で下味をつけたのち、表面だけを焼いて、あとはソースで煮込むのだ。

野菜はアリアとティノとネェノン、ロヒョイとマ・プラとチャン、という『照り焼き肉のシチュー』にも負けない大盤振《おおばんぶ》る舞《ま》いである。さらに特筆するべきは、皿に盛った後、ギャマの乾酪《かんらく》を挽《ひ》いたものを添加《てんか》する予定でいる。

タラパ主体の料理というのは、古くはルティムの祝宴《しゅくえん》で供したシチュー、そして屋台の最初のメニューである『ギバ・バーガー』の時代から研鑽《けんさん》を積んできたものであった。不慣れな道具で、未知なる食材を使い、試行錯誤《しこうさくご》しながら調理を続けてきた俺にとって、もっとも馴染みの深いメニューでもある。

レイナ＝ルウたちは、そんなタラパのソースをベースにして、『照り焼き肉のシチュー』という素晴らしい料理を考案した。それに刺激《しげき》を受けた俺は、現時点での全身全霊《ぜんしんぜんれい》で、自分のベストとも思えるタラパ料理を作りたい、という欲求にとらわれてしまったのだった。

それでも、これを食したお客さんたちが翌日にルウ家のシチューや『ギバ・バーガー』を食したとしても、物足りないと感じることはないだろう。そのように信じたからこそ、俺も手加減ぬきで自慢《じまん》の料理を提供できるのである。

俺にとっては、もはやレイナ＝ルウやシーラ＝ルウだって、マイムやヴァルカスに負けないぐらい、見過ごせぬ存在であるのだ。自分にできる最高の料理を作って、みんなと切磋《せっさ》琢磨《たくま》したい。そのように思いながら、俺はその日も懸命《けんめい》に仕事に取り組むことになった。

「……楽しそうだな、アスタよ」

と、鉄鍋《てつなべ》の中身を煮《に》詰めていたところで、アイ＝ファにそのように呼びかけられる。荷運びの他には為《な》すこともないアイ＝ファは、さっきからかまどの横に座り込んで、じっと俺の働く姿を眺《なが》めていた。

「ああ、もちろん楽しいけど、それがどうかしたか？」

「どうもしない。楽しそうだから楽しそうだと述べたまでだ」

ひょっとしたら狩人としての仕事を果たせない我が身《み》を嘆《なげ》いているのかな、と思ってしまったが、アイ＝ファは意外なほど優《やさ》しげな眼差しをしていた。そんなアイ＝ファの姿を見返しているだけで、何がなし胸がどきついてしまう。

「……なんだかお前も楽しそうだな、アイ＝ファ？」

「うむ？　家人が幸福ならば、私も幸福だ。今さらそのようなことは言うまでもあるまい」

木漏《こも》れ日《び》が差し込んで、金褐色《きんかっしょく》の髪がきらきらと輝いている。

どうも昨晩から、アイ＝ファの魅力《みりょく》に磨《みが》きがかかってしまい、俺を落ち着かない心地《ここち》にさせるようだった。

だけど幸福で、甘《あま》い感覚を内包した落ち着かなさだ。

（やっぱり俺は――）

アイ＝ファのことが大好きなんだなと、そんな当たり前の思いが熱風のように胸を吹き過ぎていく。

そうして時間は着々と過ぎていき、次の仕事の刻限も順当に迫ってきたのだった。

## 4

俺《おれ》たちが宿場町を目指したのは、下りの四の刻の半であった。

一刻がおよそ七十分ていどである、と考えると俺などは混乱しがちなのだが、あえて言《い》い換《か》えるならば、午後の五時十五分あたりのことだ。

ちなみに日没《にちぼつ》は下りの六の刻、およそ午後の七時である。あまり帰りが遅くなってしまっても何なので、下りの五の刻には営業を開始して、二刻の後ぐらいには店じまいをしたい、という目論見《もくろみ》であった。

そうなると、営業時間はわずか百四十分ていどとなり、日中の商売より一時間ばかりも短い計算になってしまうが、それでも商品を余らせることにはならないのではないだろうか、と俺は考えていた。

理由は簡単で、このジェノスにおいて晩餐《ばんさん》というのは、日中の軽食の一・五倍の量を求められるためである。ならば、普段《ふだん》はふた皿で満足するお客さんたちも三皿ずつを所望《しょもう》するようになり、一・五倍のスピードで商品が売り切れるのではないか、という算段だ。

もちろんこの夜にどれだけのお客さんが来てくれるかは未知数であったから、いざというときにはもう一刻ぐらいは延長する覚悟《かくご》を固めている。就寝《しゅうしん》の早い森辺の民でもそれぐらいなら睡眠《すいみん》不足になることはないだろう、という打ち合わせを経《へ》ての計画であった。

で、何とかかんとか下準備を終えた俺たちは、予定通りの刻限に宿場町へと到着したわけであるが、町は日中と変わらぬ賑わいを見せていた。この時刻に宿場町へ下りたのは初めてのことなので、普段と比《ひ》較《かく》してどれぐらいの賑わいであるのかはわからない。だけどとにかく、宿場町は賑わっていた。

宿屋の前に出されていた椅子や卓は片付けられて、ふるまいの肉や果実酒もとっくに尽きた頃合《ころあ》いであろうに、人々は浮きたった様子で街道《かいどう》を行き交っている。この夜を目指してジェノスに到着した人も多いのか、普段よりも荷車やマント姿の旅人が多いようにも感じられた。

ともあれ、商売の準備である。

いつも通り、屋台を借り受ける班と宿屋に料理を届ける班に分かれて、それぞれの道を取る。護衛役の狩人たちも、それに合わせて人数を散らした。

ちなみにかまど番の人数はこれまで通り十四名であったが、勝手のわからない夜間の営業ということで、護衛役は十三名に増員されていた。それに視察役のスフィラ＝ザザが加わるので、総員は二十八名。四台の荷車に六名ずつ、さらにミム・チャーとレイ家のトトスに二名ずつを乗せての、過去最大の人数と相成った。

護衛役で、俺と馴染みが深いのは、アイ＝ファ、バルシャ、ルド＝ルウ、シン＝ルウ、ラウ＝レイ、ダン＝ルティム――それにジザ＝ルウとガズラン＝ルティム、さらにはダルム＝ルウ、ジィ＝マァム、ギラン＝リリンという顔ぶれまでもが出そろうことになった。名前のわからない残り二名はムファとミンの男衆であるという話であったから、ルウの七つの血族がくまなく網羅《もうら》されていることになる。

それにしても驚くべきは、ルウ本家の兄弟三名が勢ぞろいしていることであろう。いまだ右の手の平の傷が治らないダルム＝ルウであるが、左肩《ひだりかた》は完治したので護衛の役には問題なし、という話になったものらしい。

ちなみにルウ家のかまど番は、もともとの当番であったシーラ＝ルウとリミ＝ルウに加えて、ララ＝ルウの姿もあった。これは仕事後の《ギャムレイの一座》の見物に参加したいため、レイ家の女衆と当番を代わってもらったのだそうだ。

とにかくそんな顔ぶれで、俺たちは商売の準備に取りかかることになった。開放したままであった青空食堂も、果実酒や肉汁《にくじゅう》が卓にこぼされてしまっていたものの、椅子が盗《ぬす》まれることもなく無事に俺たちを待ってくれていた。

担当の人間は料理や鉄板を温め、手の空いた人間は食堂の清掃《せいそう》に取りかかる。新人のかまど番たちもだいぶん仕事や場の雰囲気《ふんいき》になれてきたようで、とりたてて問題は見られない。

「何だ、今日は夜も屋台を開いてくれるのか？」

と、目ざといジャガルの一団がわらわらと寄ってきてくれた。

「はい。祝日だけは、夜も営業をしようかと。昼間は商いを禁じられてしまいますしね」

「そいつはありがたい！　どうせ宿屋の食堂は満杯《まんぱい》だろうし、どこで飯を食うか悩《なや》んでいたんだよ！」

彼らは、本当に嬉《うれ》しそうな顔をしてくれていた。

「夜に店を出すのは初めてなのですが、料理屋以外の屋台もけっこう出ているのですね。これもやっぱり祝日ならではなのでしょうか？」

「ああ、普段はわざわざ夜に鍋や壺《つぼ》を買う人間なんていないからな。それでも祝日なら気も大きくなる人間が多いから、商人たちも昼間に稼《かせ》げなかった分を取《と》り戻そうとしてるんだろう」

露店区域も、日中の八割ていどの割合で店が出されていたのだ。だけどやっぱり、生活用品よりは飾り物や綺麗《きれい》な織物の店が主であるように見受けられる。それに、中には商売そっちのけで酒を酌み交わしている人々もいるようだった。

「お、そろそろ下りの五の刻か」

と、後ろのほうにいたお客さんがぽつりとつぶやいた。見ると、屋根なしの大きな荷車をトトスに引かせた衛兵たちが、南の方角からやってきたところであった。

通りにあふれた人々を追い散らし、街道の真ん中に何か大きな荷を置いては、こちらに粛々と進軍してくる。そして、その荷の置かれた場所には二名ずつの兵士が居残って、長柄《ながえ》の木槍《きやり》を掲《かか》げていた。

「あれは何をされているのですか？」

「うん？　ああ、あれは火の準備だよ。ジェノスならではの習わしだな」

そんな話をしている間に、衛兵たちは俺たちの店の前にもやってきて、街道の上に積荷を下ろした。

それはひとかかえもある大きな鉢《はち》であり、木の骨組みで一・五メートルぐらいの高さに革《かわ》の屋根が張られているようだった。暗くなったら、鉢の中の燃料に火を灯《とも》すのだろう。革の屋根は、急な雨に備えたものであるに違いない。

そんな火鉢《ひばち》が、七、八メートル置きに点々と置かれている。置かれている場所は、十メートルもの道幅《みちはば》を持つ街道のど真ん中だ。これならまあ、荷車が通行する邪魔《じゃま》にもならないし、屋台や家に延焼《えんしょう》する危険もないだろう。

しかしこの石造りの主街道は、宿場町の区域だけでも数百メートルものびている。この間隔《かんかく》で南の端《はし》まで衛兵が二名ずつ配置されているとなると、それだけでものすごい人員が必要となるはずであった。

「祝日だからな、普段以上の人手を割《さ》いてるんだろう。そもそも普段は夜に屋台を出す人間も少ないから、みんな南側に集められて、火の準備もそのあたりにまでしかされていないんだよ」

「なるほど。で、みんなが寝静《ねしず》まった頃《ころ》に撤収《てっしゅう》するわけですか?」

「そうだろうね。俺だってその頃は寝具《しんぐ》の中だから見たことはないが、火鉢を片付けた後は松明《たいまつ》を持った衛兵がぞろぞろ巡回してるって話だよ」

城下町の外は襲撃者《しゅうげきしゃ》を避ける石塀《いしべい》もないので、そうして人海戦術で町は守られているのだ。宿場町のみならず、トゥランやダレイムだって同じように守られているのだろう。護民兵団というものには少なからず苦い記憶《きおく》を持つ俺でも、彼らの働きには頭が下がる思いであった。

と、そんなことを考えていたところで、北の端からトトス連れで戻《もど》ってきた衛兵が俺の屋台に近づいてきた。

「おい、お前たちも夜に店を開くのか?」

サトゥラス区域警護部隊、五番隊第二小隊長のマルスである。

俺は笑顔《えがお》で「はい。そちらもご苦労さまです」と返事をしてみせた。

「本当にご苦労だ。頼むから、俺の仕事を増やしてくれるなよ？」

むっつりとした顔で言ってから、マルスはちょっと切なげに屋台の鉄鍋を覗《のぞ》き込んできた。

「それにしても、胃袋《いぶくろ》にこたえる香りだな。タラパの煮込み料理か」

「はい。食事がこれからでしたら、おひとついかがです？」

「馬鹿《ばか》を抜かすな。仕事の最中に買い食いなどできるか。詰《つ》め所《しょ》では、きちんと当番の者が食事をこしらえてくれているのだ」

そんな風に言いながら、マルスは未練たらしく鉄鍋の中身を見つめていた。俺の担当は、新メニューたる『タラパの煮付《につ》け』である。タラパのソースがこぽこぽと小気味のいい音をたてて、実に蠱惑的《こわくてき》な香りをたちのぼらせていた。

「……それではな。特にこの店はあのような連中の差し向かいにあるのだから、くれぐれも騒《そう》動《どう》には気をつけろ」

そうしてマルスは、毅然《きぜん》と背筋をのばして立ち去っていった。

あのような、とは、もちろん《ギャムレイの一座》のことであろう。茜色《あかねいろ》に染まりつつある空の下、巨大《きょだい》な天幕は静まりかえっている。どうやらまだ本日の営業は始まっていないらしい。

「なあ、俺たちも腹が減ってきちまったよ。まだ準備はできないのか？」

ジャガルのお客さんにせっつかれて、俺は左右の屋台を見回してみた。ルウ家の意見をまとめたアマ・ミン＝ルティムが笑顔で手を振り、トゥール＝ディンとヤミル＝レイもうなずき返してくる。

「はい、それでは販売《はんばい》を開始いたします」

普段のように、何十名もの人々が待ち受けていたわけではない。が、こんな北の端でも人通りは多かったので、すぐにいつもと変わらぬ勢いでお客さんたちが押し寄《よ》せてきた。

それに、ここまで屋台を引いてきたのだから、道行く人々にも本日の営業は伝わっていただろう。南の側からもどんどん人々はやってきて、気づけばいつも以上の賑わいになってしまっていた。

本日からは、混雑を予想して試食も取りやめている。俺は準備された木皿に次々と『タラパの煮付け』をよそうことになった。銅貨を受け取るのは、今日が最後の参加となるアイ＝ファだ。どれだけお客に押し寄せられても、アイ＝ファは凛然《りんぜん》と仕事をこなし、手ぬかりなく売り子の役目を果たしてくれた。

そして――営業開始十分ほどで、ララ＝ルウが俺のもとに飛んでくることになった。

「アスタ！　席が全然足りないよ！　だからみんな、あっちの空き地に敷物《しきもの》を広げ始めちゃってるの。これって、掟破りなんだよね？」

「え？　うーん、そうだねえ。俺たちの準備した木皿で食べている以上、俺たちの責任かな」

「だったら、宿屋で場所代を払《はら》ってくるよ！　シーラ＝ルウがそうするべきだって言ってるんだけど、アスタもそれでいい？」

「うん。その銅貨はファとルウで半分ずつ払おう」

「わかった！　シン＝ルウ、一緒《いっしょ》に来て！」

そうしてララ＝ルウは、人混みの向こうへと消え去っていった。

出だしから、いきなりのアクシデントである。合計で屋台八つ分のスペース、八十四席でもまったく足りなかったらしい。

（こいつはまいったな。初日の勢いをなめてたかもしれない）

『暁《あかつき》の日』からは客入りが倍増する、とは聞いていたが、青空食堂を開店する以前と昨日までの間で、すでに客足は倍近くのびていたのだ。さらにそこから飛躍的《ひやくてき》に客足がのびるなどとは、俺たちも予想できていなかった。

もちろんこれは祭の初日の祝日ゆえの勢いなのかもしれないが、何にせよ、ジェノスの法を破ってしまわないように対処しなくてはならない。場所代は十日ごとの貸し出ししか認められていなかったので、日中の営業ではスペースを余らせてしまうことになるとしても、正規の手続きを踏《ふ》んで場所を借り受ける他なかった。

（木皿の数は足りるのかな。それだって、客席の数に合わせて準備をしたんだから、ゆとりをもって買いそろえた分もすぐに尽きてしまうかもしれないぞ）

俺自身の仕事は、煮付けを皿に盛るだけなので、昨日までに比べると格段に楽である。が、そのスムーズな手際《てぎわ》こそが客席の不足に拍車《はくしゃ》をかけているのかもしれない。『ギバのステーキ』や『ギバ・カツ』などは手間がかかるぶんお客の回転が悪くなり、きっとそれゆえに客席にもゆとりが生まれていたのだ。

「……どうしたのだ、アスタ？」

「いや、自分の迂闊《うかつ》さを反省してるだけだよ」

「そうか。何が迂闊であったのかはわからぬが、自分でそう思うのならば大いに反省するがいい」

「うん。そうさせていただくよ」

とりあえず、食器だけは明日にでも追加で注文せねばなるまい。夜間の営業はあと二回も控《ひか》えているのだから、決して無駄《むだ》な投資にはならないだろう。

「ただいま！　ファの家の分は、とりあえず立《た》て替《か》えておいたからね！」

屋台に戻ってきたララ＝ルウがそれだけを言い置いて、食堂のほうに駆けていく。こちらもちょうど木皿が尽きてしまったところであったので、並んでいるお客さんたちには丁寧《ていねい》におわびの言葉を入れ、アイ＝ファに留守番を託《たく》し、俺もそちらのほうに足を向けてみた。

「うわ、こいつはえらいことだ」

食堂が満員であるのは言わずもがな、その向こう側の空き地も、食堂と同じぐらいのスペースが地べたに座り込んだ人々によって埋《う》め尽くされてしまっていた。

もちろん、地べたに座って料理を広げているのだから、食堂ほど効率よくスペースが使われているわけではない。食堂の八十四席に対して、そちらにあぶれているのは目算で五十名ほどであるようだった。

「ほら！　そっちのあんたはもっと詰めて！　こっから先はあたしたちの借りた場所じゃないから、はみだすと衛兵にしょっぴかれることになるよ！」

ララ＝ルウがそのようにわめきながら、シン＝ルウに手を借りて縄《なわ》を張っている。やはり食堂と同じ面積、屋台八台分のスペースを新たに借りつけたらしい。土の地面に鉄鍋を運ぶためのグリギの棒を打ち込んで、そこにてきぱきと縄を張っていた。

「今日はララ＝ルウがいて助かりました。わたしや他の女衆だけでは、あそこまですみやかに動けなかったことでしょう」

と、空の木皿を抱《かか》えたシーラ＝ルウが背後から呼びかけてきた。

「でも、ララ＝ルウに指示を出したのはシーラ＝ルウなのですよね？　素晴らしい判断だったと思います」

「いえ、これで一日に赤銅貨八枚も余計に使ってしまうのですから、本当に正しい判断であったのか、アスタに確認《かくにん》してほしかったのです」

「完全に正しかったと思いますよ。俺の見込みが甘かったばっかりに、申し訳ありません」

「そのような顔はなさらないでください。これはファとルウが手を取り合って為している仕事ではないですか。責任もその栄誉《えいよ》も、わたしはともに分かち合いたいと思います」

そう言って、シーラ＝ルウは樽《たる》の水で食器を洗い始めた。これがなくては俺も仕事を再開できないので、当然のこと、手伝わせていただく。

リミ＝ルウやユン＝スドラやラッツの女衆たちは、倍のスペースとなった食堂をちょこちょこと歩き回り、空になった皿を回収している。そこにアマ・ミン＝ルティムが加わっているのは、やはり俺と同じように木皿を使い果たしてしまったため、留守をミンの女衆に任せて手伝いに駆けつけたのだろう。

「日没の後も一刻か二刻は居残る予定であったのですよね？　しかしこれならば、もっと早くに仕事を終えることになるのではないでしょうか？」

と、手を動かしながらシーラ＝ルウが問うてくる。

「今はきっと、下りの五の刻の半ぐらいですよね。ええ、下手をしたら日没の六の刻から一刻足らずで売りきってしまうかもしれません」

「それは、素晴らしいことだと思います。次の祝日には、もっとたくさんの料理を売ることもできる、ということなのですから」

そう言って、シーラ＝ルウは洗った木皿と木匙《きさじ》を俺に手渡《てわた》してきた。

「その栄誉も、ファとルウが分かち合うべきものです。ジザ＝ルウやスフィラ＝ザザも、きっとわたしたち以上に驚《おどろ》かされていることでしょう」

俺はシーラ＝ルウの力強い笑顔を見つめ返し、それから屋台に舞い戻った。屋台には、すでに十名以上のお客さんが並んでしまっている。そちらに「お待たせいたしました！」と呼びかけてから、俺はレードルを取り上げた。

世界はすでに、夕闇《ゆうやみ》に包まれている。日差しは弱々しく、空も茜色から紫色《むらさきいろ》に変じていた。

それからさらに十五分ていどが経過した頃合いであろうか。街道に立ち並んだ衛兵たちが、ついにラナの葉で火鉢に明かりを灯し始めた。

ポッ、ポッ、ポッ、と北から順に暖かいオレンジ色の火が宿っていく。

それを待ち受けていたかのように、客席や通りの人々が「太陽神に！」という声を唱和させた。

見れば、北西の方向にも火が灯っている。城下町の城壁《じょうへき》に、見張り用のかがり火が焚《た》かれたのだ。

前にそれを目にしたのは、ダバッグからの帰り道――一番最初に目にしたのは、トゥラン伯《はく》爵邸《しゃくてい》から解放された夜だ。電気の通っていない町に灯された、不夜城の明かりである。それがなければ、空には俺の知らない星座の形を確認することもできるだろう。

何だか俺は、心臓をわしづかみにされるような感覚にとらわれてしまっていた。

人々の笑顔や歓声《かんせい》、祭の熱気が、さらにその感覚を際立《きわだ》たせていく。

こんな感覚には、覚えがあった。あれは、およそ三年前――中学二年の十二月のことだ。

俺は猟友会《りょうゆうかい》のファームキャンプに参加して、生まれて初めてイノシシをさばくことになった。

それは三日間の泊《と》まり込みで、初日の夜は初対面の人たちばかりと過ごすことになった。そうして自分にあてがわれた寝室《しんしつ》で、何となく眠《ねむ》り難《がた》い気持ちになり、白い息を吐《は》きながら、窓から冬の星空を見て、俺はこんな感覚にとらわれたのである。

見知らぬ異国にひとりぼっちでいるような――それでいて、妙《みょう》なすがすがしさをも内包した、それは郷愁感《きょうしゅうかん》と解放感が複雑にもつれあった感覚であった。

（……親父《おやじ》や玲奈《れいな》は、今ごろどんな気持ちで毎日を過ごしているんだろう）

急に足もとが、ぐにゃりと歪んだ気がした。

その瞬間、「おい」と肩《かた》を小突《こづ》かれた。

「何を仕事中に自失しているのだ？　鍋は常にかき回すべしと言っていたのは、お前であろうが？」

アイ＝ファの青い瞳《ひとみ》が、俺を見つめていた。

俺は慌《あわ》ててレードルを取り直し、鍋を攪拌《かくはん》する。目の前にはシムのお客さんが立っていたが、また木皿が尽《つ》きてしまっていたので料理をお出しすることはかなわなかった。

「ごめん、もう一回食堂のほうに行ってくるよ。鍋の攪拌をよろしくな」

「待て」と、アイ＝ファが俺の腕《うで》をつかんできた。

小突くぐらいならまだしも、最近のアイ＝ファがここまでしっかりと俺の身に触《ふ》れるのは珍《めずら》しい。アイ＝ファは俺の身体を引き寄せて、近い距離《きょり》から瞳を覗き込んできた。

「アスタ、大丈夫《だいじょうぶ》なのか？」

「うん、大丈夫だよ」

「……本当に大丈夫なのか？」

「うん、本当に大丈夫だ」

「……そうか」と、アイ＝ファは俺の腕を離《はな》した。

「ならばよい。己《おのれ》の仕事を果たすがいい」

「了解《りょうかい》だ。それじゃあ鍋の攪拌をよろしく」

俺は、本当に大丈夫だ。アイ＝ファがそばにいてくれる限り。

そのように思いながら、俺は足を踏み出《だ》した。

足もとは暗かったが、そこには奈落《ならく》の穴など空いておらず、しっかりとした土の地面の感触《かんしょく》だけが伝わってきた。

（楽しい祭のさなかに感傷にとらわれるってのは、よくあることさ）

アイ＝ファにつかまれた左の二の腕には、まだその体温が残されているような気がした。

その温《ぬく》もりが、俺に何よりの力を与えてくれるようだった。

## 5

そうして下りの六の刻に至り、太陽神がその姿を隠《かく》してしまうと、通りにはいっそうの活気が満ちることになった。

中には夜通しで騒《さわ》ぐ人たちもいるのだろう。ユーミなどは、日が沈《しず》んでからようやく屋台の商売を始めたぐらいであった。

「南のほうでは、ついに《南の大樹亭》が屋台を出してたよ。向こうは他にギバ料理の屋台もないから、すっごく賑《にぎ》わってるみたい」

「そっか。ユーミもそっちに店を出したほうが、得策だったんじゃないのかな？」

「だって、南に行けば行くほど余計に場所代を取られるんだよ？　ここでだって十分な稼ぎになるんだから、それならアスタたちの人気にあやかれたほうが助かるぐらいさ」

《西風亭》のお好み焼きも、実に順調な売れ行きであった。今日は盛大に、百人前を準備してきたらしい。焼いても焼いてもおっつかず、ユーミは友人のルイアとともに嬉しい悲鳴をあげている。

いっぽう、マイムはミケルをともなって、お客さんとして登場した。しかも、お客であるにも拘《かか》わらず、バルシャを護衛役として雇《やと》い、荷車で送迎《そうげい》されての登場である。

夜の宿場町は危険に過ぎる。たとえ護衛つきでも商売を敢行《かんこう》するべきかどうか、それを見極《みきわ》めるための、父親同伴《どうはん》の来店であった。

「ね？　そばにはこうやってアスタたちがいてくれるんだから、何の心配もいらないよ。行きや帰りは、バルシャがぴったり付《つ》き添《そ》ってくれるんだし」

マイムは、すがるような目でミケルを見ていた。

ちょっとひさびさの来店となったミケルは、立ち食いで『タラパの煮付け』を食しながら、これ以上ないぐらい難しい顔をしている。

「しかしな、夜には野盗の類《たぐ》いも出る。宿場町からトゥランまでの道行きで襲《おそ》われないとは限るまい」

「だから、そのための護衛役でしょ!?」

「では、その護衛役が引き上げた後はどうなのだ？　帰り道を尾《つ》けられて、家の中に踏み込まれたら、銅貨どころか生命さえも危《あや》うくなってしまうぞ」

マイムは眉尻《まゆじり》を下げ、便秘の子犬みたいなお顔になってしまった。

そのおさげにした褐色《かっしょく》の頭を、バルシャが笑いながらぽんぽんと叩《たた》く。

「それなら、後を尾けられなきゃ心配はないよねえ？　あたしはこれでもマサラの狩人だ。トトスや荷車に乗って追いかけてくる人間なんかがいたら、絶対に見逃《みのが》したりはしないよ」

「しかしだな……」

「ミケル、あんたは城下町の生まれなんだってね。だから心配になっちまうんだろうけど、荒《あら》くれ者《もの》の多い宿場町でも、うまく立ち回れば何の危険もないんだよ。そら、そっちの娘《むすめ》さんなんかは、女手だけで商売をしているそうじゃないか。まさか、あたしがあの娘さんより頼《たよ》りないとまでは言わないだろう？」

下手な男性よりもごつくて雄々《おお》しいその面に、バルシャは明るく力強い笑《え》みをたたえた。

「だいたい、あたしは昼間だって野盗なんかに尾け回されないよう、十分に気を張って仕事を果たしていたんだ。何せあれだけの銅貨を稼いでるんだから、それぐらいの用心をするのは当然だろう？　誓《ちか》って、おかしな連中をトゥランに招き寄せたりはしないから、あたしの腕を信用してほしいもんだね」

それでようやくミケルも折れて、次の祝日からはマイムの屋台も参戦することが決定された。

本日はバルシャの護衛も一刻限りの契約《けいやく》であったので、料理を食したのちは、とんぼ返りでトゥランに帰っていく。

その後にやってきたのは、《ギャムレイの一座》のメンバーであった。これは日中と同じように、自分たちで器《うつわ》を準備して、天幕に持ち帰る格好である。が、姿を現したのは軽業師《かるわざし》ピノと獣使《けものづか》いのシャントゥ、それに吟遊《ぎんゆう》詩人のニーヤのみであった。

「夜の見世物が始まっちまったんでねェ。アタシらぐらいしか手が空いてないのさァ。せわしなくて悪いけど、行ったり来たりさせていただくよォ」

その言葉通り、三名は屋台と天幕を何度となく往復することになった。

それで、屋台に到着するたびにニーヤはアイ＝ファへと浮《うわ》ついた言葉を投げかけていたのだが、もちろん鋼の精神力を有する我《わ》が家長は大事なお客に荒っぽい態度を見せることなく、かといって表面上の愛想《あいそ》をふりまくでもなく、徹頭徹尾《てっとうてつび》無表情の黙殺《もくさつ》を決め込んでいた。

日没と同時に営業を開始した《ギャムレイの一座》のほうも、なかなか繁盛《はんじょう》しているらしい。天幕の入口にも、その脇《わき》に建てられた占《うらな》い小屋にも、常にちらほらと人影《ひとかげ》が吸い込まれていく姿を確認することができた。

「兄サンがたも、遊びに来れそうかねェ？」

「はい。思いのほか、早く仕事が片付きそうなので、問題なく出向けそうです」

日没の後は日時計も役に立たないが、その時点でもまだ六の刻の半にも達してはいなかっただろう。そうであるにも拘わらず、俺の目の前の鉄鍋は早くも空になりかけていたし、他の屋台も多少の差はあれゴールが見えかけている状態であるようだった。客足はいくぶん落ち着いてきたものの、相変わらず木皿は不足気味であるし、食堂は臨時で拡張した分まで満席だ。

俺たちは、この夜のために食器を買い足していた。極端《きょくたん》な話、八十四席のお客さん全員が食器を三組ずつ使っても対応できるよう、合計で二百五十二組もの食器を準備していたのである。

が、ピーク時にはその食器すべてが出払《ではら》うことになり、客席もキャパオーバーを起こしてしまった。いや、キャパオーバーを起こしたゆえに、食器も足りなくなってしまった、というべきか。平均で百三十名ものお客さんが客席に常駐《じょうちゅう》してしまっているのだから、それも当然であるのだ。

『ミャームー焼き』と『ポイタン巻き』の分は木皿が不要であるのだから、百三十名の全員に三組ずつの食器が求められることはなかったものの、それでも現状では対応できなかった。感覚的に、あと三、四十組ほどの準備があれば、食器の都合でお客さんを待たせずに済むように思われた。

（まったく、とんでもない来客数だな。次回からは、頑張《がんば》ってカレーやパスタも増やしてみるか）

この日に備えて、汁物《しるもの》は五十食分、パスタを除く三点はひかえめに二十食分ずつを増やしていたのだが、それでも二刻足らずで売り尽くしてしまいそうな勢いである。

料理の総数は、『ギバのモツ鍋』が三百五十食分、『タラパの煮付け』が百二十食分、『ミャームー焼き』と『ポイタン巻き』がそれぞれ百六十食分、『ギバとナナールのカルボナーラ』が二百食分、しめて九百九十食分だ。

平均で一人が三食の料理を買いつけていると考えれば、来客数は三百三十名で、数字上は日中よりも少ない計算になってしまう。しかしそれは、料理が早々に尽きてしまうためである。最短で百四十分、最長で二百十分の営業を予定していたのに、二時間足らずで売り切れを起こしてしまうなどというのは、さすがに予想の外であった。

（あくまで夜のメインは宿屋のほうなんだから、日中以上の勢いでお客さんが押し寄せるとは思わなかった。明日はまた、ルウ家のみんなと作戦会議だな）

そんなことを考えている間に、『タラパの煮付け』は完売してしまった。

調理に手間がかかる分、トゥール＝ディンの担当するパスタの屋台には、お客さんがずらりと並んでしまっている。が、そちらも残りは二十食分ていどであるようだ。

そうして次には『ギバのモツ鍋』が売り切れ、『ポイタン巻き』と『ミャームー焼き』も少し遅《おく》れて同時に売り切れ、最後にパスタが売り切れて、無事に完売の運びとなった。

体感で、日没から一時間は経っていないように思う。だからやっぱり、二時間足らずだ。俺たちは、ちょっぴりだけ呆然《ぼうぜん》としつつ、顔を見合わせることになった。

「……次の祝日にはどれだけ料理が増やせるか、レイナ＝ルウとも相談しなくてはなりませんね？」

汚《よご》れた木皿を洗いながら、シーラ＝ルウは誇《ほこ》らしそうに微笑《ほほえ》みながらそのように述べていた。

6

総がかりで屋台の片付けをした後は、《ギャムレイの一座》への出撃《しゆつげき》であった。

観覧希望者は、倍に増えた。前回も参加した俺とリミ＝ルウとアマ・ミン＝ルティムに加えて、ララ＝ルウとシーラ＝ルウとユン＝スドラが名乗りをあげたのである。

　そしてジザ＝ルウからは、かまど番と同数の狩人が護衛役として同行すべしと告知された。それで選出されたのは、アイ＝ファ、ルド＝ルウ、シン＝ルウ、ダン＝ルティム、ガズラン＝ルティム、ギラン＝リリンの六名である。その全員が、ルウ家の収穫祭《しゅうかくさい》で勇者の座を勝ち取った経験を持つメンバーであることから、ジザ＝ルウがいかにこの別行動を警戒《けいかい》しているかがうかがえた。

　ちなみに護衛役に選出されなかったラウ＝レイは、べつだん不満そうな様子もなく、家人のヤミル＝レイとおしゃべりに興じている。ラウ＝レイもそれなりに好奇心《こうきしん》は旺盛《おうせい》であるように思えたが、ヤミル＝レイさえそばにいれば、それほど不満も生じないのだろう。

　いっぽうダルム＝ルウなどは、最初から旅芸人の見世物にも興味なさげな様子であったのだが――そのクールな横顔を、ちょっと切なげな面《おも》持ちで見つめている人物がいた。ついさきほどまでは満ち足りた様子で微笑んでいた、シーラ＝ルウである。

　シーラ＝ルウにしてみれば、憎《にく》からず思っているダルム＝ルウとともに見世物を巡《めぐ》りたかったのだろう。しかしダルム＝ルウは、ここ二回の収穫祭で勇者の座を獲得《かくとく》できなかったために、護衛役からは外されてしまったのだった。

　なんだかちょっぴり気の毒だな――と、俺がそのように考えていると、にわかにリミ＝ルウが「ジザ兄！」と元気な声をあげた。

「今日は、ターラも一緒に行くんだよね！　だったら、狩人ももうひとり増やしたほうがいいんじゃないかなあ？」

「……こちらに居残る側は、六名もいれば十分だ。連れていきたいのなら連れていけばいい」

「ありがとー！　それじゃあ行こうよ、ダルム兄！」

「なに？」と、ルウ本家の次兄《じけい》はいぶかしそうに末妹を振《ふ》り返《かえ》る。

「どうして俺なのだ？　俺は曲芸などというものに興味はないぞ」

「そんなの、みんな一緒でしょー？　女衆はルウとルティムばっかりなんだから、男衆もできるだけそのほうがいいんじゃない？」

「……ふん。確かに、お前たちのせいで眷族《けんぞく》の手をわずらわせるのは道理にかなっていないな」

ということで、ダルム＝ルウの参戦が決定された。

なおかつ、ジザ＝ルウによって新たな命令も発せられた。

「ダルムよ、あのようにあやしげな場所に踏み込むのだから、最大限に注意を払え。女衆には一人ずつの男衆がつき、組となるのだ」

たぶんジザ＝ルウは、この場の責任者としての使命をまっとうしようとしただけなのだろう。だけどおそらくリミ＝ルウには、言葉以上の思惑《おもわく》があったに違《ちが》いない。ジザ＝ルウの言葉を耳にするなり、してやったりというような笑みを浮《う》かべていたものである。

ともあれ、俺たちは男女一名ずつのペアになることになった。俺とアイ＝ファ、リミ＝ルウとルド＝ルウ、ララ＝ルウとシン＝ルウ、ガズラン＝ルティムとアマ・ミン＝ルティムの四組は、最初から決定済みのようなものだ。

「やっぱり、ルウ家はルウ家とだよねー？」

そのように発言するリミ＝ルウは、悪戯小僧《いたずらこぞう》をとびこえて小悪魔《こあくま》にすら見えてしまった。何にせよ、シーラ＝ルウとダルム＝ルウで確定である。

あとは顔馴染《かおなじ》みということで、ダン＝ルティムがターラを受け持つことになり、消去法でユン＝スドラはギラン＝リリンと組むことになった。

「スドラの家のユン＝スドラと申します。大変なお手間をかけさせてしまいますが、どうぞよろしくお願いいたします」

「いえいえ、こちらこそ。わたしはリリンの家長でギラン＝リリンと申します」

ギラン＝リリンが頭を下げると、ユン＝スドラは「まあ」と口をほころばせた。

「あなたはルウの血族であり、リリン本家の家長であるのでしょう？　わたしのような小さき氏族の女衆に、そんな丁寧なふるまいは必要ないかと思います」

「そうなのだろうか。血族ならぬ氏族の女衆と口をきく機会などはしばらくなかったので、どのようにふるまうべきかを迷っていたのだ」

そう言って、ギラン＝リリンは屈託《くったく》なく微笑んだ。中肉中背で、目もとの笑《わら》い皺《じわ》と切りそろえた口髭《くちひげ》が印象的な、壮年《そうねん》の男衆である。その柔和《にゅうわ》な外見とは裏腹に、狩人の力比べではミダやジィ＝マァムをも打ち負かせるほどの実力者であるのだが——そんなギラン＝リリンが年若いユン＝スドラとにこにこ微笑み合っている姿は、なんとも微笑ましい限りであった。両名ともに灰褐色《はいかっしょく》の髪《かみ》をしているためか、そうして並ぶとまるで親子か何かのようである。

「で、あのターラという娘はいつ来るのだ？　屋台にも顔を見せなかったし、ずいぶん遅《おそ》いではないか」

ダン＝ルティムがそのように問うたとき、リミ＝ルウが「来たー！」と飛びあがった。人混《ひとご》みの向こうから、見慣れた三名が近づいてくる。ターラと、二名の兄たちだ。

「遅くなっちゃって。ごめんねー！　ちょっと色々あわただしくって！」

「申し訳ない。うちの家でも親族を集めて、祝いをあげていたもので」

それに関しては、事前に聞いていた。ダレイムにはダレイムなりの祝い方、というものがあるのだろう。

「ふむ？　ドーラはどうしたのだ？　このような場に姿を現さないのは珍しいではないか」

「父は、すっかり酔《よ》いつぶれてしまいました。そんなに強くもないのに昼から飲んでいたのですから、当然ですね」

「何だ、情けない！　いずれ飲み比べをしようなどと言っていたのは何だったのだ！」

ガハハとダン＝ルティムは大声で笑い、息子《むすこ》さんたちも楽しそうに微笑んだ。ダン＝ルティムとドーラ一家に関しては、もはやつうつうの仲である。

「それでは、妹をお願いします。……あの、俺たちもこの場で待たせていただいていいですか？」

ドーラ家の長兄《ちょうけい》に呼びかけられ、ジザ＝ルウは不審《ふしん》げに首を傾《かし》げる。

「別にかまわんが、おそらく貴方《あなた》たちと縁《えん》のある者たちは、その大半がこの場を離れるはずだ」

「ならば、残られる人たちと縁を結ばせてもらいたいものです」

ジザ＝ルウはしばし沈思《ちんし》してから、ゆっくりとうなずいた。

息子さんがたは、「ありがとうございます」と声をそろえる。

「あ、アスタたちは見世物小屋に行くんだよね？　危ないことはないだろうけど、他の客に銅貨をかすめ取られないように気をつけてねー」

と、鉄板の熱気で汗《あせ》だくになったユーミが、屋台のほうから声をかけてくる。そちらは俺たちより一刻遅れの開店であったし、あまり効率のよくないお好み焼きというメニューであったため、いまだ営業中であったのだ。

「うん、それじゃあまた後でね。ユーミを取り残すことになっちゃって申し訳ないけど」

「気にしないでいいってばー！　アスタたちがいなきゃいないで、この客入りだもん！」

他のギバ料理が尽きてしまったため、《西風亭》の屋台には長蛇《ちょうだ》の列ができてしまったのである。鉄板でポイタンの生地《きじ》を焼きながら、ユーミは「にひひ」とルド＝ルウばりのいい笑顔を見せていた。

「よし、それでは出発しましょう。ジザ＝ルウ、またのちほど」

「うむ。有事の際は、狩人らの指示に従うようにな」

ジザ＝ルウたち居残り組は、屋台や荷車とともに同じスペースで待つ段取りである。トゥール＝ディンやラッツの女衆たちは、笑顔で俺たちを見送ってくれた。

そんなわけで、《ギャムレイの一座》の天幕だ。

日没から一刻ていどが経過しても、客入りに変わりはないようだった。大混雑という様子ではないが、常にちらほらとお客はやってきている。占い小屋の屋台でも、三名ほどの若い娘が嬌声《きょうせい》をあげながら順番を待っていた。

明かりの灯された街道も、俺たちが閉店してしまったためかいくぶん人通りが少なくはなってきたが、それでも果実酒の土瓶《どびん》を掲げて行き来している人々は多い。そんな中で、衛兵たちは退屈《たいくつ》そうに立ち並んでいた。

「ふむ。これは確かに、あやしげだな」

巨大な天幕を見上げながら、ギラン＝リリンが楽しげに声をあげる。この中ではダン＝ルティムに次ぐ年長者であるが、好奇心の度合いは若者たちに負けていないようだった。

ともあれ、俺たちはまたリミ＝ルウとターラを先頭に、天幕の中へと足を踏み込んだ。

入口に、ガラスで炎《ほのお》を閉じ込めたカンテラのようなものが吊《つ》るされていたが、あとは夜闇《やあん》に覆《おお》われてしまっている。数メートルの前方に同じ明かりが見えたので、俺たちはそれを目印に歩を進めた。

その明かりのもとでは数名の西の民《たみ》が立ち止まり、受付の人間に銅貨を払っている。受付に立っているのは、小男ザンに吟遊詩人ニーヤという、ちょっと奇妙《きみょう》な取り合わせであった。

「おお、美しい人よ、ようやく俺《おれ》に会いに来てくれたのだね！」

と、アイ＝ファの姿を発見するなり、ニーヤが喜びの声をほとばしらせた。たちまち、アイ＝ファの瞳が半眼に隠される。

「……吟遊詩人とやら、今はお前が店の人間であり、私が客の立場だ」

「ああ、ようやく声を聞かせてくれたね。まるでフルニヤの鳥の羽ばたきみたいに美しい声だ」

「……だからはっきり言わせてもらうが、お前は不愉快《ふゆかい》だ。その妙にねっとりとした声も、浮ついた言葉の内容も」

ニーヤは一瞬《いっしゅん》きょとんとしてから、陶然《とうぜん》と微笑んだ。

「ううん、その獲物《えもの》を狙《ねら》うガージェの豹《ひょう》のような眼光が、またたまらないね！　俺は人を骨抜《ほねぬ》きにするのが仕事なのに、こっちが骨を抜かれてしまいそうだ！」

けっきょくアイ＝ファは口をつぐむことになり、俺は脱力《だつりょく》気味の吐息《といき》をつくことになった。

こんなに浮ついた人間と相対するのは、それこそカミュア＝ヨシュ以来のことであったかもしれない。

「銅貨をお支払《しはら》いいたします。……ピノは仕事中ですか？」

「ピノ？　ああ、天幕のどこかで誰《だれ》かを手伝ったり邪魔したりしているはずだよ。あいつは存在自体が見世物みたいなもんだからねえ。暗がりで出くわしたら、悲鳴をあげないようにお気をつけて」

どうやらこの御仁《ごじん》の軽薄《けいはく》さは、無差別で全方位に向けられるものであるらしい。俺たちは無言の小男の指し示す草籠《くさかご》に銅貨を投じ入れ、手ずから垂れ幕を引き開けることになった。

先日も通った、雑木林の道である。間遠に明かりが灯されているが、それこそ夜の森にも負けない不気味な様相だ。先に入ったお客さんたちの姿はすでになく、突《つ》き当《あ》たりのほうから「ぎゃーっ！」という男の悲鳴が聞こえてきた。

「おう、黒猿《くろざる》めはまた同じ場所におるのかな。こいつは楽しみだ」

ターラの背後を守ったダン＝ルティムが、愉快げに言う。

七色の鳥や大亀《おおがめ》に行方《ゆくえ》をさえぎられることなく、俺たちも通路の突き当たりに到達《とうたつ》することができた。そこで、リミ＝ルウがはしゃいだ声をあげる。

「わー、ヒューイとサラだあ！」

網目《あみめ》の縄の向こうで待ちかまえていたのは、黒猿ならぬ銀獅《ぎんじ》子《し》と豹であった。だけどやっぱり、初見の人間にとっては悲鳴をあげるに値《あたい》する存在であっただろう。カンテラの炎だけが頼りの闇の中、二頭の巨大な獣がうずくまり、それぞれ双眸《そうぼう》を燃やしているのだ。

「ほほう」「うわあ」と俺たちの背後から声をあげたのは、どうやらギラン＝リリンとユン＝スドラのペアであるようだった。

そこでダン＝ルティムが、「ふむ」と縄の向こうに左手を突っ込む。たちまちヒューイとサラは黒猿にも負けない咆哮《ほうこう》をあげ、俺たちを大いに驚かせた。

「何やってんの！　ヒューイとサラを脅《おど》かしたらダメでしょー！」

「すまんすまん。本当に賢《かしこ》い獣だな、こやつらは」

やはりこの二頭も、主人の命令なくして人間に反撃《はんげき》することは許されていないのだろう。それはともかく、ダン＝ルティムの胆力《たんりょく》と悪戯心《いたずらごころ》には、リミ＝ルウならずとも呆《あき》れるばかりである。

そうしてひとしきり恐《おそ》ろしくも美しい獣の姿を愛《め》でてから、俺たちは道を折り返した。

幕の向こう側からは、ひっきりなしに何らかの声が聞こえてくる。その大半はやはり見世物に驚いたお客の声であるようだったが、その他にも猛獣《もうじゅう》のうなり声や、あるいは動物とも人間ともつかぬ奇怪《きかい》な雄叫《おたけ》びまでもが聞こえてきて、否応《いやおう》なく俺たちに期待と不安の気持ちを抱かせた。しかし、最初の間に到達するまでは、いかなる人間とも獣とも行き合うことはなかった。

やがて到着《とうちゃく》したのは、かつて獣使いシャントゥが待ち受けていた場所だ。垂れ幕を引き開けてその場所に踏み込むと、中は無人であり、その代わりにぽつんと壺《つぼ》が置かれていた。

高さは五十センチほど、幅《はば》は四十センチほどの、ころんとした壺である。シム風の奇怪な紋《もん》様《よう》が彫《ほ》り込まれており、左右に輪っか状の持ち手がついている。蓋《ふた》などはかぶせられておらず、口の中は真っ黒の闇だ。

俺たちはその部屋に散開して、遠巻きにその壺を囲むことになった。

「察するところ、この中にも何か物珍《ものめずら》しい獣が潜《ひそ》んでおるのかな」

期待を込めた口調で、ダン＝ルティムがつぶやく。

すると、それに応じるように、壺がかたかたと震《ふる》え始めた。

まるで壺そのものが生きているかのように、小刻みに蠢動《しゅんどう》している。中の獣が動いているのだとしたら、ずいぶん絶妙《ぜつみょう》なタイミングだ。

が――その中に潜んでいるのは、獣などではなかった。壺の口の左右のふちに、いきなりにゅるんと十本の指が這《は》い出してきたのである。これには、リミ＝ルウやユン＝スドラが悲鳴をあげることになった。

その悲鳴を楽しむかのように、わさわさと指がのびてくる。それは細長くて節くれだった、人間の指であった。それも、こんなに小ぶりの壺であるのに、どう見ても成人男性の指先だ。壺のサイズと指のサイズの対比が、明らかに狂《くる》っている。

それに、ぽっかりと空いた壺の中身が真っ黒に見えるのは何故《なぜ》なのか。たとえこれが大人みたいな指先を持つ幼児であったとしても、そんな奥底《おくそこ》まで身体を縮められるわけはない。くどいようだが、その壺の高さは五十センチていどしかないのだ。

惑乱《わくらん》する俺たちの目の前で、その壺がころんと後ろに転がった。で、地面についた十本の指がまたわさわさと動き、壺を逆さまの状態にしてしまうと、そのままちょろちょろと動いて室内を徘徊《はいかい》し始める。

悪夢のような光景である。

あるいはこれは、人間そっくりの指先を持つヤドカリみたいな生き物なのだろうか。

「何なのだ、これは？　壺を叩き割《わ》ってみるべきではないか？」

ダルム＝ルウが険悪な声でつぶやくと、またそれに応じるように、壺がぴたりと動きを止めた。

そして、また何人かの女衆に悲鳴をあげさせる。

下側になった壺の口から、今度は人間の腕が生えのびてきたのである。

骨ばった指先から手の甲《こう》、手首、前腕部《ぜんわんぶ》、と骨ばった男の腕がにゅるにゅるとのび、それにつれて、壺は高く持ち上がっていく。

そうして肘《ひじ》まであらわになったところで、ばさりと黒いものが垂れ下がった。まるで、壺の中身の暗黒がぶちまけられたかのようだったが、それは黒褐色《こつかっしょく》の長い髪であった。

それに続いて、今度は痩《や》せ細《ほそ》った人間の顔が生えのびてくる。逆さになった壺の口から、人間の肘から先と首だけが飛び出た格好になった。これまた悪夢のような光景だ。俺たちの斜《なな》め後方で、誰かが息を呑《の》んでいる気配がする。

そうして壺はまた後方に倒《たお》され、そこから残りの部位がずるずると這い出してきた。闇色の長衣を纏《まと》った、痩せぎすの男である。

男は虚《うつ》ろな無表情のまま、ゆらりと立ち上がった。痩せてはいるが、背は高い。ガズラン＝ルティムと同じぐらいはあるだろう。これは先日、受付に立っていたディロという男だ。黒褐色の髪で半ば顔は隠されてしまっているが、この東の民めいた長身痩躯《そうく》に間《ま》違《ちが》いはなかった。

「……《ギャムレイの一座》にようこそおいでくださいました……私は夜の案内人、壺男のディロと申します……」

「ものすごい芸だな！　お前のように細長い男が、こんな小さな壺の中でどのように身体を折りたたんでいたのだ!?」

ダン＝ルティムが率直《そっちょく》に問うたが、もちろんそれに答えが得られることはなかった。

まあ……俺の故郷でも、似たような芸は存在した気がする。関節を外したり何だりで、大の男がこのような壺に収まることは可能なのだろう。中身が真っ黒に見えたのは、きっと髪の毛か衣服でそのように見せていたのだ。この暗がりでは、そのように錯誤《さくご》してもしかたがない。

しかしそれにしても、この人物は長身に過ぎ、そして雰囲気《ふんいき》があやしげに過ぎた。実はシムの魔法《まほう》で亜空間《あくうかん》に身を潜めていたのです、と説明されても信じてしまいたくなるほどであった。

「ここから道は二つに分かれております……右の扉《とびら》は騎士《きし》の間、左の扉は双子《ふたご》の間……お客人は、どちらの運命をお選びになりましょう……？」

「ふむ。騎士というのは、武人のことだな？　俺はそちらに興味をひかれるが、皆はどうであろう？」

何だか一番はしゃいでしまっているダン＝ルティムが、そのように呼びかけてくる。騎士というのはあの奇妙な甲冑《かっちゅう》男のことで、双子というのはアルンとアミンのことだろう。とりたてて他に意見はなかったので、俺たちはダン＝ルティムの意見を尊重することになった。

壺男ディロはゆったりうなずきつつ、垂れ幕の一つを引き開ける。その向こうに広がるのは、また内幕にはさまれた雑木林の道だ。

そこに全員が足を踏み込んだとき、背後で閉ざされた垂れ幕の向こうから女性の悲鳴が聞こえてきた。おそらくは、ディロが壺の中に戻《もど》ろうとしている最中に、次のお客が踏み込んできたのだろう。それはそれで、悪夢のような光景であるに違いない。

「ターラはあんまりびっくりしてなかったねー？　あの人のこと、知ってたの？」

「うん、あの人は去年もいたから。でも、何回見ても不思議だよー」

暗い道を歩きながら、リミ＝ルウとターラがぼしょぼしょ言葉を交《か》わしている。べつだん声をひそめる必要はないのだが、たぶん場の空気にあてられているのだろう。それからシン＝ルウがララ＝ルウに「大丈夫《だいじょうぶ》か？」と問うている声も聞こえてきた。

俺の視力では、この状態で十三名もの仲間たちの居場所を把握《はあく》することはできそうにない。アイ＝ファの凛然《りんぜん》とした横顔を見つめつつ、ジザ＝ルウの提案は実に正しかったのだなあと思い知ることができた。

「んー？　なんか、人間の争ってる気配がするな」

と、ダン＝ルティムとともに先頭で最年少コンビを守護しているルド＝ルウがつぶやいた。

「でも、殺気は感じられねーな。あれも見世物か」

騎士というだけあって、やはり武芸に関する見世物なのだろうか。慎重《しんちょう》に歩を進めていくと、やがて俺にも騒乱《そうらん》の気配が伝わってきた。何か固いものを打ち合わせる音色や、どしんっと重いものが倒れるような振動《しんどう》が、闇の向こうから響《ひび》いてきたのだ。

そうして、唐突《とうとつ》に視界が開けた。今度は幕で仕切られた部屋ではなく、雑木林の中にぽっかりと空いた空き地であった。

そこで、怪力《かいりき》男ドガと甲冑男ロロが相争っていたのだ。

俺たちは、可能な限り横に広がって、彼《かれ》らの闘《たたか》いを見守った。

ドガは巨大《きょだい》な棍棒《こんぼう》をかまえており、ロロは木剣《ぼっけん》をかまえている。が、二メートルを超《こ》える怪力男に対して、甲冑男はいかにも頼りなかった。身長はせいぜい俺ぐらいしかないし、全身を革《かわ》の甲冑に包んでいるにも拘わらず、妙にぽきぽきとした細っこいシルエットをしている。何だか木でできた人形のような風情《ふぜい》である。

そんなロロが、かくかくとした動きでドガに斬《き》りかかる。地に足のついていない、実にユーモラスな動きであった。

その頼りなげな木剣の斬撃を、ドガは無造作に棍棒で弾《はじ》き返した。そして、巨象のごときその足で、ロロの土手っ腹をおもいきり蹴《け》りぬく。

ロロは二メートルばかりも吹っ飛《と》んで、そのままぐしゃりと崩《くず》れ落《お》ちた。崩れ落ちたと表現するに相応《ふさわ》しい有り様だ。本当にこれは芸なのかと心配になるほどである。

俺たちが無言で見守る中、ロロはカタカタと震え始めた。

その細腰《ほそごし》が、くいっと持ち上がる。うつぶせで尻《しり》だけを宙に持ち上げた、滑稽《こっけい》な姿だ。

そうして生まれたての小鹿《こじか》のごとく震えながら、力なく身を起こしていく。下半身は立ち上がり、頭だけが地についている、何だか不自然きわまりない体勢になった。

それから両腕《りょううで》が持ち上がっていき、それに引っ張られるようにして上半身も上がっていく。

何やら様子がおかしかった。

立ち上がったのに、身体に芯《しん》が通っていない。

あらゆる関節が力なく折れ曲がっており、首もななめに傾《かし》いでいる。よく見ると、右足はかかとしか地面につけておらず、左足はつま先しか地面につけていなかった。

そのままロロは、カタカタとドガに向かって歩き始めた。全身の関節が外れてしまい、手足につけられた紐《ひも》で上から操《あやつ》られているかのような動きだ。いっさい素肌《すはだ》の見えていない姿なので、それこそマリオネットそのものに見えてしまう。

（ああ、もしかしたら、そういう芸なのかな？）

そのユーモラスな挙動のまま、ロロは再びドガに斬りかかった。

ドガはやっぱり無造作にその木剣を弾き返す。

するとその勢いに押《お》される格好で、ロロはぐらりと倒れかかった。が、途中《とちゅう》で一時停止のボタンを押されたかのように、倒れかかった姿勢でぴたりと硬直《こうちょく》する。

片足は浮いており、腰《こし》はななめに折れ曲がっており、首はだらんと下がっている。普通《ふつう》はそんな格好で静止することはできないだろう。やっぱり糸で吊られた人形としか思えぬ不自然さだ。

（いわゆる、パントマイムってやつか）

たっぷりと間を取ってから、ロロは姿勢を立て直した。

で、またカクカクとドガに襲いかかる。

ドガは棍棒で、その細っこい身体をなぎ払《はら》った。ロロは再び吹っ飛んだが、今度は地面に崩れ落ちず、また不自然な体勢で静止する。そして、再びの突撃《とつげき》だ。

こっそりみんなを見回してみると、リミ＝ルウやターラは楽しそうに瞳を輝《かがや》かせており、ルティム夫妻はゆったりと微笑み、その父は目を丸くしている。ルド＝ルウは片眉《かたまゆ》を吊り上《あ》げて、ユン＝スドラは驚きに目を見張り、ギラン＝リリンは満面の笑みだ。ララ＝ルウは興奮しきった様子でシン＝ルウの腕を取り、シン＝ルウはきょとんとした表情になってしまっている。

そこで、シーラ＝ルウと視線がぶつかった。

シーラ＝ルウは、穏《おだ》やかに微笑んでいた。

俺と彼女《かのじょ》の相棒は、二人そろって眉根《まゆね》を寄せて、スペースシャトルに出くわした野生動物みたいに困惑《こんわく》と不審のいりまじった眼差《まなざ》しになってしまっていた。目の前の光景をどう解釈《かいしゃく》したらいいのか決めかねているような表情、とも言える。

ともあれ、アイ＝ファもダルム＝ルウも大いに驚き、甲冑男ロロの芸に引き込まれているのだろう。俺だって、パントマイムという概念《がいねん》を持っていなかったら、アイ＝ファたちと同じぐらい度《ど》肝《ぎも》を抜かれていたかもしれなかった。これを滑稽な喜劇と解釈した人々は素《す》直《なお》に楽しみ、奇怪な体術と解釈した人々は驚いたり困惑したりしている。全体的には、そんな印象であった。

などと余裕《よゆう》をかましていたところに、いきなり獣の咆哮が轟《とどろ》く。

その場にいる半数はびくりと首をすくめ、残りの半数は刀の柄《つか》に手をかけた。

黒くて巨大な影《かげ》が落下してきて、ロロとドガの間に立ちはだかる。ゴリラのような巨体《きょたい》と黒い獣毛《じゅうもう》を持つ、ヴァムダの黒猿である。

突如《とつじょ》として登場した黒猿は、双眸を真っ赤に燃やしながら、その巨大な手の平でロロの頭をわしづかみにした。そうしてそのまま、ロロの身体を高々と吊り上げてしまう。ロロはカクカクと、あまりに憐《あわ》れみをさそう動作で手足を振り回《まわ》した。

黒猿は、ドガよりも逞《たくま》しい腕を振り上げて、ロロの身体を虚《こ》空《くう》に投げつける。ロロの身体は冗談《じょうだん》みたいに軽々と宙を舞《ま》い、ひときわ太い木の幹に叩きつけられたのち、地面に落ちた。

黒猿は両手の拳《こぶし》を地面につき、太い猪《い》首《くび》をのけぞらせて、また咆哮する。

その咆哮が鳴《な》り止《や》むと、ぞっとするような静寂《せいじゃく》が満ちた。

いつのまにか、ドガは姿を消してしまっている。

ロロは、ゴミクズのように動かない。

黒猿は、赤い瞳で俺たちをにらみ回してきた。

すると——かたん、とかぼそい音色が響いた。ロロが身じろぎをして、甲冑が鳴る音であった。

黒猿は、うっそりとそちらを振り返る。俺たちも、そちらに視線を差し向けた。

ロロが、カクカクと立ち上がっていた。さっきと同じく、滑稽でユーモラスな動きだ。

ロロはそのまま木剣を振り上げて、よたよたと黒猿に突進《とっしん》していく。

その木剣に頭を小突かれると、今度は黒猿が地面に倒れ伏した。

「イヨオオォォォォ——ワアアァァァアオオォォォォ——！」

と、機械音のような金切り声が響き渡《わた》る。ロロが木剣を振り上げて、勝利の雄叫びを轟かせたのだ。俺たちが幕ごしに聞いていたのは、どうやらこの奇怪な雄叫びであったらしい。

「……騎士王ロロの芸でございました」

木の陰《かげ》から、ドガがぬうっと巨体を現す。そのごつい手には、棍棒の代わりに草籠がたずさえられていた。

同時に、ひゅうっと口笛が響き、黒猿がむくりと身体を起こす。カクカクと勝利の舞《まい》を踊《おど》っているロロを尻目《しりめ》に、黒猿は何事もなかったかのように木の上へと駆《か》けのぼっていった。

「いやあ、驚《おどろ》かされました。みなさん、すごい芸ですね」

俺たちは、おのおの懐《ふところ》から銅貨の袋《ふくろ》を取り出した。

満足したなら四分の一サイズの割《わ》り銭《ぜに》、大満足なら半分の割り銭、満足できなかったのなら支払う必要はなし、という相場をターラから聞いていたので、各自がそれに従って銅貨を投じ入れる。狩人たちは銅貨を持ち歩いていないので、同じ家の女衆が代わりに支払う格好だ。

「申し訳ないが、俺の分を出しておいてもらえるだろうか？　それを返すまでは、この牙《きば》を預けておこう」

と、同じ家の連れがいなかったギラン＝リリンまでもが、ユン＝スドラから銅貨を借りていた。

「次なるお客人が参るようですので、どうぞお進みください。あちらが、次なる間となります」

ドガの指し示す方向に、俺たちはぞろぞろと歩を進めた。幕は張られていないが、よく見ると木の間に縄《なわ》が張られて、さりげなく道を作っている。あちらこちらにカンテラが吊るされているので迷うことはなかったが、ここが天幕のどのあたりなのかはすっかりわからなくなってしまった。

「あれがジャガルの黒猿か。確かに凄《すさ》まじい力を持つ獣であるようだ」

そのようにつぶやいているのは、ダルム＝ルウである。その隣《となり》を歩いているのであろうシーラ＝ルウが、それに答えた。

「本当に驚いてしまいました。てっきり、わたしたちまで襲われてしまうのではないかと

「……」

「馬鹿《ばか》を抜かすな。あれだけ吠《ほ》えても、あの黒猿はまったく殺気を放っていなかった」

もっと優《やさ》しく受け答えしてあげればいいのにな、と俺は内心でひとりごちた。が、「そうなのですか」と応じるシーラ＝ルウの声は、むしろ普《ふ》段《だん》よりも弾《はず》んでいるように感じられた。

どれもこれも、森辺の民には新鮮《しんせん》な体験であることだろう。意中の相手とともにあれば、なおさら幸福な気持ちを得られるはずだ。アイ＝ファァの取りすました横顔を盗《ぬす》み見《み》ながら、俺はこっそりそのように考えた。

「おやァ、ようこそおいでなさいましたァ」

と、いきなり頭上から声が降ってきたので、俺は悲鳴をあげそうになってしまった。見上げると、茂《しげ》みの中から童女の白い面が逆さまに覗《のぞ》いている。

「び、びっくりしたなあ。そんなところで、何をやってるんですか？」

「何か悪さをしたり困ったりしている人間がいないか、アタシが見回ってるんでさァ。中には道を外れちまうお客サンもいらっしゃるもんでねェ」

逆さまの状態で、ピノはにいっと唇《くちびる》を吊り上げる。

「こちらの道から来たってことは、双子たちじゃなくぼんくら騎士の芸をお選びになったんだねェ。この先は、いよいよ座長たちの間ですよォ」

それだけ言い残して、ピノは茂みの中に消えてしまった。

どうやらクライマックスも近いようだ。

俺たちは、連れだって闇の向こうへと足を踏《ふ》み出《だ》した。

## 7

雑木林の道を進むと、また革張《かわば》りの幕に行く手をさえぎられた。

この場所は、直径二十メートルていどの丸い空間であるはずだが、もうずいぶんと歩かされた心地《ここち》がする。暗がりの道を進むというのは、やはり時間や距離《きより》の感覚を狂わされるものであるらしい。

案内人はいなかったので垂れ幕を引き開けると、案に相違《そうい》して、そこにもまた雑木林が延々と広がっていた。ただし、左右には内幕が張られている。たっぷりと五メートルぐらいの幅を持った、雑木林の道だ。どの幕にも窓はなく、やはり間遠に吊るされたカンテラの光で、道はぼんやり照らされている。

「……どこかに何者かが潜んでいるようだな」

と、アイ＝ファが低い声でつぶやいた。

あちこちに木が立っているため、死角は多い。今度は誰がどのような芸を見せてくれるのだろう。

すると頭上から、グルルル……という獣のうなり声が聞こえてきた。黒猿と銀獅子と豹の他に、まだ獣の準備があったのだろうか。

いやしかし、獣使いのシャントゥはさきほどの場所で黒猿の面倒《めんどう》を見ているはずである。それでも一時は天幕を離《はな》れて屋台のほうに来ていたから、あの老人がいなくとも獣たちは芸をすることができるのだろうか。

そんなことを考えていると、ダルム＝ルウが「ぬう」と緊迫《きんぱく》した声をあげた。頭上の梢《こずえ》に、ぎらりと金色の眼光が瞬《またた》いたのだ。

それは、黒猿や銀獅子に劣《おと》らぬ恐ろしげな眼光であった。闇と同じ色の毛皮を有しているのか、その姿はまだ見て取ることができない。

「……何だよ、ありゃ？」と、ルド＝ルウも気の張った声をあげる。見ると、アイ＝ファもこれまでで一番厳しい眼差しをしていた。これは、黒猿よりも危険な猛獣であるのだろうか。

そして――驚くべきことが起きた。

グルグルと咽喉を鳴らしていたその獣が、いきなり人間の言葉で俺たちに語りかけてきたのだ。

「ヨウコソ……ぎゃむれいノイチザニ……」

擦過音《さっかおん》まじりの、濁《にご》った声音《こわね》であった。

だけどそれは、まぎれもなく人間の言葉であった。

「ワタシハ、ぜったデス……ザチョウぎゃむれいノモトニ、アナタガタヲゴアンナイイタシマス……」

ゼッタというのは、ピノからも聞いていた名だ。座長ギャムレイとともに、日中は寝《ね》て過ごしているという人物のはずである。

しかしその鬼火《おにび》のように瞬く瞳《ひとみ》からは、人間らしい知性などまったく感じられなかった。そうであるにも拘《かか》わらず、彼は人間の言葉を発しているのだった。

(これはもしかしたら、オウムみたいに人間の言葉を覚えることができる獣なんじゃないか?)

そのようにしか思えないほど、その眼光は野獣《やじゅう》めいていた。

そして――至極唐突《しごくとうとつ》に、異変が訪《おとず》れた。アイ＝ファがいきなり俺の頭をわしづかみにして、地面に押し倒してきたのである。

それと同時に、夜闇に白刃が閃《ひらめ》いた。

アイ＝ファが腰の小刀を抜き、それを一閃《いっせん》させたのだ。

「きゃあっ!」とユン＝スドラが悲鳴をあげて、俺の隣にうずくまってきた。見上げると、左を向いたアイ＝ファと背中合わせになる格好で、ギラン＝リリンも小刀を抜いている。

「アスタ、決して頭を上げるなよ。曲者《くせもの》だ」

「く、曲者?」

アイ＝ファの目が、青い炎と化していた。ひさかたぶりに見せる、狩人の眼光である。

そして俺は、手もとに転がっている奇妙な物体に、ようやく気づくことができた。それは真ん中のあたりでぽっきり折られた、矢の先端部《せんたんぶ》であった。

「幕の上から、矢を射かけられたか。ずいぶんたいそうな数が、こちらに近づいてきているようだな」

不敵な笑いを含《ふく》んだダン＝ルティムの声が、どこからか響いてくる。俺の位置からではよく見えないが、みんなそれぞれペアとなった女衆を守っているのだろう。

俺は慌《あわ》てて視線を上側に向けてみたが、やっぱりどのような異変も見て取ることはできなかった。二メートルばかりの高さを持つ内幕の上は、完全なる暗闇《くらやみ》に閉ざされてしまっている。

「いかん。この場所は危険だ」

と、アイ＝ファが俺の腕《うで》をつかんでくる。

「頭は上げぬまま、進め。賊《ぞく》どもは後方からも近づいてきている」

言葉を返す余地もない。他のみんながどのように動いているのかも把握できぬまま、俺はアイ＝ファやユン＝スドラとともに闇の中を駆けた。

そうして数メートルも進まぬ内、今度は右側に腕を引かれる。ばりばりという不穏《ふおん》な音色とともに左側の内幕が引《ひ》き裂《さ》かれて、そこから黒い影が飛び出してきた。

アイ＝ファが無言で小刀を振るうと、ガキンッと硬質《こうしつ》の音色が響き、そこに「ぬおっ！」という男の声が重なった。横合いから振るわれた斬撃を、アイ＝ファが弾き返したのだ。アイ＝ファは小刀で、相手は巨大な蛮刀であったにも拘わらず、後方にのけぞったのは男のほうだった。

アイ＝ファはそのまま後ずさり、手近な木の幹にぴたりと背をつける。アイ＝ファに腕を引かれていた俺も、同様だ。

黒い影は、五つばかりもあるようだった。カンテラの火は遠く、どのような姿をしているの

かまではわからない。

「アスタ」と、アイ＝ファがいきなり俺の身体を抱《かか》え込んできた。右手で小刀をかまえたまま、左手一本で俺を抱きすくめてきたのだ。

「ア、アイ＝ファ、いったいどう――」

俺の声が、ひゅんっと小刀を振り払う音にさえぎられる。

かさっと足もとの茂みが小さく鳴った。

また矢を射《う》たれて、アイ＝ファがそれを斬り払ってみせたのだ。

「私から離れるな。今の私では、この間合いが精一杯《せいいっぱい》だ」

アイ＝ファは、まだ負傷中の身なのである。アイ＝ファの体温を全身に感じながら、俺はパニック状態になりかけてしまっていた。

「くたばりやがれ！」

濁った声をあげながら、男の一人がまた刀で斬りかかってくる。

が、アイ＝ファが応じるより早く、横合いから振るわれた刀がその斬撃を弾き返した。

それと同時に、凶賊《きょうぞく》の影がふわりと浮きあがり、宙に弧《こ》を描《えが》いてから地面に叩《たた》きつけられる。

凶賊はうめき声をあげ、それを撃退《げきたい》した人物が俺たちの前に立ちはだかった。

「これはいったい、どういう了見《りょうけん》なのであろうな。我々には、刀を向けられる覚えもないのだが」

それは、ギラン＝リリンの穏やかな声であった。

内幕を破って出現した残りの男たちは、それぞれの得物を掲《かか》げて、じわじわと距離を詰《つ》めてくる。

そこにまた、新たな敵影《てきえい》も近づいてきた。俺たちが通ってきた垂れ幕を乱暴に引き開けて、三名ばかりの男たちが踏み込んできたのだ。

「チッ、ここにもいやがらねえ！　おい、あのくそったれはどこに行きやがった⁉」

そちらの男たちは、全員が松明《たいまつ》を掲げていた。それでようやく、俺もそいつらの姿をはっきり視認《しにん》することができた。粗末《そまつ》な布の服に、革の胸あてや篭手《こて》だけをつけた、西の民の無法者たちである。人数は、最初のが五名、新たに現れたのが三名。全員が、刀か弓を携《たずさ》えている。

「……貴様たちは、何者だ？」

と、俺たちが進もうとしていた方向から、ダルム＝ルウの声があがった。

そちらに目を向けて、俺は安堵《あんど》する。森辺の同胞《どうほう》たちは、俺たちと遠からぬ位置にたたずみ、狩人の眼光を闇に燃やしていた。こちらの二組を除いた全員で輪を作り、女衆たちを囲んでいるのだろう。前面に見えるのは、ダルム＝ルウとダン＝ルティムであった。

凶賊どもは、俺たちとダルム＝ルウたちの姿を見比べてから、「ハッ！」と咽喉を鳴らす。

「聞いてるのは、こっちなんだよ！　手前《てめえ》らも芸人どもの仲間か？」

「何だろうが、かまわねえ。居合わせたやつは皆殺《みなごろ》しにしちまえ！」

おぞましい喜悦《きえつ》にひび割れた声で言い、男の一人が松明を雑木林の真ん中に放《ほう》り捨てた。下生えの草がぶすぶすとくすぶって、危険な臭《にお》いと煙《けむり》をあげ始める。

「あくまで俺たちに刀を向けるつもりか？　そうだとすれば、掟《おきて》に従って右腕《みぎうで》をいただくことになるぞ」

ダルム＝ルウの声は、気迫《きはく》に満ちみちていた。

アイ＝ファはようやく俺を解放し、木の幹に押しつけてから、ギラン＝リリンとともに凶賊と相対する。すると、ギラン＝リリンの背後で小さくなっていたユン＝スドラが震える指先で取りすがってきたので、俺は「大丈夫《だいじょうぶ》だよ」と囁《ささや》いてみせた。

「同じていどの人数だったら、森辺の狩人が遅《おく》れを取ることはないはずだ。俺たちは、みんなの邪魔《じゃま》にならないように気をつければいい」

「は、はい……」

そのとき、獣《けもの》の咆哮が頭上から爆発《ばくはつ》した。

あの、金色の目を持つ謎《なぞ》の存在が、木の上から凶賊どもに躍《おど》りかかったのだ。

男たちは、その存在に気づいてもいなかったのだろう。「うわあ！」と惑乱した声をあげ、何名かはぶざまに倒れ伏すことになった。

そして俺は、愕然《がくぜん》と立ちすくんでしまう。そうして姿をあらわにしても、俺はその存在の正体を把握することができなかったのだ。

それは全身が漆黒《しっこく》の毛に覆われており、そういう意味では黒猿に似ていた。しかし黒猿よりは遥《はる》かに小さく、せいぜいルド＝ルウぐらいの大きさしかないようだった。

黒猿よりも長い毛並みをしていたので、どのような体格をしているのかは判然としない。そんなに太いわけではないし、そんなに細っこいわけでもない。普通の体格をした、普通の人間ぐらいに見えてしまう。そうであるにも拘わらず、その者はぎらぎらと金色に目を燃やし、大きく開いた口から牙を覗かせ、雷鳴《らいめい》のような咆哮を轟かせていた。

最初の一撃《いちげき》で男の一人を吹き飛ばした後は、地面に着地し、次の獲物に跳《と》びかかる。その俊《しゅん》敏《びん》さも、獣そのものだ。

鋭《するど》い爪《つめ》に顔面をえぐられて、二人目の男が地に沈《しず》む。

三人目の男は、恐怖《きょうふ》の形相で蛮刀を振《ふ》り下《お》ろした。

その斬撃をかいくぐり、人獣は右足を旋回《せんかい》させる。

男は足もとをなぎ払われて倒れ込み、その隙《すき》に人獣は男たちの刀の届かない場所にまで素早く跳びすさった。

「ば、化け物め！」

男の一人が、至近距離から矢を放った。

人獣が無造作に右腕を振り払うと、軌道《きどう》をそらされた矢は樹木の幹にぐさりと突き刺《さ》さった。

「オキャクジンハ、オニゲクダサイ……フラチモノメラハ、コノぜったガセイバイイタシマス……」

人獣ゼッタが、地鳴りのような声でつぶやいた。

それで男たちは、いっそうの恐慌《きょうこう》にとらわれる。

「ふむ！　実に驚くべき姿だな！　噂《うわさ》に伝え聞くモルガの野人でも、もう少しは人間がましい姿をしていよう！」

笑いを含んだ声で、ダン＝ルティムがそのように応じる。

「まあそれはともかくとして、どうやらこの行く先でも何か騒《さわ》ぎが巻き起こっているようなのだ。この場に留《とど》まるべきか、あくまで道を進むべきか、俺たちはどうするべきであろうかな？」

人獣ゼッタは、困惑したように押し黙《だま》った。

すると、別なる声がダン＝ルティムの問いに答えた。

「ならば、その場に留まっていただこう！　せっかくここまで足を運んでくださったのだから、俺の芸を見てからお帰りいただきたい！」

俺も無法者たちも、いっせいにその方向を振り返《かえ》ることになった。

俺やアイ＝ファの背中側にあった幕がぱくりと口を開け、そこから新たな人物が登場してきたのである。

「まったく、無粋《ぶすい》な連中だ！　銅貨も払わずにこのギャムレイの天幕に足を踏み込むなど、どの貴族にも許されぬ所業だぞ？」

そのように言いながら、男は実によどみのない足取りでこちらに近づいてきた。俺たちとダルム＝ルウたちの間を通りすぎる格好で、凶賊どもと向かい合う。

それは、奇《き》っ怪《かい》な男であった。

背の高い、壮年《そうねん》の男である。黒褐色の巻き毛を長くのばし、頭には赤く染めたターバンのようなものを巻いている。異様なぐらいの鷲鼻《わしばな》で、目は落ちくぼみ、頬の肉はそげ、とがった下《した》顎《あご》にはヤギのような長い髭《ひげ》をたくわえている。瞳の色は普通に茶色だが、その左側は眼帯で隠《かく》されていた。

その長身に纏っているのも、やはり真っ赤な前合わせの装束であり、その下には黒い胴衣《どうい》とバルーンパンツのようなものを着込んでいる。長衣には金色の糸で複雑な刺繍《ししゅう》がほどこされており、首や腕にはこれ見よがしに飾《かざ》り物《もの》が下げられていた。

そしてもう一点、特筆するべきことがある。

その人物は、左腕《ひだりうで》を欠損していたのだ。

「手前……ギャムレイだな！　俺の顔を見忘れたとは言わせねえぞ！」

男の一人が、蛮刀を手に一歩進み出た。

隻眼《せきがん》にして隻腕《せきわん》の男ギャムレイは、にやにやと笑いながらそちらを振り返る。

「あいにく、見忘れてしまったな。俺の片目は火神に捧《ささ》げてしまったので、うつつのことは半分ていどしか見覚えることができないのだ」

「俺たちは、手前らに積荷を奪《うば》われた《青髭党》だ！　党首の仇《かたき》を、ここで討《う》たせてもらうぞ！」

「覚えのない名前だねえ。野盗の名前など、いちいち覚えていられるものか」

ギャムレイは、小馬鹿《こばか》にしきった様子で長い顎髭をしごく。その間に、俺たちはダルム＝ルウらと合流させていただくことにした。

アイ＝ファを筆頭に、狩人たちは油断のない目つきでこのやりとりを見守っている。この行く手にも賊が待ち受けているならば、ひとまずはこの場の騒ぎがどのような形で収束するかを見届けるしかないだろう。

ぱちぱちと炎をあげ始めた地面の松明の火をはさむ格好で、奇人《きじん》ギャムレイと凶賊どもは向かい合っていた。

「それに、俺たちに積荷を奪われたということは、ろくでもない野盗に決まっている。心配せずとも、積荷はもとの持ち主に返してさしあげたよ。俺たちは、芸を売る以外で代価は得ないという誓《ちか》いをたてているのだからね」

「手前……！」

「しかし、そんなろくでもない野盗どもが、ずいぶんごたいそうな名前を名乗っているものだ。《赤髭党《あかひげとう》》にちなんでいるならば、それ相応に誇《ほこ》り高《たか》くふるまってほしいものだよ」

言いながら、ギャムレイは足もとで燃えている松明のほうを指し示した。

「それに、知っているかい？　町での火つけは人を殺《あや》めるより重い罪だ。この俺の城もジェノスの領土を借り受けて建てられているのだから、このような無法は衛兵たちも許すまいよ」

「御託《ごたく》はそこまでだ！　ぶっ殺してやる！」

男は大上段に刀を振り上げて、ギャムレイに襲《おそ》いかかった。

ギャムレイは、悠揚《ゆうよう》せまらずそちらに右の手の平を差し向ける。

瞬間《しゅんかん》――俺の視界が、真紅《しんく》に染まった。

何が起きたのかわからない。ただ、俺の視覚が回復すると、さきほどの男が刀を取り落として、苦悶《くもん》の絶叫《ぜっきょう》をあげていた。

その顔面が、炎《ほのお》に包まれている。髪《かみ》の毛《け》の燃える嫌《いや》な臭いが、ぷんと俺たちのもとにまで漂《ただよ》った。

「俺だって、芸を見せるのには細心の注意を払っているのだよ？　一歩間違えれば、火つけの罪人として捕《と》らわれてしまうのだからね」

そんな風に言いながら、ギャムレイは俺たちのほうに気取った仕草で一礼してきた。

「それではお客人がた、《ギャムレイの一座》の座長たるギャムレイの芸を、とくとご覧あれ」

ギャムレイの右腕が、再び虚空に振り払われる。

それと同時に、信じ難いことが起きた。

雑木林の真ん中で燃えていた松明から、蛇《へび》のように炎がのびて、しゅるしゅると男たちに襲いかかったのである。

新たな絶叫が響きわたり、二人の男が炎の縛鎖《ばくさ》にからめ取られた。

「こ、こいつも化け物だ！」

男の一人が震える指先で弓を引き絞《しぼ》ると、ギャムレイは三たび腕を振り払った。

空中に爆炎が生まれいで、放たれた矢はその勢いであらぬ方向に弾かれてしまう。

「そら、足もとがお留守だよ」

ギャムレイは身を傾け、右手の指先で地面を掻《か》くような仕草を見せた。

すると炎が地面を走り、生あるもののように男たちの足もとを燃やす。

「お次は、宙に火の花を咲《さ》かせましょう」

またギャムレイが、腕を振り払う。

ポンッ、ポンッ、と小気味のいい音をたてて、暴《あば》れ狂う男たちのもとで赤や青や緑の火花が弾け飛んだ。

もはやその場は阿鼻叫喚《あびきょうかん》、炎熱地獄《えんねつじごく》のような有り様になってしまっている。

これが魔法でないのなら、引火性の油や火薬を使った奇術《きじゅつ》なのだろう。だけど俺《おれ》には、そのトリックを見破ることなど、とうていできそうになかった。

「それでは、最後の芸とまいりましょう」

炎に炙《あぶ》られて陰影《いんえい》の濃《こ》くなったギャムレイの顔は、まるで魔神《まじん》のように見えてしまった。

その右手が、ぐいっと左目の眼帯を引き剥《は》がす。そこに隠されていたのは、眼窩《がんか》に埋《う》め込まれた炎のように赤い宝石であった。

「火神ヴァイラスよ、汝《なんじ》の忠実なる子にひとしずくの祝福を！」

ギャムレイは、その身に纏った真紅の長衣の裾《すそ》をつかむや、それを羽ばたかせるようにして右腕を振り払った。

さきほどの火花とは桁違《けたちが》いの勢いで三色の炎が渦《うず》を巻き、男たちを包み込み、絶叫をあげさせる。

もの凄まじいまでの、炎の乱舞《らんぶ》であった。

ばちばちと音が鳴り、そのたびに何色もの火炎《かえん》の花が咲いては消える。

十分な距離を取っている俺たちのほうにまで、暴力的な熱気が襲いかかってきた。

恐ろしくも、美しい光景である。

が、このままでは男たちが焼け死んでしまう。

俺がそのように考えたとき、視界がいきなり黒く染まった。すっかり存在を黙殺《もくさつ》されていた人獣ゼッタが、どこからか取り出した巨大な壺を抱え、その中身を男たちにあびせかけたのだ。

それは青臭《あおくさ》い樹液のような香《かお》りのする、湿《しめ》った土だった。その土で覆《おお》われると、あれほど荒《あ》れ狂っていた炎が一瞬《いっしゅん》で消え去り、後にはうずくまってうめき声をあげる男たちの姿だけが残された。

「おやァ、そっちも片付いちまったのかァい？」

と、あらぬ方向からピノの声が聞こえてきた。

俺やアイ＝ファが陣取《じんど》っているのとは逆方向、天幕の奥《おく》側だ。

「慌てて駆けつけてきたのに、無駄足《むだあし》になっちまったねェ。ま、誰《だれ》にも怪我がなかったんなら、何よりだァ」

俺たちのすぐ後ろにはダン＝ルティムの巨体がそびえたっていたわけだが、その肩《かた》ごしにピノの姿を確認《かくにん》することができた。ピノは、ダン＝ルティムよりも巨大な存在——ヴァムダの黒《くろ》猿《ざる》の肩に乗って登場してきたのである。

森辺の狩人たちがそれぞれの女衆をかばいつつ道を開けると、黒猿のごつい腕にぐんにゃりと力を失った男の身体が左右に一体ずつ抱えられているのが見えた。

「こっちも全員、片付いたよォ。天幕の外にも見張り役がいたみたいだけど、そっちはシャントゥ爺が何とかしてくれたみたいだねェ」

「そうか。まったく野暮《やぼ》な賊どもだ」

そのように言い捨ててから、ギャムレイはまた気取った仕草で俺たちに一礼してきた。

「それでは、以上でギャムレイの芸は終了《しゅうりょう》となります。今宵《こよい》は斯様《かよう》な場にお越《こ》しいただき、まことにありがとうございました」

そうしてゆっくり面を上げると、左目に赤い宝石を光らせながら、ギャムレイはにっと微笑んでいた。

8

それから、しばらくの後――

当然のこと、天幕には凄まじい人だかりができてしまっていた。

二十名近い野盗どもが荒縄《あらなわ》で捕縛《ほばく》され、衛兵たちに引き立てられていったのである。天幕の内部にいた座員と客たちは事情を聴取《ちょうしゅ》されることになり、道行く人々はそれを見物する格好であった。

ダン＝ルティムが言っていた通り、野盗どもは何組かに分かれて、別の場所からも襲撃《しゅうげき》を企《くわだ》てていた。が、それらは座員や獣たちによって取《と》り押さえられ、驚くべきことに、客のほうには一切被害《いっさいひがい》が出なかったらしい。

主に活躍《かつやく》することになったのは大男ドガと甲冑男ロロ、それに黒猿とヒューイとサラであったらしく、彼らがどれほど果敢《かかん》であったかを、その場に居合わせたお客たちは熱っぽく語っており、見物人たちを大いに楽しませたようだった。

「まったく、初日からこの騒ぎでは先が思いやられるな」

俺たちの事情聴取を割り振られた衛兵のマルスは、げんなりした様子でそのようにぼやいていた。

「《青髭党》というのは、どこかであの芸人どもと悪縁《あくえん》を結んで以来、仲間を増やしながらその後を追っていたものらしい。わざわざ『暁の日《あかつき》』を復讐《ふくしゅう》の日取りに選んだのは、しょうもない悪名を世間に轟かせんと目論《もくろ》んだためなのであろうな。まったく、忌々《いまいま》しいやつらだ」

「本当に大変な騒ぎでしたね。……あの、《ギャムレイの一座》は明日からも商売を続けることが許されるのでしょうか？」

「あいつらに非はないからな。それどころか、ジェノスの民《たみ》と町を守り、手配中であった盗賊《とうぞく》団《だん》を残らず引っ捕《つか》まえることになったのだから、追い出されるどころか褒賞金《ほうしょうきん》を与《あた》えられるぐらいだろう」

それが不本意でたまらないように、マルスは深々と息をつく。

「……それにしても、そんな騒乱の場に、よりにもよってお前たちが居合わせるとはな」

「お、俺たちは純然たる被害者《ひがいしゃ》でありますよ？」

「そんなことはわかっている。が、こんな凶運に見舞《みま》われないよう、今後も身をつつしんでおくことだ」

俺たちはこれで解放されるが、きっとマルスたちにはさまざまな残務処理が待ち受けているのだろう。祭のさなかに、気の毒なことである。

「それでは、森辺に帰るがいい。野盗どもの言い分によっては、また話を聞かせてもらうからな」

「はい。それでは失礼します」

そうして天幕を離れようとすると、他の衛兵と話をしていたピノがちょこちょこと駆けてきた。

「ちょいとお待ちを、兄サンがた！　……ゼッタに聞いたけど、アンタがたは自分の刀で身を守ることになっちまったんだってねェ」

ピノはいつになくかしこまった様子で、深々と頭を下げてきた。

「そんなお手をわずらわせることになっちまったのは、アタシらの不手際《ふてぎわ》さ。本当に、どなたも手傷を負っちゃいないのかい？」

「はい。ご覧の通り、全員無傷です」

「まったく申し訳なかったよォ。お客サンにもしものことがあったら、アタシたちものうのうと商売を続けられなかったさァ」

そのように言いながら、ピノはぐるりと視線を回し、それをダルム＝ルウのもとでぴたりと固定させた。

「見たところ、アンタがこの一団の長であられるみたいだねェ。座長はまだ衛兵にとっつかまってるんで、アタシが代わりに詫《わ》びさせていただくよォ」

「……お前たちは、あの野盗どもから積荷を奪い取り、それを持ち主に返したのだという話だったな。ならば、誰に恥《は》じることもないだろう。俺たちに刀を向けた野盗どもは全員捕らえられたのだから、何も詫びられる筋合いはない」

「本当かい？　これからも気兼《きが》ねなく、アタシたちの小屋に遊びに来てくれるのかねェ？」

「……それを決めるのは俺ではなく、俺の父や兄となるな」

「それじゃあ、その御方《おかた》たちにも詫びさせていただけるかい？」

ダルム＝ルウは無言で顎《あご》をしゃくり、止められた足を進め始めた。その先に待つのは、ジザ＝ルウたちである。彼らには、衛兵たちの目をすりぬけたルド＝ルウによって、すでにさきほどの顛末《てんまつ》が伝えられているはずだった。

（ピノとジザ＝ルウが言葉を交《か》わすのか。何だか、ものすごい対面の図だなあ）

そんなことを考えながら、俺はかたわらのアイ＝ファを振り返った。

歩きながら、アイ＝ファはギラン＝リリンに頭を下げている。

「さきほどは助力していただき、本当に感謝している。ギラン＝リリンの助力がなかったら、私ももう少し危《あや》うい目にあっていたやもしれん」

「そんなことはないだろう。最初の矢だって、こちらよりも早くアイ＝ファが打《う》ち払っていたではないか？　その身体でそれだけの働きをこなすことができるのだから、アイ＝ファは本当に大した狩人だ」

普段と変わらぬにこやかさで、ギラン＝リリンはそのように答えた。

「それよりも、胸の帯がずれてしまったのだろう？　一刻も早く、女衆に直してもらうといい。あのトトスの荷車の中ならば、人目を避《さ》けることもできるはずだ」

「うむ」とアイ＝ファは目を伏《ふ》せて、ギラン＝リリンはダルム＝ルウのほうに寄っていった。

「アイ＝ファ、胸の帯がずれたのか？　ひょっとしたら、折れた肋骨《ろっこつ》が――」

「どうということはない。あのまま動いていればまた痛めていたかもしれんが、それをギラン＝リリンに救われたのだ」

と、アイ＝ファは伏せていた目を上げて、俺の顔をキッとにらみつけてくる。

「決して手傷は重くなっていない。だから明日も、私がともに町に下りるぞ？」

「痛めていないならいいんだよ。そんな先回りすることないじゃないか」

俺は思わず苦笑《くしょう》してしまい、アイ＝ファは唇をとがらせた。

「それにしても、大変な騒ぎだったな。まだ目の奥がチカチカしている気がするよ」

「うむ。あの獣のごとき者といい、炎を操る男といい、私たちには理解し難いものばかりだ。……あれらが敵でなかったことを、森に感謝するべきであろうな」

俺も、まったくの同感である。

だけどあれほどの騒ぎでさえも、まるで祭の一部分であったかのように、通りには変わらぬ熱気と賑《にぎ》やかさが満ちみちていた。

思わぬ奇禍《きか》に見舞われた森辺の面々も、今では平然と歩を進めている。唯一《ゆいいつ》泣きべそをかいていたターラも、リミ＝ルウがなだめる内に笑顔《えがお》を取り戻《もど》すことができていた。

これならば、明日からも問題なく仕事を続けることができるだろう。太陽神の復活祭は、本日ようやく始まったばかりなのだ。これしきのアクシデントで、くじけてしまうわけにはいかなかった。

「……この宴《うたげ》が終わるのに、まだ十日ばかりも残されているのか」

歩きながら、アイ＝ファがぽつりとつぶやいた。とがらせていた唇もいつの間にやら引っ込めて、俺と同じように通りを見回していた様子だ。

「そうだな。復活祭は、まだまだ始まったばかりだ。色々と大変だろうと思うけど、よろしく頼《たの》むよ」

「そのようなことは言われるまでもない。それに――」

と、アイ＝ファは光の足りていない暗がりの中で、いくぶん子供めいた笑《え》みをたたえる。

「町の宴というのも、なかなか楽しいものではないか。野盗どもの無法な振る舞いはともかくとして、な」

「うん」と俺も笑顔でうなずき返し、相当にご立腹であろうジザ＝ルウのもとに足を向けることにした。

そうして太陽神の復活祭は、初日からたいそうな騒ぎに見舞われつつも、いよいよ本格的に幕が切って落とされたのだった。

# 箸休め〜ディンの一族〜

その日、トゥール＝ディンは少なからず張り詰めた気持ちで、ディンの男衆らがギバ狩《が》りの仕事から戻ってくるのを待ち受けていた。

場所はディン本家のかまど小屋で、間もなく夕刻に差しかかろうかという刻限である。晩餐《ばんさん》の支度《したく》を始めるにはまだ早かったので、トゥール＝ディンはディンの女衆らに調理の手ほどきをしているさなかであった。

「それで、その旅芸人とかいう者たちが見せる芸は、そんなに見事なものだったのかい？」

と、分家の家人である年配の女衆が、手ほどきの合間にそのようなことを尋《たず》ねてきた。

肉切り刀の脂《あぶら》をぬぐっていたトゥール＝ディンは、「は、はい」とうなずいてみせる。

「見事というか、ちょっと怖《こわ》いような見世物で……こんな細い棒の上に立って、笛を吹《ふ》くのです。あまりの恐《おそ》ろしさに、わたしはつい目をつぶってしまいました」

「恐ろしいって、何がだい？　細い棒の上に立ったって、何も恐ろしいことはないだろう？」

「あ、その棒というのが、すごく高い場所までのばされていたのです。森辺の家の屋根よりも、倍ほども高いぐらいで……」

「へえ！　そいつは、すごい芸だね！」

年配の女衆が目を丸くすると、作業台の上を手拭《てぬぐ》いで清めていた若めの女衆も、好奇心《こうきしん》をあらわにして顔を寄せてきた。

「町には、そのような見世物もあるのですね。この時期には宿場町に下りないように気をつけていたので、わたしは目にしたこともありません」

「そうだねえ。太陽神の復活祭、だったっけ？　余所者《よそもの》が多いと、揉《も》め事《ごと》も増えるって話だったからねえ」

「それに今では、トゥール＝ディンたちが屋台の商売の帰りに買い出しの仕事を済ませてくれるので、宿場町に下りる用事もありませんし……そんな見世物を目にすることができるのなら、トゥール＝ディンがちょっと羨《うらや》ましいですね」

「え、あ、ど、どうも申し訳ありません……」

トゥール＝ディンが慌てて頭を下げようとすると、年配の女衆が「何を言ってるのさ」と笑い声をあげた。

「何も、あんたが謝《あやま》るようなことじゃないだろう？　あんたは仕事のために宿場町まで出向いているんだからね。あんたが毎日どれぐらい忙《いそが》しくしているかは、みんなわかってるよ」

「そうですよ。今日だって、わずかな空き時間にわたしたちの面倒まで見てくれているのですから……あ、わたしが羨ましいなどと言ってしまったのがいけなかったのですよね。こちらこそ、申し訳ありませんでした」

どちらの女衆もやわらかい微笑をたたえており、トゥール＝ディンを気づかってくれていることが痛いほどに伝わってくる。それだけで、トゥール＝ディンは胸が詰まるぐらいありがたかった。

トゥール＝ディンがディンの本家の家人となって、すでに五ヶ月《かげつ》以上の時間が過ぎている。その間に、ディンの人々はトゥール＝ディンを何の分《わ》け隔《へだ》てもなく、一人の同胞として扱《あつか》ってくれるようになっていたのだった。

（みんなの恩に報《むく》いるためにも、わたしはもっともっと頑張《がんば》らなくっちゃ……）

トゥール＝ディンがそんな風に考えていると、若めの女衆がちょんと頬をつついてきた。

「なんだか思い詰めたお顔になっていますよ、トゥール＝ディン。ここにはディンの人間しかいないのですから、そのように気を張らないでください」

トゥール＝ディンは顔を赤くしながら、いっそう身を縮めることになった。

そこに、外から賑やかな気配が近づいてくる。男衆たちが、森から戻ったのだ。

「おや、今日はずいぶん早かったみたいだね。ちょうど手も空いてるし、みんなで出迎《でむか》えようか」

トゥール＝ディンたちが表に出ると、四名の男衆がこちらに近づいてくるところであった。ディンの本家の男衆たち――本家の家長と二名の息子《むすこ》、そしてトゥール＝ディンの父親である。息子たちはグリギの棒にくくられたギバを二人がかりで運んでおり、その先頭に立っていた長《ちょう》兄《けい》が「おや」と目を丸くした。

「何だ、今日はずいぶん大勢が集まっているのだな。トゥールに手ほどきでもされていたのか？」

「ええ。珍《めずら》しく、トゥールの帰りが早かったので、晩餐の支度の前に手ほどきをお願いしたの」

長兄の伴侶《はんりょ》である女衆が、つつましい微笑《ほほえ》みとともにそのように答えた。まだ婚儀《こんぎ》をあげてから間もない、初々《ういうい》しい若夫婦《わかふうふ》である。

「そうか。まあ、俺たちばかりが美味なる料理を楽しむのは不公平だからな。トゥールには世話をかけるが、分家の女衆にも手ほどきは必要であろう。……よろしく頼むぞ、トゥール」

「は、はい。わたしもまだまだ未熟者ですが、血族のために力を尽《つ》くしたいと思います」

トゥール＝ディンの返答に、長兄は小さく声をたてて笑った。

「生真面目《きまじめ》だな、トゥールは。その心意気は頼もしく思うが、あまり気を張りすぎないようにな」

そうして長兄たちは、ギバの処置をするための部屋に入っていった。

彼《かれ》らの父親である家長は、自らの伴侶と言葉を交わしている。他の女衆らはかまど小屋に引き返していったので、トゥール＝ディンは父親に声をかけておくことにした。

「おかえりなさい、父さん。今日も無事に帰ってくることができて、よかった」

寡黙《かもく》な父親は、「うむ」とうなずくばかりであった。

しかしそのまま通りすぎようとはせず、優《やさ》しい眼差《まなざ》しでトゥール＝ディンを見下ろしてくる。

その眉《まゆ》が、ふいに曇《くも》った。

「どうしたのだ、トゥール？　まるで泣きはらしたように、目もとが赤くなっているように感じられるのだが……」

「あ、ううん、これは違《ちが》うの。実は、アスタが……」

するとと、伴侶と語らっていた家長が「トゥールよ」と呼びかけてきた。

「何か、俺に話があるそうだな。ファの家の手伝いで、何か問題でも生じたのか？」

トゥール＝ディンは、たちまち恐縮《きょうしゅく》してしまう。ディンの本家の家長は、きわめて厳格な気《き》性《しょう》であるのだ。長兄などは実に大らかな気性であるのだが、あれは母親に似たのであろう。顔立ちも厳《いか》つくて滅多《めった》に笑うことのない本家の家長は、トゥール＝ディンにとって畏敬《いけい》の対象であった。

「は、はい。実は、ご相談したいことがあって……晩餐のときにでも、お話をさせてもらおうかと考えていたのですが……」

「何か込み入った話であるのか？　ならばなおさら、早めに聞かせてもらいたいものだな」

眉間《みけん》に皺《しわ》を寄せながら、家長はトゥール＝ディンに近づいてきた。トゥール＝ディンを威嚇《いかく》しようなどという気持ちはこれっぽっちもないのであろうが、迫力《はくりょく》のある表情である。

少し前にも、トゥール＝ディンはこのような顔をした家長に叱責《しっせき》されたことがあった。ポイタンの生地《きじ》に砂糖や卵を練り込んで甘《あま》く仕上げたとき、「貴重な食材を無駄《むだ》にするな」ときつく言われてしまったのだ。

その件はアスタのおかげで解決することができたのだが、トゥール＝ディンにとっては小さからぬ出来事であった。スン家の人間であったトゥール＝ディンと父親は、森辺の民として正しく生きていけるように、誰よりも力を尽くさなければならない立場であったのだ。自分たちのような厄介者《やっかいもの》を受け入れてくれたディンの家長には、とりわけぶざまな姿は見せられないはずだった。

「それで……どういった話であるのだ？」

ディンの家長が、間近からトゥール＝ディンを見下ろしてくる。

トゥール＝ディンは萎縮しそうになる心を奮いたたせて、言葉を返してみせた。

「実は……紫《むらさき》の月の二十一日に、アスタたちはダレイムという土地に出向く予定であるのです。それで……わたしも、同行を願われることになったのです」

ディンの家長は、ますますうろんげに顔をしかめた。

「ダレイムという土地には、以前も出向いているはずであろう。あれだけでは、まだ用が足りていなかったのか？」

「はい。あのときは、農園で野菜が育てられているところを見学させていただいたのですが……今回は、農園の人々と絆《きずな》を深めるために晩餐をともにして、そのまま同じ家で夜を明かすという話であるのです」

「同じ家で、夜を明かす？　また森辺の外で夜を明かそうという話であるのか」

トゥール＝ディンは先月にも、ダバッグという土地に出向くアスタに同行をさせてもらったのだ。その際にも、ディンの家長はたいそう不本意そうな顔をしていたのだった。

「それに、紫の月の二十一日だと？　たしかその翌日は、昼にも夜にも宿場町で働くという話ではなかったか?」

「はい。昼には『ギバの丸焼き』をふるまい、夜には屋台の商売をする予定になっています。宿場町とダレイムはそれほど離《はな》れていないので、アスタもあえてその前日をダレイムで過ごそうと考えたようです」

ディンの家長は険しい面持《おもも》ちで、口をつぐんでしまった。

トゥール=ディンは不安に脈打つ心臓をなだめながら、懸命《けんめい》に言葉を重ねてみせる。

「その日には、ダレイムの食事というものも口にすることができるそうです。ダレイムの人々の暮らしぶりを知るためにも、また、かまど番としての腕を上げるためにも、それは有意義な行いであるのではないかと、アスタはそのように考えているようです。それに、ダレイムにはまだまだ森辺の民を忌避《きひ》する人間も多いようなので、正しい絆を結びなおせるように力を尽くすべきなのではないかと――」

ディンの家長は手を上げて、トゥール=ディンの言葉をさえぎった。

「むろん、護衛役の狩人《かりうど》は同行するのであろうな?」

「え? あ、はい。もちろんです。アイ=ファだけではなく、ルウの血族の狩人も何名か……ダバッグのときと同じぐらいの人数は同行するはずだという話でした」

「ふん。族長ドンダ=ルウとて、血族の女衆をみすみす危険にさらそうとは考えるはずもないからな」

そのように言ってから、ディンの家長はじろりとトゥール=ディンをねめつけてきた。

「それで……お前も、アスタに同行することを願っているのか？」

「は、はい！　もちろんです！」

「ならば何故《なぜ》、お前はそのように目を赤く泣きはらしているのだ？」

予想外の指摘《してき》をされて、トゥール＝ディンは思わず言葉に詰まることになった。トゥール＝ディンの父親は別として、しばらく一緒《いっしょ》に仕事を果たしていた女衆たちでも、そのようなことに気づいた人間はそう多くなかったのだ。

「アスタの周りには、かまど番などいくらでもいるのであろうが？　まだ幼いお前が無理をしてまで願いを聞き入れる必要はないと、俺は考えている」

「い、いえ、違うのです！　これは、その……アスタがわたしのような未熟者に目をかけてくださることが、とても嬉《うれ》しくて……ついつい涙《なみだ》をこぼしてしまっただけなのです」

「なに？　それでは、嬉しさのあまりに目を泣きはらすことになったということなのか？」

トゥール＝ディンは赤面しながら、「はい」と首肯《しゅこう》することになった。

ディンの家長は、呆《あき》れた様子で首を振っている。

「俺の懸念《けねん》など、的外れであったか。ならば、好きにするがいい」

「え？　そ、それでは、ダレイムにおもむくことを許してくださるのですか？」

「お前も、それを望んでいるのであろうが？　ならば、断る理由はあるまい」

そう言って、ディンの家長はまた顔をしかめた。

「ただし、お前はまだ十歳《さい》の幼子であるのだ。あまり無茶《むちゃ》をして、身体を壊《こわ》すのではないぞ？

ファの家の行いを見届けるというのはディンの親筋たるザザの家からの言いつけであるのだから、中途《ちゅうと》で投げ出すことは決して許されぬのだ」

「は、はい。それは、承知しています」

「ならばいい。後の話は、晩餐で聞かせてもらおう」

ディンの家長はきびすを返して、家のほうに戻ろうとした。

その途中《とちゅう》で足を止め、横顔だけをトゥール＝ディンに向けてくる。

「……ひとつ、言い忘れていた。幼子であっても、そのように容易《たやす》く涙を流すものではない。お前の父親が、余計な心配をすることになろうからな」

それだけ言い残して、ディンの家長は立ち去っていった。

ずっと無言でたたずんでいた家長の伴侶は、くすりと笑ってトゥール＝ディンに向きなおってくる。

「家長もね、トゥールの身を案じているんだよ。家長のためにも、無茶だけはしないように心がけておくれ」

「……はい。承知いたしました」

家長の伴侶はひとつうなずき、かまど小屋に消えていった。

誰もいなくなったその場所で、最後に残された父親が、トゥール＝ディンの頭にぽんと大きな手の平をのせてくる。

「容易く涙を流すなと言われたばかりであろうが？　俺だけではなく、多くの家人を心配させることになってしまうぞ」

父親の声はとても穏《おだ》やかで、とても優しかった。

それで余計に、トゥール＝ディンは涙をこぼしてしまう。昼にもさんざん涙をこぼして、アスタを困らせることになってしまったのに、どうしてもこらえることはできなかった。

（母なる森よ……わたしをディンの家に導いてくださって、心より感謝しています……）

トゥール＝ディンが面を上げると、涙でぼやけた視界の中で、父親は優しく微笑んでくれていた。

涙を止めることはできなかったが、トゥール＝ディンも精一杯《せいいっぱい》の気持ちを込めて、父親に笑顔を返してみせた。

Cooking with wild game.

# 群像演舞

# 北の果てより

## 1

真っ白な雪の重なった険しい山道を、トトスに引かれた荷車が何台も駆《か》けていた。

ターレス連山の、峡谷《きょうこく》の底である。かろうじて荷車が通れるていどの山道の両側には、雪が点々とこびりついた黒い断崖《だんがい》が切り立っている。この険しい山の連なりが、北方からの氷雪を食い止めて、西の王国セルヴァに豊潤《ほうじゅん》な恵《めぐ》みをもたらしているのだ。

この山中は、すでに北の王国マヒュドラの版図であった。世界を真横に分断するこの山の連なりから、北方がマヒュドラとなり、南方がセルヴァの版図となるのだ。

セルヴァにおける最北の城塞《じょうさい》都市アブーフからは、わずか二日の距離《きょり》となる。この辺りでは、マヒュドラとセルヴァの戦《いくさ》も珍しくはない。そんな危険な国境の領域を、彼ら――シュミラル＝ジ＝サドゥムティーノ率いる商団《銀の壺《つぼ》》は疾駆《しっく》しているのだった。

《銀の壺》の団員は総勢で十名であり、それが二名ずつに分かれて五台の荷車に乗っている。二頭引きの、大きな箱型の荷車である。故郷のシムを離れて、はや四ヶ月半。荷車には故郷から携《たずさ》えてきたさまざまな商品と、その後に買いつけたさまざまな商品が山のように積まれていた。

西の王国との交易の要、ジェノスの町を出立してからは、およそひと月半ほどが経過し、今日は灰の月の十四日だった。ジェノスから真《ま》っ直《す》ぐこのターレスの山を目指していれば、きっとひと月ていどの道程であっただろうが、その間に位置するアブーフやベヘットなどでも何日か商売のために留まっていたので、それだけの時間が過ぎ去っていた。

《銀の壺》にとって一番重要な商売相手は、もちろんセルヴァの王都アルグラッドである。

それに次ぐのが、やはりジェノスの町であろう。

その二ヶ所《かしょ》だけは、ひと月ばかりも腰《こし》を据《す》えて商売に取り組むことになる。それ以外の領地においては数日ばかり滞在《たいざい》するのみであったが、このマヒュドラを訪《おとず》れるのも、彼らにとっては欠かせぬ商売であった。

マヒュドラとセルヴァは、長年の仇国同士である。その間に交わされるのは敵意と刃のみで、決して商売が成立するような間柄《あいだがら》ではない。それゆえに、北と西の間を繋《つな》ぐのは、そのどちらとも友好的な関係を結んでいる東の王国シムの民のみなのであった。

「シュミラル。太陽、落ちてきました」

先頭の荷車において手綱《たづな》を握《にぎ》っていた同胞《どうほう》が、御者台《ぎょしゃだい》から声をかけてくる。《銀の壺》の団員は西の言葉の習得に力をいれているため、なるべく日常でも故郷の言葉を使わないように心がけていた。

「道、暗いです。今日、目的の地、到着《とうちゃく》、可能でしょうか?」

言葉とともに吐《は》き出《だ》される息が、白い。アブーフの近辺でも十分に寒冷は厳しかったが、このタ－レスの山中はもはや別世界である。シュミラルも同胞たちも、革《かわ》の外套《がいとう》の下には防寒用の毛皮の装束をきっちり着込んでいる。

シュミラルは御者台の横から顔だけを出し、吹きすさぶ寒風を頬に感じつつ、周囲の情景にざっと視線を巡《めぐ》らせた。

「問題ありません。ムナポスの集落、まもなくです」

「山、風景、変わりません。なのに、わかるですか？」

「わかります。何度となく、通った道なので」

シュミラルは、幼い頃《ころ》から父とともにこの道を通っていた。シムの故郷からジェノスへ、ジェノスからアブーフへ、それからこのムナポスに立ち寄ってからセルヴァの王都アルグラッドへ――という道のりは、シュミラルの父が長年をかけて構築した販路《はんろ》の道なのである。

およそ一年をかけて異国を巡り、故郷に戻って半年を過ごす。このような暮らしに身を置いてから、すでに十年以上の歳月《さいげつ》が過ぎているはずだった。

その暮らしに、大きな変化が訪れるのかどうか。それが知れるには、あと四ヶ月以上の時間が残されていた。

（ヴィナ＝ルウは、いったいどのような気持ちで過ごしているだろう）

山道を進む荷車の荷台で揺《ゆ》られながら、シュミラルはそんな想念にとらわれた。

ジェノスを出立する際に、シュミラルは森辺の民ヴィナ＝ルウに愛の告白をすることになったのだ。

　自分が半年をかけて諸国を巡っている間に、返事を考えておいてほしい。その間に、自分も森辺の狩人《かりうど》として生きるための道筋を立ててみせる——そのように言い残して、シュミラルはジェノスを離れたのだった。

（ヴィナ＝ルウは、今日も健《すこ》やかに過ごしているだろうか……何か思わぬ奇禍に見舞われたりはしていないだろうか……）

　シュミラルがそんな風に考えたとき、荷車がおかしな揺れを見せた。

　車輪が石でも踏《ふ》んだのかと思ったが、そうではなくトトスたちの足が乱れているように感じられた。

「シュミラル、これは……？」

　御者台の同胞が、少し抑制《よくせい》を欠いた声をあげる。彼はシュミラル以上に若いため、つい心を揺らしてしまったのだろう。

　シュミラルは無言でうなずいてから御者台の脇《わき》をすりぬけて、ひと息にトトスの背に飛び乗った。その胴体《どうたい》の革帯《かわおび》に留められた金具を蹴《け》り上《あ》げ、トトスを荷車から解放する。トトスの片方を失った御者台の同胞は、残ったトトスが足を痛める前に荷車を停止させることに成功できたようだった。

　が、それを確認するいとまもなく、シュミラルはトトスを走らせる。

　重荷を失ったトトスは、倍する勢いで山道を駆けた。

人間の重みを背に感じた時点で、トトスの怯《おび》えは消え去ったようだった。このトトスとて、長きの時をシュミラルとともに過ごしてきた歴戦の旅人なのである。

（あれか）

トトスの足を乱れさせた原因が、右手の断崖から滑落《かつらく》してきていた。

暗灰色の、巨大《きょだい》な影《かげ》――ムフルの大熊《おおくま》であろう。白い雪を水しぶきのように飛散させながら、その巨大な影がシュミラルたちに迫《せま》ってきた。

並の人間よりも、ふた回りは大きい。なかなかの大物である。五本の爪《つめ》が生えたその手の平などは、シュミラルの頭よりも大きいぐらいだった。

ウゴアァァァァ……という地鳴りのような咆哮《ほうこう》をあげながら、ムフルの大熊が躍《おど》りかかってくる。その巨体《きょたい》からは想像もつかないような俊敏《しゅんびん》さである。

しかし、俊敏さならばトトスのほうが上だ。シュミラルは手綱を操《あやつ》って、トトスの首を左側に傾《かたむ》けた。

大熊の爪が、外套すれすれの空間を走《はし》り抜《ぬ》けていく。

そのままシュミラルは、左手側に突《つ》き進《すす》んだ。

わずか三歩で、目の前はもう断崖の壁《かべ》だ。

あまり夜目のきかないトトスの代わりに手綱を操り、左側の胴《どう》だけを蹴る。得たりと、トトスが左の足で壁を蹴り、翼《つばさ》ある鳥のごとく跳躍《ちょうやく》した。

ムフルの大熊は、背後から追ってきている。

さらにシュミラルが右の胴を蹴ってやると、トトスは空中で右足を振《ふ》り下《お》ろし、大熊の顔面をまともに蹴り抜いた。

きっと目玉のひとつも鉤爪《かぎづめ》でえぐられたのだろう。大熊は後方にのけぞりながら、苦悶《くもん》の咆哮をほとばしらせた。

シュミラルはトトスとともに地面に降り立ち、襲撃者《しゅうげきしゃ》に向きなおる。

ムフルの大熊は、赤黒い鮮血《せんけつ》を撒《ま》き散《ち》らしながら両腕《りょううで》を振り上げた。

その動きが、途中でぴたりと静止する。

白い息を吐きながら、やがてムフルの大熊は背中から地面に倒《たお》れ込んだ。

その向こう側には、シュミラルと同じようにトトスに跨《また》がった同胞の姿があった。

「シュミラル、無事ですね？」

「はい」

トトスの上にのびた、上半身の影が長い。副団長の、ラダジッド＝ギ＝ナファシアールである。ラダジッドの手には、彼の得意とするシムの吹き矢が握られていた。

「困りましたね。大熊、動かさなければ、荷車、通れません」

きちんと感情の抑制された声で、ラダジッドはそのように言った。

ラダジッドもかなりの年月を《銀の壺》で過ごしていたため、ムフルの大熊ごときで心を揺らしたりはしていなかった。しかし、シュミラルが察知した気配にはまだ気づいていないらしい。

「大丈夫《だいじょうぶ》です。彼ら、ムフルの大熊、運んでくれるでしょう」

シュミラルが言うと、ラダジッドは吹き矢を懐《ふところ》に戻しつつ周囲に視線を巡らせた。ムフルの大熊を思わせる巨大な人影《ひとかげ》が、次々と断崖の斜面《しゃめん》を滑《すべ》り下りてくるところであった。

『おお、東からの客人か！　俺《おれ》たちの取り逃《に》がした獲物《えもの》が迷惑《めいわく》をかけてしまったようだな！』

北の言葉が、山中に響《ひび》きわたる。それはムフルの大熊のごとき、マヒュドラの巨人《きょじん》たちだった。

人数は五名で、ひときわ大きな体躯《たいく》をした男がシュミラルの前に進み出てくる。金色の髪《かみ》に、紫色《むらさきいろ》の瞳《ひとみ》。赤く雪焼けした、なめし革《がわ》のような皮膚《ひふ》――東の民は西の民よりも長身の人間が多いが、北の民はそれを上回り、しかも筋骨隆々《りゅうりゅう》の体格を有している。それでムフルの大熊から剥ぎ取った毛皮で装束をこしらえているものだから、遠目にはまったく大熊と見分けがつかないぐらいであった。

『うむ。まごうことなき東の民であるようだな。しかし掟《おきて》に従って、まずはそれを証《あか》し立ててもらおうか』

『はい』

北の言葉で応じつつ、シュミラルは指先を組み合わせてみせた。

『私、シュミラル＝ジ＝サドゥムティーノ、東方神シムの子であること、ここに誓《ちか》います』

西の民は、北の領土に足を踏み込むことを許されていない。しかし、東と西の混血では、外見から素性《すじょう》を知ることもできなくなってしまうため、北の領土では常にこうして自分が東の民であることを示す必要が生じるのである。

ゆえに――もしもシュミラルが森辺に婿入《むこい》りをして、西方神セルヴァに神を乗《の》り換《か》えてしまったら、二度とこの北の地で商売をすることも許されなくなってしまうのだった。

『ふん。わずか二人でこいつを仕留めたのか？　そいつは大した手際《てぎわ》だが、まさかこの肉を食えなくするような毒を使ったりはしていないだろうな？』

『はい。バナギウズの毒、熱すれば、消えます』

ラダジッドも、北の言葉で答えている。《銀の壺》は西の王国を中心に商売をしていたので、北の言葉を操れるのは最古参の三名のみだった。残りの七名は、神への誓いの言葉を習得しているばかりである。

『ああ、お前たちは《銀の壺》か。こいつはいい。長もさぞかし喜ぶことだろう。また色々と愉快《ゆかい》な品で俺たちを楽しませてくれるのだろうな？』

『はい。お気《き》に召《め》せば、幸いです』

シュミラルがその男と言葉を交わしている間に、残りの四名は大急ぎで大熊の咽喉《のど》をかき切り、血抜《ちぬ》きをしていた。人をも喰《く》らうムフルの大熊の肉を、マヒュドラの民たちは大いに喰らうのである。肉食の獣《けもの》を忌避する西の民たちには、そういった部分も「蛮族《ばんぞく》」と感じられてしまうのだろう。

『それでは、ムナポスの集落に案内しよう。歓迎《かんげい》するぞ、東の民の商人たちよ』

なめし革のような顔に豪放《ごうほう》な笑いをたたえながら、男はそのように言った。

こうしてシュミラルたちは、無事にムナポスの客人となることができたのだった。

◇

ムナポスの集落は、そこから半刻ほど進んだ場所にあった。

ターレスの山に踏み入ってからは、およそ半日。マヒュドラの領土の中では、最もセルヴァの領土に近い集落の一つであろう。

しかしこの集落を訪れるには、さきほどの峡谷の底を辿《たど》ってくる他ない。身を隠《かく》す場所もない谷底の道で、しかも人喰いの大熊まで頻繁《ひんぱん》に出没《しゅつぼつ》するとあって、この数十年はセルヴァに攻《せ》め入《い》られたこともない、という話であった。

集落自体は、百五十名ていどの民が住まうばかりの、小さなものである。ただし、セルヴァの軍が進軍してこないかを見張るという役割を担《にな》わされているため、小さいながらもマヒュドラの要所とされている。住人の数が減じてくると、王都からの命令により別の集落から人間が呼び寄せられるらしい。

この数十年は平和であっても、それ以前はこの地も戦乱の区域であったのだ。むしろその頃はマヒュドラのほうこそが山を下りて西の領土を襲《おそ》っており、そのためにアブーフの城塞都市が築かれたのだという。

アブーフの建設以降は、マヒュドラも侵攻《しんこう》の拠点《きょてん》を別に移し――そうしてこのムナポスの集落は、東の王国との通商の窓口、という新たな存在理由を見出《みいだ》すことになったのだった。

その長は、古来よりこの集落の長の血筋であったというファル家の家長、ウライア＝ファルなる壮年《そうねん》の男衆である。

『よくぞ参ったな、東よりの客人たちよ。其方《そなた》の名前は、たしかシュミラルであったな？』

『はい。シュミラル＝ジ＝サドゥムティーノです』

シュミラルは、一年半に一度の割合でこの集落を訪れている。ここ十年ほどは、ずっとこのウライア＝ファルがムナポスの長をつとめているはずだった。

年齢《ねんれい》は、四十路《よそじ》を越《こ》えたぐらいであろうか。大半の北の民がそうであるように、金色の髪と紫色の瞳を持つ赤ら顔の大男である。上背はシュミラルよりも高く、横幅《よこはば》などは倍ほどもありそうだ。暗灰色の毛皮でできた装束を着込んでおり、首や腕《うで》には牙《きば》と爪の飾《かざ》り物《もの》を巻いている。

ターレスの山に住まうマヒュドラの男衆は、総じて狩人なのだった。

『今宵《こよい》はくつろがれるがよい。明朝には、もう発《た》ってしまうのであろうかな？』

『はい。商売、ありますので』

マヒュドラを中心に商売をする人間であれば、ここからさらに北上をして最果ての王都を目指すのであろうが、《銀の壺》はそうではない。このムナポスの集落の長ウライア＝ファルが、シュミラルたちにとっては唯一の商談の相手なのだった。

『其方たちは滅多に姿を現さないが、その分どの商人よりも物珍《ものめずら》しい品を運んできてくれるからな。西の領土の食料はもちろん、前回に買いつけた刀や硝子《ガラス》の壺なども、王都でたいそうな評判を呼んだようであるぞ』

『光栄です。マヒュドラ、細工物、こちらでも評判でした』

そのように答えてから、シュミラルは姿勢を改めた。

『そして、刀、評判であったなら、嬉しいです。今回、刀、たくさん余っているのです』

『ほお。鉄が貴重なシムの商人にしては珍しいことだな』

『はい。刀、買い取る約束、破られてしまったのです』

ジェノスの城下町において、貴族のサイクレウスと結んでいた商売の話が、一方的に破られてしまったのだ。そういえば、森辺の民《たみ》はサイクレウスとの厄介事《やっかいごと》を片付けることができたのだろうか――と、シュミラルはまたひそかに心を揺らされそうになってしまう。

『ふん。だから言っているだろう。西の民など、信用には値《あたい》しないとな。あいつらは狡猾《こうかつ》で脆弱《ぜいじゃく》な、人間のできそこないだ』

不愉快《ふゆかい》そうに鼻を鳴らし、ウライア＝ファルは硝子の盃《さかずき》に注がれた酒を一気に飲み干した。その酒盃《しゅはい》はかつて《銀の壺》から買い上げたものであり、酒はマヒュドラ産の蒸留酒であろう。

『では、晩餐の前にその商品とやらを拝見させていただこうか』

『はい。承知しました』

シュミラルの視線に応じて、団員たちが部屋の入口に積まれていた荷を運んできた。

ここは、ウライア＝ファルの家である。内壁《ないへき》には防寒のために何枚もの毛皮が張りつけられており、暖炉《だんろ》では明々と火が燃えている。その火に、数々の商品が照らし出されることになった。

シムの硝子で作られた酒盃に壺、陶磁《とうじ》の皿、細工の美しい木の弓や吹き矢、黒き石の刃を持つ手斧《ておの》、織り物の束に、石や銀の飾り物、チットの実や各種の香草《こうそう》――それに、三十本あまりの調理刀だ。

さらに横合いに並べられたのは、西の王国で買いつけた品々であった。

カロンやキミュスの革製品《かわせいひん》に、ギバやガージェの毛皮の敷物《しきもの》。樽《たる》に入ったママリアの果実酒。ママリアの酢《す》。袋《ふくろ》に入れられたフワノの粉。カロンの乾酪《かんらく》。干したアリア。カロンと、キミュスと、そしてギバの干し肉などなど。食材の豊かなジェノスから買いつけた食料品が主である。五台ある荷車の、二台が空になるほどの品であった。このムナポスの集落では、毎回このていどの品が買いつけられているのである。

『そうか。其方たちは、ギャマの肉や乾酪などは運んでこないのであったな』

『はい。ムナポス、遠いので、食材、傷《いた》んでしまうのです』

《銀の壺》は、モルガの山の南側を通って、まずはジェノスの町を訪れる。その道のりだとムナポスに辿り着《つ》くまでには数ヶ月《すうかげつ》もかかってしまうので、故郷から持ち出してきたギャマの干し肉や乾酪などは、すべて道行きで売り切ってしまっているのだ。

『俺はギャマの乾酪と、それに乳酒が好物なのだがな。カロンの乾酪というやつは、今ひとつ味がぼやけていて好かんのだ』

『カロンの乾酪、不要ですか？』

『いや。俺は好まなくとも王都では楽しみに待ち受けている人間もいるだろう。どこにでも物好きというのはいるものだ』

『そうですか。今回、ギバの干し肉、用意したのですが、こちらは如何《いかが》でしょう？』

『ギバの干し肉？　ギバというのは、この毛皮の主だったな。この毛皮はムフルの大熊よりもやわらかく、女衆などには評判がいいのだが、その肉などというものは初めて耳にするな』

『はい。とても美味であったため、買いつけてみたのです。値段、カロンの干し肉、同額です』

シュミラルの視線を受けて、ラダジッドが小刀を引《ひ》き抜いた。ギバの干し肉をわずかに削《けず》り、それを木皿に載《の》せてウライア＝ファルに差し出してみせる。

ウライア＝ファルは何を警戒《けいかい》する様子もなく、その肉片《にくへん》を大きな口に放《ほう》り込むと、もともと大きな目をさらにぎょろりと見開いた。

『こいつは美味《うま》いな！　脂ののった大熊にも負けない旨《うま》みだし、それにまったく臭《くさ》みも感じられないぞ』

『はい。贅沢《ぜいたく》に、胸や背中の肉、使っているようです。今後、値段、上がっていくと思います』

このように美味な干し肉が、カロンの足肉と同額でいいわけはない。今後、ギバの肉はカロンの胴体にも負けぬ値段に上がっていくだろう。商人として、シュミラルはその未来を確信していた。

『うむ。これなら王都の連中にも文句はないだろう。俺だってひと塊《かたまり》はいただいておこうと思う。……しかし、刀がこれだけの数となると、こちらの代価が足りなくなってしまうかもしれんな』

ウライア＝ファルが豪快《ごうかい》に手を打ち鳴らすと、部屋の片隅《かたすみ》に控《ひか》えていた男衆が大量の荷をシュミラルたちの前に並べ始めた。

内容は、やはり樽に入った蒸留酒と、メレスと呼ばれる黄色い果実を挽《ひ》いた粉、アマンサと呼ばれる青い果実、マヒュドラでしか採取されない珍しい香草、北氷海の魚の燻製《くんせい》、小魚の塩《しお》漬《づ》け、海水から精製された白い粒《つぶ》の塩、狩猟《しゅりょう》用の鉄の斧《おの》――それに、女衆がこしらえた石や牙の飾り物などである。

大半は、商売のために王都から届けられたものなのだろう。シュミラルたちの空になった荷車を満たすには十分な量だ。

『あとは都から、わずかばかりの銀貨も預かってはいるがな。少しばかり足りないように感じられるが、如何であろうかな？』

ウライア＝ファルから手《て》渡《わた》された布の袋の中身をあらためる。さらに目の前の品の質量も計算して、シュミラルはすみやかに答えてみせた。

『はい。わずかながら、足りていないようです。刀、十本のみにするか、あるいは他の品、減らすより、ありません』

『そうだな。俺の目にも、それぐらいが妥当《だとう》であろうと見て取れる』

重々しくうなずきつつ、ウライア＝ファルはわずかに眉尻《まゆじり》を下げた。

『しかし、シムの刀は貴重なので、みすみす見逃《みのが》してしまうというのも惜《お》しい話だ。大熊の毛皮や肉であれば、この場でいくらでも準備できるのだが……』

『いえ。西の王国、暖かいので、毛皮、あまり売れないのです。また、私たち、暖かい西の王国、巡るので、干し肉、傷みやすいのです』

大熊の肉は臭みがあるし、そもそも人を喰らう獣の肉であるので、西の王国では売り物になりえない。ここからすぐにシムへと戻《もど》る商団であれば故郷で売りさばくことも可能であるのだが、《銀の壺》が帰郷するのはまだ半年以上も先の話なのである。干し肉の出来が悪ければ、その道程でみんな傷んでしまうだろう。

『忌々《いまいま》しきは、大熊を喰らう勇気もない西の王国の軟弱者《なんじゃくもの》どもだな！　しかし、其方たちが運んでくる西の商品も捨て難いから、こればかりはしかたのないことか』

『はい。商人、それぞれの商売、ありますので』

北を主体にする商団であれば、ギャマの肉や乾酪を売ることもできるし、大熊の肉や毛皮を買いつけることもできる。西を主体にする商団であれば、それらが不可能である代わりに、西の恵みをマヒュドラにもたらすことができる。どちらが上、という話ではないはずだった。

『それでは、二十本の刀以外を買い取ろう。期待に応《こた》えられず、申し訳ないことであったな』

『いえ。刀、余ったのは、こちら、都合ですので』

シムの刀ならば、きっとセルヴァの王都でも売ることはできるだろう。ジェノスに劣《おと》らず、王都では美味なる食事やそのための器具も重宝されているのだ。

『よし、それでは荷を片付けて、晩餐《ばんさん》の準備に取りかかれ！　今宵は宴《うたげ》だぞ！』

ウライア＝ファルが、声も高らかに宣言をした。

シュミラルたちにとっても一年半ぶりの、マヒュドラの地における宴である。そしてシュミラルにとっては、これが最後の宴となるはずだ。

その面にはいかなる感情も浮《う》かべないまま、シュミラルは遠い異国の想《おも》い人《びと》の姿を頭に浮かべつつ、ひっそりと息をつくばかりであった。

2

おたがいの荷が片付けられると、今度は宴のためのさまざまな料理で広間は埋《う》め尽くされることになった。

鉄鍋《てつなべ》の中で煮《に》えている汁物《しるもの》料理に、メレスの生地と一緒に焼かれた魚の燻製、大熊の肉の香《こう》味《み》焼き、塩漬けにして発酵《はっこう》させた小魚、正体の知れぬ動物の卵をゆでたもの、甘く香《かお》る青いアマンサの実の煮物《にもの》――それに今回は、真っ黒い色をした小さな卵の塩漬けに、海獅子《うみじし》と呼ばれる凶悪《きょうあく》な獣の生肉までもが供された。

『ちょうど先日、王都から荷が届いたところであったのだ。海獅子の肉はさきほど氷から溶《と》かしたばかりなので、東の民でも腹を壊すことはなかろうさ』

このターレスの山から北氷海までは、およそ半月の距離であるという。ゆえに、海産の食料は大熊の肉や毛皮などと引き換えに、マヒュドラの王都から送られてくるものであるらしい。

その中でも海獅子の肉や黒い卵の塩漬けという料理は、このムナポスの集落を何度となく訪れているシュミラルにとっても数えるぐらいしかお目にかかったことのない物珍しい品であった。

『さあ、思うぞんぶん腹を満たしてくれ！　マヒュドラとシムの友誼《ゆうぎ》に！』

『マヒュドラとシムの友誼に』と応じ、故郷の言葉で神への祈《いの》りをつけ加えてから、シュミラルたちはそれぞれの酒盃を掲《かか》げた。

マヒュドラの寒冷に耐《た》えうる、北の麦で作られた蒸留酒である。咽喉が焼けるほど酒精は強いが、さまざまな国でさまざまな酒をたしなんでいるシュミラルたちには、この強烈《きょうれつ》な酒精も心地《ここち》好《よ》かった。

広間には《銀の壺》の十名と、それと同数ていどの北の狩人たちが座している。さらに五名ていどの女衆らが料理を取り分けたり酒を注いだりしてくれていたので、人間の熱気もものすごかった。

また、北の狩人らはよく笑い、よく喰らう。東の民がどんなに静けさを保っていても、彼らの一人ずつが三人分も騒《さわ》いでくれるので、宴の場が物寂《ものさび》しくなることはありえなかった。

シュミラルは、賑《にぎ》やかな場が好きである。そうでなくては、諸国を巡る旅人としての生を選ぶことはなかっただろう。だから、シュミラルの同胞たちも同じようにこの賑やかさを楽しんでいるはずだった。

東の民は、みだりに感情を表すことを恥《はじ》と考えている。涙を流すことが許されるのは、家族を失ったときのみだ。同胞だけの食事の場では、あまり口をきく者もいない。それが東の民の習わしであり、東の民の生だった。

それも愛すべき、かけがえのない生である。しかし、それだけでは物足りないという思いを持つ者だけが、こうして故郷の外へと飛び出してしまうのだろうか。

『……どうぞ。ムフルの臓物を使った汁物料理です』

と、シュミラルの前に木皿が置かれた。女衆の一人、ちょっとはかなげな目つきをした若い娘が、シュミラルのななめ後ろで膝《ひざ》を折っている。

『ありがとうございます。ティオン＝ファル』

そのように呼びかけると、娘は紫色の目を大きく見開いた。

『……わたくしなどの名前をお覚えになってくださったのですか、シュミラル様……？』

『はい。ムナポスの集落、数多く、訪れていますので』

それはムナポスの長ウライア＝ファルの末娘《すえむすめ》である、ティオン＝ファルであるはずだった。

北の民としては骨の作りが細いので、特に印象に残っていたのである。それで、背だけは北の民らしくすらりと高いので、体型だけならば少し東の民を思い起こさせるところもあった。

陽気で豪放な男衆に対して、北の女衆は質実で物静かな女性が多い。そういう部分もあわせると、なおのことこのティオン＝ファルは東の民の気風に沿った娘であると言えるかもしれなかった。

『……どうぞ、冷めぬうちにお召し上がりください』

『はい。ありがとうございます』

シュミラルはうなずき、木皿を取る。白く濁《にご》った煮汁《にじる》の中に、ぶつ切りにされた大熊の臓物や香草が沈《しず》んでいた。ムフルの大熊は、木の実や根ばかりでなく肉も喰らうせいか、どの部位も強い臭みを持っている。そのために、この臓物は香草と蒸留酒で煮込まれているのだ。

熱で酒精は飛んでいるのだろうが、香りは蒸留酒のそれが強い。煮汁をすすると、香草の味がちくちく舌を刺《さ》してきた。しかし、北の民よりも大量の香草を扱《あつか》う東の民にとっては、何ほどのものでもない。煮汁には大熊の臓物の滋養《じよう》が溶け込んでおり、それが蒸留酒の甘みと合わさって、身体を内側から温めてくれるかのようだった。

『とても美味です』

シュミラルがそのように告げてみせると、ティオン＝ファルはまたはかなげに微笑《ほほえ》んだ。

しかし、何故《なぜ》だかその場から立ち去ろうとしない。彼女《かのじょ》の席は父親の隣《となり》であるので、そちらに戻らねば自分の食事を始められないはずである。

「シュミラル。私、海獅子の肉、初めてです」

と、逆の側から同胞の若者が西の言葉で呼びかけてきた。見れば、若者の皿には真っ赤な色をした海獅子の肉が載せられている。

「海獅子、美味です。私、好物です」

「そうですか」

安心したように目を細め、若者は木串《きぐし》で海獅子の肉を口に運んだ。

手の平の半分ほどの大きさをした、生の肉の切り身である。大きいが薄《うす》い肉であったので、若者はそれを丸ごと口の中に入れる。そうしてその肉を何度か咀嚼《そしゃく》して――若者は、ぴたりと動きを静止させた。

「海獅子、血の臭《にお》い、強いので、この香草、必要です」

シュミラルは、木皿の横に添《そ》えられた小さな壺を指し示してみせた。強い風味を持つミャームーに似た香草が、こまかく刻まれた上で、茶色い魚醤《ぎょしょう》と練り合わされている。海獅子の生肉には、この調味料が必須《ひっす》であるのだ。

若者は、とても静かな目つきでシュミラルを見た。

「シュミラル、ひどいです」

「経験、大事です。私も、初めて食べたとき、驚《おどろ》きました」

若者はかろうじて感情を抑《おさ》え込みつつ、もにゅもにゅと肉を咀嚼する。きっと口の中は、血の味でいっぱいだろう。

すると、そこでティオン＝ファルが『まあ』と驚きの声をあげた。

『シュミラル様も、そのようなお戯《たわむ》れをなさるのですね。若衆《わかしゅ》がお気の毒です……』

どうやら西の言葉は理解できぬまま、シュミラルの意図を察することができたらしい。シュミラルは、ティオン＝ファルにうなずき返してみせた。

『はい。ついつい悪戯《いたずら》、してしまいました。反省、しています』

『まあ……まるで子供のようですね……』

口もとに手をあてて、くすくすと笑いだす。ティオン＝ファルもこのような笑い方ができるのだなと、シュミラルは心の中で感心した。

『ティオン！　酒がもうじきになくなりそうだ！　倉から新しいものを運んでくるがいい！』

ウライア＝ファルに大声で命じられると、ティオン＝ファルは微笑《びしょう》を消し去り、『はい……』と広間を出ていった。

『どうかな、東よりの客人よ。我らの宴は楽しんでもらえているのだろうかな？』

『はい。皆、とても楽しんでいます』

ウライア＝ファルは、そのまま笑顔《えがお》でシュミラルへと声をかけてくる。

『そうか。其方たちはあまりに表情が動かぬので、こちらとしてはいささか心配になってしまうものなのだ』

『とても楽しんでいます。料理、どれも美味です』

それは、偽《いつわ》らざる本心であった。

肉も魚も、何もかもが美味である。野菜が多少不足気味であるが、それはマヒュドラの土地《とち》柄《がら》であるのでしかたがない。東には東の、西には西の、そして北には北の作法というものが存在するのだ。

それに、野菜が少なくともこれだけの肉と魚があれば、十分に贅沢な晩餐といえるだろう。塩も海からいくらでも採取できるので、ふんだんに使われている。北の王都と太い通商の道を有しているムナポスならではの、これは豪勢《ごうせい》な宴であるはずだった。

（野菜が少ない分は、きっと香草やこのメレスから滋養を得ているのだろう）

メレスというのは茹《ゆ》でると甘《あま》くなる黄色い果実であるが、北の民はこれを挽いて粉にして、フワノのような生地《きじ》に仕立てる。寒冷の地でもよく育つこの穀物のおかげで、北の民は麦のすべてを蒸留酒に仕立てあげることがかなったのだった。

そのメレスの生地で巻かれた魚の燻製は、風味も豊かで噛《か》み応《ごた》えも心地好い。マヒュドラの海に面した領土では、この料理が主食であるという。

大熊の肉は、たっぷりの香草と一緒に焼きあげられている。こちらはなかなか顎《あご》の疲《つか》れる硬《かた》さであり、香草でも消しきれない独特の風味があるが、山育ちのギャマの臭みを知っている東の民にしてみれば、忌避《きひ》する筋合いはどこにもなかった。

塩漬けの小魚などは、さらに独特の味わいである。内臓と骨を抜いた小魚を塩に漬《つ》けて発酵させたのち、レテンの亜種《あしゅ》である植物油にひたして、さらに熟成させるのだ。

塩気と風味が強烈で、半ば溶けかかった魚の身はねっとりと舌にからみついてくる。《銀の壺》も買いつけている食材であるが、西の王国でこれを求めるのは一部の好事家《こうずか》のみだった。ただ、チット漬けを好む東の民にとっては、これも苦手な味ではない。魚の肉のみで作る漬物《つけもの》とは珍《めずら》しいなと感心するばかりだ。

真っ白にゆでられた卵は、罪のない味である。保存性の悪さから商品にはなりえないので詳《しょう》細《さい》は聞いていないが、海辺の鳥か何かの卵なのだろう。キミュスの卵と大差のない、素朴《そぼく》な味わいだ。北の民は、これにも魚醤をつけて食する。

アマンサの実は、アロウの実を思わせる甘酸《あまず》っぱい果実である。横に添えてあるメレスの生地に塗《ぬ》って食べるのが作法であり、ジャガル産の砂糖や蜜《みつ》などを使ったら上等な菓子《かし》に仕上がりそうだなと、シュミラルはひそかに考えている。

つやつやと輝《かがや》く黒くて小さな卵の塩漬けは、とても塩辛《しおから》いが滋養にあふれているように感じられる。北の民は豪快に木匙《きさじ》ですくって食しているが、シュミラルはこれもメレスの生地に載せて食べるのが好きだった。

そして、海獅子の生の肉だ。これも、魚醤と香草の調味料とあわせて食せば、なかなかの珍《ちん》味《み》である。きめの粗《あら》い赤身の肉で、脂身《あぶらみ》などは一切《いっさい》存在しない。焼いたらきっと大熊以上の噛み応えとなってしまうのだろう。もともと生の肉を食する習慣のない東の民にとっては、大いに好奇心《こうきしん》を満たされるひと品だ。

どれもこれも美味であり、そして物珍しい。

アスタならば、これらの食材を使ってどのような料理に仕上げるだろう――シュミラルは、ふっとそんなことを考えてしまった。

(買いつけた食材のいくつかは、セルヴァの王都で売り切ることなく、ジェノスにまで持ち帰ることができるだろう。それらを城下町でなく、アスタに買ってもらうことはできないものだろうか)

常であれば、物珍しい食材はジェノスの貴族サイクレウスが言い値で買い取ってくれていた。そもそもは、マヒュドラの食材を扱える数少ない商団として、《銀の壺》はサイクレウスに重宝されていたのである。

しかし、サイクレウスが森辺の民と穏やかならぬ関係にあるというのなら、これ以上あの不義理な相手と商売を続けたくはない、というのがシュミラルの本心であった。

（私ひとりで決められることではないが、サイクレウスは刀を買い取る約束を反古《ほご》にした。ラダジッドらとも、よく話し合ってみよう）

そのようなことを考えているうちに、皿の上の料理は着々と減じていった。

赤ら顔をいっそう赤くしたウライア＝ファルが、また陽気にシュミラルへと声をかけてくる。

『いい商売を終えた後の酒は格別だな！　次の来訪が一年以上も先であるというのが口惜《くちお》しいほどであるぞ、団長殿《どの》よ！』

シュミラルは、木皿を置いてそちらを振り返《かえ》った。

『ムナポスの長ウライア＝ファル。私たち、あなた、告げること、あります』

『おお、どうしたのだ、そのようにかしこまって。……まあ、かしこまらぬ東の民など、この世には存在しないのであろうがな！』

声をあげて、豪放に笑う。商売相手としては誠実で、その気性《きしょう》にも裏表のないウライア＝ファルのことを、シュミラルは信頼《しんらい》していたし、好感も抱いていた。ゆえに、このような言葉を届けなくてはならないのが、とても心苦しかった。

『私たち、ムナポスの集落、来訪する、本日、最後となる予定なのです』

ウライア＝ファルは、きょとんと目を丸くしてしまった。

『今、なんと言ったのかな？　其方は顔を見せるたびに北の言葉が流暢《りゅうちょう》になり、それほど商売の話をするのに困った覚えもないのだが』

『《銀の壺》、マヒュドラで商売する、本日、最後なのです』

ウライア＝ファルの手から酒盃が落ちて、わずかに残されていた蒸留酒が毛皮の敷物を濡《ぬ》らした。

『そ、それはどういうことなのだ？　いったい其方たちは、何の不満があって――』

『不満、ありません。ですが、私、西の王国、婿入りするかもしれないのです』

今度は、周囲の者たちまでもがざわめき始めた。無論のこと、不穏《ふおん》なものをはらんだざわめきである。ティオン＝ファルなどは、父親のかたわらで顔面蒼白《そうはく》になってしまっていた。

『西の民、北の領土、踏み込むこと、許されません。仕える神、乗り換える、私のみですが、西の民、一人でもいれば、マヒュドラとの商売、不可能になります』

『馬鹿《ばか》な！　どうして西の民などに婿入りを――其方は本気で、故郷と神を捨てる心づもりであるのか⁉』

『はい。申し訳ない、強く思っています』

『それならば、其方が商団から身を引けば――』

そのように言いかけて、ウライア＝ファルは口をつぐんだ。

副団長のラダジッドが、その中途《ちゅうと》で途切《とぎ》れた言葉に答える。

『シュミラル、私たち、同胞です。シュミラル、シムを捨てる、悲しいですが、私たち、シュミラルを捨てる、できません。商売、色々と不都合あるため、団長、私、引き継《つ》ぐつもりですが、シュミラル、これからも《銀の壺《つぼ》》です』

『わかっている。其方たちとは、おたがいの父の代からのつきあいであるのだ。シュミラルよ、かつては俺の父と其方の父が手を携《たずさ》えて商売をしていた。多くの東の商人がこのムナポスを訪れるが、《銀の壺》ほど長きに渡《わた》って俺たちに喜びをもたらしてくれた商団は他にないだろう』

無念そうに、ウライア＝ファルが唇《くちびる》を噛む。

『このムナポスは、俺の祖父の代から、戦場としての価値を失った。武勲《ぶくん》をたてる機会を失ったファルの一族にとっては、今や狩人としての仕事とそれを元手にした商売こそが戦いの場であるのだ。其方たちは、信頼すべき戦友であると同時に、またとない好敵手だとも思っている』

『はい、光栄です』

『其方たちを失うのは、あまりにも惜しい。どうか西の民に婿入りをするなどと言わず、これからも俺たちとの商売を続けてくれぬだろうか？』

北の民らしい、率直《そっちょく》な物言いであった。刀を使う戦場において、北の民ほど恐《おそ》ろしい敵は存在しないのであろうが、商《あきな》いの相手としてはシュミラルもウライア＝ファルと同様の感慨《かんがい》を抱いていた。

そしてこれは、シュミラルの父が切り開いた道でもあるのだ。シュミラルの胸は、刃の切っ先をおしあてられているかのように痛んだ。

『申し訳ない、強く思っています。しかし――私、自分の気持ち、曲げること、できないのです』

眉間《みけん》に、力がこもってしまう。きっと、感情を隠しきることもできていないだろう。シュミラルは、ごわごわとした毛皮の敷物に両方の拳《こぶし》をついて、ウライア＝ファルの無念そうな顔を見つめ返した。

『長き時間、続いてきた商売、終わらせてしまうこと、苦しいです。ウライア＝ファル、ムナポスの民、マヒュドラの民、皆に申し訳ない、思っています。あなたがた、縁《えん》、切れてしまうこと、悲しいです。……しかし、自分の気持ち、曲げること、できないのです』

『そうか……』

ウライア＝ファルは、がっくりと肩《かた》を落とした。

『其方の気持ちは、よくわかった。だが、本日の其方たちが大事な客人であるという事実に変わりはない。最後まで宴を楽しんでくれ』

『……ありがとうございます』

シュミラルは、ウライア＝ファルに向かって深々と頭を下げてみせた。

3

「ウライア＝ファル、無念そうでしたが、怒《いか》り、買わず、良かったです」

宴の後、シュミラルにあてがわれた寝所《しんじょ》において、ラダジッドがそのように言った。

ごうごうと燃える暖炉の炎《ほのお》を見つめながら、シュミラルは首を振ってみせる。

「ウライア＝ファル、激しやすい、ですが、道理なく怒《おこ》ること、ありません。……だから、余計に苦しいです」

北の民は、荒ぶる民である。西の民には、蛮族と恐れられてもいる。

しかし、たとえ猛々《たけだけ》しい魂《たましい》を有する一族であったとしても、その全員が道理のわからぬ無法者であるはずがない。己《おのれ》の感情や欲望に実直であるというのは、美点にも欠点にもなりうる、単なる特性に過ぎないはずだった。

そういう意味では、マヒュドラの民はジャガルの民に近い一族であるのかもしれない。ジャガルの民も感情が豊かで、すぐに大きな声をあげる。シムの美徳とはかけ離《はな》れた一族であり、シムとの国境では現在もなお刃が交えられている。そんなジャガルの民に対してさえ、シュミラルは憎《にく》む気持ちを持っていなかった。

それはむろん、シュミラルが国境区域からは遠く離れた平和な草原の生まれであるゆえなのだろうが――自分の生活とは関《かか》わりのない戦を理由にして、ジャガルの民を憎んだり恨《うら》んだりする気持ちにはなれなかった。

どうしてシムとジャガルは、そしてセルヴァとマヒュドラは、いつまでも争い続けなくてはならないのだろうか。領土の奪《うば》い合《あ》いというのは、王国にとってそんなにも必要な行為《こうい》なのだろうか。より多くの富を得るために必要な戦いであるというのなら、刀を取らずに戦うことはできないのだろうか。

普段《ふだん》から胸に溜《た》めているそんな思いを、シュミラルはいっそう痛切に噛みしめることになった。

「シュミラル、私、思うのですが――」

と、ラダジッドが何かを言いかけた。

しかし、シュミラルが振り返ると、ほんの少しだけ眉《まゆ》をひそめて、言葉を改める。

「西の言葉では上手《うま》く伝えられそうにない。今だけ故郷の言葉で語らせてもらう」

「ああ。かまわないよ、ラダジッド」

シュミラルも故郷の言葉で応じてみせると、ラダジッドは大きくうなずいた。

「今さらシュミラルの気持ちが動かないということはわかりきっている。だけど、もう一度だけ問わせてもらいたい。シュミラルは、そこまであの森辺の女衆に魂を奪われてしまったのか？　偉大《いだい》なる父、《銀の壺》の前団長の築いた商いの道をねじ曲げねばならないほどに？」

「ああ。こればかりは、私自身にもどうしようもない話なんだ。みんなには悪いと思っているし、私自身も胸の張《は》り裂《さ》けそうな痛みを感じてもいる」

「それは見ているだけでわかる。そうでなかったら、《銀の壺》に残ってほしいと思うこともなかっただろう。……しかし、私はあの森辺の女衆とはまともに口をきいたこともないので、よくわからないのだ。あの女衆の、いったいどこにそれほどの価値があるのだろうか？」

「……その女性の価値を言葉で述べることなど、可能なのだろうか？」

「わからない。しかし、あの女衆は異国の民であるし、それに――東の民にとっては、その、何というか……」

「見目は、決して麗《うるわ》しくない。身体に肉がつきすぎている。ラダジッドは、そのように言いたいのだろうか？」

「ああ。気を悪くさせてしまったら、すまない」

「何も謝《あやま》る必要はない。東の、特に草原では、むやみに肉をつけすぎることをよしとはしていないからね」

シュミラルは、我慢《がまん》がきかずに口もとをほころばせてしまった。

「ラダジッドよ、私はヴィナ＝ルウの外見ではなく、その内面に心を魅了《みりよう》されてしまったのだ」

「ああ、それはもちろんそうなのだろうが――」

「そしてそればかりでなく、私は彼女の外見を美しいとも感じているのだよ」

その言葉に、ラダジッドはますます驚いたようだった。

口もとに微笑をたたえたまま、シュミラルは言葉を重ねてみせる。

「思うに、人間の外見というものは、その内面によっても大きく左右されるのではないのかな。顔立ちや肉付きなどというのは二の次で、その表情や目の輝き、笑い方、声の響きなど、そういったものが肝要《かんよう》であると思えるのだ。……だから私は、ヴィナ＝ルウの内面を知る前から彼女に魅了されていたし、その外見を美しいとも感じていた」

「しかしあの女衆には、シュミラルを婿《むこ》に迎《むか》える気持ちがあるのかもわからない。それに、森辺の民というのは同族以外の人間を受け入れる習わしを有してもいないのだろう？」

ラダジッドはここが正念場とばかりに、シュミラルのほうに身を寄せてくる。

「シュミラルの婿入りは、けっきょく断られてしまうかもしれない。そうしたら、《銀の壺》はこれまで通りにマヒュドラとも商売を続けることができる。それをウライア＝ファルに告げなかったのは、何故《なぜ》だ？」

「それは……そのような未来は考えたくもなかったし、私はヴィナ＝ルウに手ひどく拒絶《きょぜつ》されてもなかなか婿入りを諦《あきら》める気持ちにはなれないだろうと思ったからだよ」

「拒絶されないことを、求婚《きゅうこん》し続けるのか？」

「……その願いが成就《じょうじゅ》されたらシュミラルは西方神の子となってしまうのに、東方神が聞き入れてくれるものなのかな」

ラダジッドは、天を仰《あお》ぎつつ息をついた。

「しかし、シュミラルの覚悟《かくご》のほどはわかった。何度も同じ話を蒸《む》し返してしまって済まない」

「謝らないでくれ。謝るべきは、私のほうであるはずだ」

「シュミラルだって謝る必要はない。……しかし、恋《こい》の病にきく薬草はシムにもないという、西の言葉を思い出してしまうな。いつでも沈着《ちんちゃく》で商人としての誇《ほこ》りを何よりも重んじるシュミラルが、恋する娘にそこまで魂を奪われることになってしまったのだからな」

「ラダジッド、少し恥《は》ずかしいのだが」

「初心《うぶ》なことを言うな。あなたはもっと若いうちから女人《にょにん》に親しんでおくべきだったのだ、シュミラル」

ラダジッドはシュミラルより三歳《さい》年長であり、故郷には妻と三人の子を持っていた。《銀の壺》の半数は、ラダジッドと同じように伴侶《はんりょ》を娶《めと》っている。シュミラルの父とて若いうちから妻を得て、シュミラルをこの世界に生み落としてくれたのだ。

故郷に家族を待たせている。その思いが、より強い力をもたらしてくれたりもするのだろう。シュミラルも、愛する人間を伴侶としたい。ただ、見初《みそ》めた相手がたまたま異国の女衆であっただけなのだ。

そうしてしばしの沈黙《ちんもく》が落ちたとき、扉《とびら》が外から叩《たた》かれた。

『シュミラル様、もうお眠《ねむ》りになられてしまったでしょうか……？』

分厚い扉の向こうから聞こえてくる、それはティオン＝ファルの声であった。

『いいえ、起きています。どうぞ』

北の言葉で応じると、扉がゆっくりと開かれた。うつむき加減に入室してきたティオン＝ファルが、ラダジッドの姿を認めて、ハッと立ちつくす。

『も、申し訳ありません。何か大事なお話の最中でありましたか……？』

『はい。今後のこと、少し話していました。御用《ごよう》、何でしょうか？』

ティオン＝ファルは、困惑《こんわく》の表情で口をつぐんでしまう。

その姿を見て、ラダジッドは毛皮の敷物から腰《こし》を上げた。

『話、終わりました。私、部屋、戻ります』

『い、いいえ、わたくしのような者のために、そのようなお気遣《きづか》いは……』

『明日、早いので、眠るべき、思ったのです。シュミラル、失礼します』

『はい。また明日』

ラダジッドは、ティオン＝ファルの脇《わき》をすりぬけて部屋を出ていった。団長のシュミラルには個室が与《あた》えられていたが、他の同胞《どうほう》たちは三名ずつの寝所をあてがわれていたのである。

シュミラルは敷物に座したまま、あらためてティオン＝ファルを見た。

『席、どうぞ。御用、何でしょう？』

『いえ……わたくしは、その……』

ティオン＝ファルはしばらく苦しげに身をよじってから、やがてシュミラルの目の前に崩《くず》れるようにして身を沈めてきた。

『シュミラル様……シュミラル様は、本当に西の民に婿入《むこい》りしてしまうのでしょうか……？』

『はい。そのように願っています』

『それは……それは、どうしてなのでしょう？　神を乗《の》り換《か》えてまで異国の民に婿入りするなどというのは、そうそうありえる話とも思えないのですが……』

『はい。異国の民、通じてしまった場合、子のみを女に託《たく》し、男は故郷に帰る、多いようです』

そうして異国の血が混ざることはあっても、友好国である限りは迫害《はくがい》されたりもしない。シムにはセルヴァやマヒュドラとの混血が、セルヴァにはシムやジャガルとの混血が、それほど数多くはなくとも確かに存在するのである。

ただし、マヒュドラとジャガルはあまりに遠い位置にあり、間にはセルヴァの領土が広がっているために、いっさい行き来はされていないはずだ。それでもマヒュドラにはシムとの混血が、ジャガルにはセルヴァとの混血が存在するのだろう。

『しかし、私、婿入りを望むのは、森辺の民です。森辺の民、婚前《こんぜん》、通じ合うこと、掟《おきて》、許しません。ならば、私、婿入りする他、ないのです』

『それでしたら、女衆のほうがシュミラル様に嫁入《よめい》りすればよいのでは……？』

『その女衆、森辺の族長、娘なのです。娘、森辺、捨てること、族長、許さないでしょう』

そしてまた、森辺の民というのは神ではなく森を母とする一族でもあるようだった。仕える神を乗り換えることはできても、森辺の民に森を捨てることはできないのだ、きっと。

ヴィナ＝ルウにだって、森を捨てることはできないに違《ちが》いない。森を捨ててしまったら、きっとヴィナ＝ルウはヴィナ＝ルウでなくなってしまうのだろう。

（……故郷ですごす時間より、旅をしている時間のほうが長いのねぇ……それは素敵《すてき》な人生だとも思えるわぁ……）

あの日の別《わか》れ際《ぎわ》、ヴィナ＝ルウはそのように言っていた。

（わたしは森辺の外の世界に憧《あこが》れていたから、そんな人生を羨《うらや》ましいとも思う……でも、やっぱり……わたしは森辺の民なのよぉ……）

ヴィナ＝ルウはまったく表情を動かそうとしなかったが、あれはきっと彼女にとって心からの言葉だったのだろうと思う。

ヴィナ＝ルウは、外の世界に憧れていたのだ。森辺の集落では満たされない、何か痛切な飢《き》餓感《がかん》を抱いていたのだろう。それでも彼女は、森辺の民であるという運命を受け入れる決断を下したのだった。

もしかしたら――シュミラルは、ヴィナ＝ルウのそういう部分に心を引かれてしまったのかもしれない。現在の自分、現在の環境《かんきょう》、現在の生活に鬱屈《うっくつ》しながら、何をどうすることもできない自分の無力さを嘆《なげ》いているような――それでいて、そういった思いをひた隠《かく》しにしながら、懸命《けんめい》に明るく生きている。そのけなげさとしたたかさ、弱さと強さの危《あや》うい均衡《きんこう》にこそ、シュミラルは魅了されたのかもしれなかった。

それでシュミラルは、強く思ったのだ。

あなたは、そのままでいいのだと。

何も変わる必要はない。現在の自分を捨てる必要はない。ヴィナ＝ルウはヴィナ＝ルウのままで、十分に魅力的《みりょくてき》な存在なのだ――と。

それを、ヴィナ＝ルウに知ってほしかった。現在の、ありのままのヴィナ＝ルウを受け入れたいと願っている男が、ここに存在するということを。

その上で、ヴィナ＝ルウがまだ外の世界への憧憬《しょうけい》を捨てきれないというのなら、自分が少しはその力になれると思う。森辺の掟が許す範囲《はんい》で、西や東の領土に足をのばしてしまえばいいのだ。

自分には、ギバを狩《か》る力は備わっていない。ギバの潜《ひそ》む森の奥深《おくふか》くでは、トトスを自由に操《あやつ》ることも難しいように思えるからだ。

しかし自分には、安全に旅を続ける力は備わっている。トトスがかたわらにある限り、野盗や野の獣《けもの》など、決して寄せつけはしない。トトスが自由に動ける空間であるならば、凶悪なムフルの大熊《おおくま》を打《う》ち倒《たお》すことさえ可能であるのだ。

そして、東の民《たみ》には他の王国の民たちに魔法《まほう》、魔術《まじゅつ》と恐れられるわざ——毒と薬の知識もある。正しき道を進むための、星読みの知識もある。西や南の商人であれば、《守護人》などの護衛なくして旅を続けることも難しいが、東の民は自らの力のみで世界中を駆《か》け巡《めぐ》ることが可能であるのだ。

自分には、ヴィナ＝ルウを守る力がある。この生命にかけても、ヴィナ＝ルウの身は守ってみせよう。そうして、もしもともに旅をして、自分の生まれた故郷の草原を一目でもヴィナ＝ルウに見せることができたなら——そんな幸福なことはなかった。

『シュミラル様……』

ティオン＝ファルに名を呼ばれて、シュミラルは我に返った。

そして、愕然《がくぜん》とする。

ティオン＝ファルは、シュミラルの目の前で子供のようにぽろぽろと涙《なみだ》をこぼし始めていたのだった。

『シュミラル様は、本当にその女衆を愛されてしまったのですね……』

『はい、そうです』

まったくわけもわからぬまま、シュミラルはうなずいてみせた。

『ならば、シュミラル様とは明日の朝を最後に、もう二度とお会いすることもできなくなるのでしょう……そのように考えたら、胸が潰《つぶ》れてしまいそうです……』

『何故ですか？』

ティオン＝ファルは、ぷるぷると頭を振《ふ》る。

『シュミラル様を、愛していたから……などとは、とうてい言えません……わたくしには、家族や故郷を捨て去る覚悟もないのですから……それに、シュミラル様に婿入りを願うような真似《まね》もできません……わたくしは、世界中を自由に駆け巡るシュミラル様の存在を、何よりもかけがえのないものと思っていたのです……』

『はい』

『たとえムナポスとの商売を断《た》ち切《き》っても、シュミラル様は西や東の領土を自由に駆け巡るのでしょう……自由な鳥のように生きる、そんなシュミラル様の姿を目にすることができなくなってしまうのが、わたくしには悲しいのです……』

自分の他にも、ムナポスを訪《おとず》れる商人は数多くあるはずだ。その中には、《銀の壺》のように西の領土を駆け巡りつつ、ムナポスに恵《めぐ》みをもたらす商団だってあるだろう。それにそもそも自分は団長であるだけで、ラダジッドたちとてムナポスを訪れることはできなくなってしまうのだから、シュミラルだけを特別扱いするいわれはどこにもない。

しかしシュミラルは、そのような小理屈を並べ立てる気持ちにはなれなかった。ティオン＝ファルが名指しでシュミラルの存在だけを重んじるなら、それはつまりそういうことなのだ。

シュミラルは、苦い痛みをまた胸いっぱいに味わうことになった。

『申し訳ありません……詮無《せんな》きことを言ってしまいました……どうぞごゆっくりお休みくださ
い……』

ティオン＝ファルは力なく立ち上がり、シュミラルに背を向けた。

そのほっそりとした背中に、シュミラルは『いえ』と呼びかける。

『ティオン＝ファル、謝る必要、ありません。私は――』

その後は、言葉が続かなかった。

シュミラルの胸の内に満ちた思いを、北の言葉でどのように語ればいいのかわからなくなってしまったのだ。

きっとティオン＝ファルは、シュミラルがヴィナ＝ルウに抱いてしまったのと同じ気持ちを、シュミラルに対して抱いてしまったのだろう。

しかしシュミラルは、すでに気持ちをヴィナ＝ルウに捧《ささ》げてしまった。ティオン＝ファルの気持ちに応えることはできないのだ。シュミラルの魂が自由であったなら、ティオン＝ファルを嫁《よめ》にして故郷に迎えることも、彼女の父がそれを許さないならせめてシュミラルの子をその身に与えることも可能であるのだが――それはもはや、かなわないことであるのだった。

このように複雑な心情を、シュミラルの拙《つたな》い北の言葉で伝えることは、どうしてもできそうになかった。

『失礼いたします……どうぞこの夜のことはお忘れください……』

ティオン＝ファルの姿が、扉の向こうに消えていく。

シュミラルは途方《とほう》もなく苦い痛みを抱《かか》えながら、これで最後となる北の地における一夜を過ごすことになった。

4

そして、翌日である。

予定通り、《銀の壺》は夜明けとともにムナポスの集落を発《た》つことになった。

あたりはまだ薄暗《うすぐら》いが、空に雲の影《かげ》はない。本日も快晴のようである。それでもひゅうひゅうと身を切る北の地の風を全身に感じながら、シュミラルたちは出立の準備を急いだ。

小屋で眠っていたトトスたちを荷車につなぎ、荷の無事を確かめる。あくびを噛み殺《ころ》しながら、何名かの北の民たちがそれを見守っていた。長年続いた通商を一方的に打ち切ろうというシュミラルたちを、裏切り者と罵《ののし》る者もいない。ただ彼《かれ》らはひたすら残念そうであり、わずかに悲しそうであった。腹芸のできぬ北の民であるのだから、その表に示されているのが心情のすべてであるのだろう。

もちろんシュミラルがセルヴァに神を乗り換えたのちに、どこかで相まみえるようなことになれば、何の躊躇《ちゅうちょ》もなく刀を振り下《お》ろすに違いない。彼らは果断で猛々しい北の民であるのだ。

だが、現時点ではまだシュミラルも東の民であり、十数年に渡って商売を続けてきた商団の長でもある。そのようなシュミラルに悪意を向けてこようとする人間は、ムナポスの集落に一人として存在しなかった。

『おおい、待て待て！　長である俺《おれ》に挨拶《あいさつ》もなく行ってしまうつもりか、客人たちよ！』

と、いよいよ出立の準備が整ったところで、ウライア＝ファルが家から出てきた。その巨体《きょたい》の後ろには、彼の家族たち――赤い目をしたティオン＝ファルも付き従っている。

シュミラルは、そちらに向かって礼をしてみせた。

『無論、お待ちするつもりでした。ウライア＝ファル、これまで、大変、お世話になりました』

『ああ。それはこちらの台詞《せりふ》だな。昨晩も述べた通り、其方《そなた》たちはムナポスにとって指折りの大事な商売相手であったよ』

白い息を吐《は》きながら、ウライア＝ファルはシュミラルの目の前に立った。

ラダジッドよりも長身で、大熊のように逞《たくま》しい巨体である。その紫色《むらさきいろ》の瞳《ひとみ》が、ひとかたならぬ光をたたえつつ、シュミラルの姿を見下ろしてくる。

『それでな、ひとつ伝えたいことがある。聞いていただけるかな、《銀の壺》の団長シュミラル。……そして、次代の団長ラダジッドよ』

『はい、何でしょう?』

『其方たちとは、今後もこれまで通りに商売を続けていきたい。それがムナポスの長ウライア＝ファルから、其方たちに届ける言葉だ』

ラダジッドは、ほんの少しだけ不審《ふしん》げに目を細めた。

ウライア＝ファルは、傲然《ごうぜん》たる様子で腕《うで》を組んでいる。

『それは、どういう意味でしょう？　私たち、マヒュドラと商売する、資格、失うはずですが』

『資格を失うのは、団長のシュミラルだけなのであろう？　まさか、其方たちの全員がセルヴァに神を乗り換えるわけではあるまい？　そうであるならば、俺も吐いたばかりの言葉を呑《の》み下さねばならなくなるが』

『婿入り、シュミラルのみです。しかし、シュミラル、今後も《銀の壺》です。西の民、マヒュドラ、商売、不可能でしょう？』

『ああ。セルヴァの民となったからには、二度とマヒュドラの地を踏《ふ》ませることはできん。だが、団員の一人が西の民であるという理由だけで、《銀の壺》そのものを拒絶する理由にはなるまい。もともと俺たちは、其方たちを通じて西の民と商売をしているようなものなのだからな』

そう言って、ウライア＝ファルは毛皮の装束に包まれた分厚い胸をそらした。

『次にこの地を訪れる際は、西の民となったシュミラルのみが一番手近なアブーフにでも居残って、仲間たちの帰りを待てばいい。俺たちは、これまで通りに《銀の壺》を歓迎《かんげい》する』

『しかし、マヒュドラの王、それを許しますか？』

『王都でふんぞり返っている者たちの耳に、このような瑣末《さまつ》な話など届くものか！　届いたところで、この商売の責任者は俺だ！』

ウライア＝ファルは、にやりとふてぶてしく笑う。

『同胞の一人が西の民となったところで、其方たちは俺たちに届ける食料に毒を仕込んだりはせぬであろう？　俺たちとて、西で売られるそれらの食料に毒を仕込んだりはしなかったのだからな！　だったら、何の不都合もあるまいよ』

『その申し出、大変ありがたいです。私たち、あなたがたとの商売、大事、思っていました』

ラダジッドは、ゆっくりと頭を下げた。

『おたがいがそう思っているのだから、これが正しき道なのだ』

そのように言ってから、ウライア＝ファルはシュミラルのほうに視線を転じてきた。

『そういうわけでな。其方と顔をあわせるのはこれで最後となろうが、セルヴァに神を乗り換えるその瞬間《しゅんかん》までは、其方の息災を祈《いの》らせてもらうぞ、シュミラルよ』

『ありがとうございます。神、乗り換えても、ウライア＝ファルの御恩、一生忘れません』

『忘れろ忘れろ！　セルヴァの民となったのちには、ともに天を仰ぐこともかなわぬ仇敵《きゅうてき》と成り果てるのだからな！』

豪放《ごうほう》に笑い声をあげるウライア＝ファルに、シュミラルはラダジッドよりも深く頭を下げてみせた。

そして、そのかたわらのティオン＝ファルを振り返る。

『ティオン＝ファル。あなた、昨夜のこと、忘れてほしい、言いましたが、私、忘れません』

『え……？』

ティオン＝ファルは、最初からずっとシュミラルのことのみを見つめていた。

その涙ぐんだ紫色の瞳を見つめ返しながら、シュミラルは言葉を重ねてみせる。

『私、マヒュドラの大地、踏みしめる、今日、最後です。ですが、ムナポスの集落のこと、ウライア＝ファルのこと、ティオン＝ファルのこと――あなたがた、その言葉、その気持ち、決して忘れません』

眠れぬ夜を過ごしながら、シュミラルは可能な限り正確な心情が伝えられるようにと、言葉を考えていた。

伝わってほしい、と願いながら、その言葉をゆっくりと紡《つむ》いでいく。

『私の存在、これまで出会ってきた人間、思う気持ち、思われる気持ち、それらで出来ています。あなたがた、あったから、私、今の私、なれたのです。神、乗り換えて、二度と会えなくとも、その事実、変わりません。あなたがた、かけがえのない存在です』

『シュミラル様……』

『私、北の民、敵、なります。憎まれる、かまいません。四大王国の法、動かすこと、できません。……だけど私、あなたがた、絶対、忘れません。それだけ、覚えていてください』

ティオン＝ファルの瞳から、こらえかねたように涙がこぼれた。

しかし、その面には瑞々《みずみず》しい微笑が浮《う》かべられていた。

『わたくしも、シュミラル様のことは生涯《しょうがい》、忘れません……シュミラル様も、このように愚《おろ》かな女が北の地に生きていたということを、どうぞ記憶《きおく》の片隅《かたすみ》にお留めおきください……』

ウライア＝ファルが、『ふん』と鼻を鳴らした。その瞳には、娘《むすめ》を慈《いつく》しむような光が宿されている。

もしかしたら――ウライア＝ファルは、娘の心情になどとっくに気づいていたのだろうか。

『其方のように風変わりな男のことは、そうそう忘れたりはできぬだろうよ。……二度と俺の前には姿を現してくれるなよ、シュミラル。そうすれば、俺の刀を其方の血で濡らすこともないからな』

『はい。おさらばです。ウライア＝ファル。ティオン＝ファル。そして、ムナポスの皆様方《みなさまがた》』

神妙《しんみょう》な面持《おもも》ちでこのやりとりを見守っていたムナポスの民たちも、やおら大声で口々に別れの挨拶をがなりたててきた。

その荒々《あらあら》しい喚声《かんせい》に包まれながら、シュミラルは同胞らとともに荷車へと乗り込んでいく。

最後に、ティオン＝ファルがシュミラルのもとに駆け寄《よ》ってきた。

『シュミラル様、どうぞ幸せな婿入りを……わたくしも、この地でともに生きる伴侶を探します』

『はい。どうかあなたも、幸福な生を』

そうして《銀の壺》は、ムナポスの集落を出立した。

シュミラルにとっては、これが最後に踏みしめる氷雪の大地であった。

（さらば、マヒュドラよ。この地は私に、とても多くのものをもたらしてくれた）

北の地におけるすべての縁と、自分の故郷と、神を捨てて、愛する人間を得る。それが、自分の選んだ道なのだ。

ヴィナ＝ルウの伴侶に相応《ふさわ》しい力を得て、ジェノスに戻《もど》ろう。
そのような思いを胸に秘《ひ》めつつ、シュミラルは同胞たちとともに北の地を駆けた。
約束の日まで、残されているのは四ヶ月《かげつ》余りであった。

# あとがき

　このたびは本作『異世界料理道』の第二十巻を手に取っていただき、まことにありがとうございます。

　本作も、ついに二十巻の大台となりました。これもひとえに応援してくださっている皆様のおかげです。心より感謝しております。

　今巻はちょうど太陽神の復活祭が開催される内容であったので、二十巻記念とあわせておめでたい雰囲気の表紙をご提案させていただきました。こちも様の美しい筆致で理想的なイラストを完成させていただき、感無量でございます。

　内容に関してですが、今巻は番外編の「群像演舞」にシュミラルが主人公であるエピソード「北の果てより」を収録させていただきました。

　あとがきで何度もお伝えしている通り、「群像演舞」というのはもともと書籍版十三巻の後に書かれた内容となります。それが膨大な量であったため、書籍版では小出しで収録させていただいているわけですが――シュミラルは現在ジェノスを離れているため、書籍版においては九巻以来の登場となってしまいました。まるまる十巻分もお休みさせてしまい、シュミラルには申し訳ない限りです。

よって、「北の果てより」はサイクレウス編の終了からおよそひと月後という時間軸で描かれておりますが、本編ではさらに時間が経過しております。灰、黒、藍、紫、と月日は巡り、シュミラルのジェノス帰還予定日は作中であと二ヶ月となります。

それでも作中で二ヶ月の経過を待つにはそれなりの巻数を重ねる必要があるかと思われますが、どうか皆様にもシュミラルの帰還を見届けていただけたら幸いでございます。

また、ジェノスを離れたシュミラルがどこでどのように活躍していたか、今回の番外編もお楽しみいただけたら何よりであります。

ではでは。本作の出版に関わって下さったすべての皆様と、そしてこの本を手に取って下さったすべての皆様に、重ねて厚く御礼を申し述べさせていただきます。

次巻でまたお会いいたしましょう！

二〇二〇年二月　ＥＤＡ

太陽神の復活祭はまだまだこれからと、大忙しのアスタたち。
そんな中、突如ポルアースが顔を出す。
Author
EDA
Illust.
こちも
異世界料理道
VOLUME 21
Cooking with wild game.

いつものようにアスタは新作料理の
お披露目会を頼まれるが、
何故かシン＝ルウも、剣術の試し合いに
呼ばれてしまい!?
お祭りも佳境を迎える第21巻!!
2020年夏発売予定!

HJ NOVELS
HJN04-20

# 異世界料理道20

2020年3月21日　初版発行

著者――EDA

発行者―松下大介

発行所―株式会社ホビージャパン
〒151-0053
東京都渋谷区代々木2-15-8
電話　03(5304)7604（編集）
03(5304)9112（営業）

印刷所――大日本印刷株式会社

装丁――AFTERGLOW／株式会社エストール



Printed in Japan

ISBN978-4-7986-2149-4　C0076

ファンレター、作品のご感想お待ちしております
〒151-0053　東京都渋谷区代々木2-15-8
(株)ホビージャパン HJノベルス編集部 気付
**EDA 先生／こちも先生**